-A.W. BENEDICT-
Beanstock
- MORD IM PARADIES -

Der neunte Fall

Ähnlichkeiten mit lebenden oder toten Personen in diesem Buch wären reiner Zufall und nicht beabsichtigt.

a.w.benedict@t-online.de
Facebook: A.W. Benedict
Instagram: @awbenedict_autorin
Webseite: awbenedict.de

Umschlaggestaltung: wolf-photoart.de

Fotos: Lizens IStock

Schriftdesign: Tobias Wieduwilt

Korrektorat: SchriftWerk - Jona Gellert

Herstellung und Verlag: BoD – Books on Demand, Norderstedt
ISBN 9783756208593

Bibliografische Information der Deutschen Nationalbibliothek:
Die Deutsche Nationalbibliothek verzeichnet diese Publikation in der Deutschen Nationalbibliografie; detaillierte bibliografische Daten sind im Internet abrufbar.

-A.W. BENEDICT-

Beanstock

- MORD IM PARADIES -

Das Wasser ist blau, der Himmel auch,
man vergisst einfach, dass da auch das
Böse unter der Sonne ist.

„Das Böse unter der Sonne"
Agatha Christie

London, The Pink Elephant

In diesem Hotel werden Sie sich wohlfühlen. Gediegene Atmosphäre, noble Ausstattung, ankommen und sich wohlfühlen, umsorgt von unserem ausgezeichneten Personal. Tauchen Sie ein in unsere Oase der Ruhe und Gelassenheit, wo der Gast noch König ist.

So optimistisch klang es in den alten Prospekten, die in einigen Reisebüros Londons noch immer auslagen. Der Gast, der dann die Empfangshalle betrat, nachdem er sich durch eine etwas in die Jahre gekommene Drehtür geschoben hatte, sah sich eher verblichenem Charme der dreißiger Jahre gegenüber. Nur die breiten Marmorsäulen und der glänzend polierte Rezeptionstresen wirkten noch luxuriös. Die Teppiche waren fadenscheinig, die Spiegel blind geworden und die Samtsofas hatten nur noch einen Hauch von rotem Samt.

Daran konnte auch der vor ein paar Tagen eilends aufgestellte Weihnachtsbaum nichts mehr ändern. Er verlor bereits nach kurzer Zeit seine Nadeln. Als wollte der Baum so schnell wie möglich wieder von hier verschwinden.

Das alte Hotel punktete mit der Lage, die unverkennbar exklusiv zu nennen war. Zwischen Trafalgar Square und Nationalmuseum in einer kleinen Nebengasse gelegen, war es nur den älteren Taxifahrern zu verdanken, wenn man das Hotel überhaupt fand.

Dem Hotelaussehen entsprechend, waren die Gäste, mehr oder weniger in die Jahre gekommen.

Das Haus war nur zu etwa einem Viertel ausgebucht, obwohl die Preise moderat waren für eine so exklusive Lage in der City von London. Aber das Ambiente, das potenzielle Gäste nach kurzer Zeit als angestaubt empfanden, verscheuchte die Kundschaft.

So hatte sich eine wachsende Anzahl von hoch betagten Dauergästen im Hotel eingemietet. Für ältere Herrschaften mit ausreichend Rücklagen war das immer noch besser geeignet als ein Altersheim.

Auch an diesem Sonntagnachmittag sah man in der Hotelhalle das gleiche Bild wie am Tag vorher und eigentlich an jedem Tag der Woche, teilweise schlafende Gäste, über Zeitung und Häkelzeug eingenickt, der Tee natürlich bereits erkaltet, man hörte den ein oder anderen Schnarcher.

Glücklicherweise lagen immer noch Teppiche in der Halle, die die Schritte des Personals etwas dämpften, sodass einem gepflegten Nachmittagsschlaf nichts im Wege stand.

Der Kellner James hatte die wichtige Aufgabe, bei den schlafenden Herrschaften glimmende Zigarren und Zigaretten aus den Händen in den Aschenbecher zu überführen. Es war, wie alle im Haus genau wussten, eine sehr wichtige Aufgabe. Man konnte sich keine Brandflecke auf Teppich und Parkett leisten und schon gar keinen Brand.

George Walton, der Rezeptionist, sah gelangweilt über die Köpfe der schlafenden Gäste hinweg zur breiten Marmortreppe. Dort erschienen gerade die einzigen zwei Zimmermädchen, die sich das Hotel leistete, kichernd und Stapel frischer Wäsche auf den Armen balancierend.

George lächelte. Rosalie und Bridget waren die jüngsten Angestellten im Haus. George mochte vor allem die fröhliche Rosalie. Sie war gerade fünfundzwanzig Jahre alt geworden, trug ihr rötliches Haar kurz und sah in ihrer schwarzweißen Hoteluniform zum Anbeißen aus. Nicht, dass er sich Chancen ausrechnete, er war ja bereits ein älterer Herr und hätte Rosalies Vater sein können, aber er mochte das Mädchen einfach.

Bridget dagegen, die graue Maus, war so gar nicht vorzeigbar, meinte jedenfalls die Besitzerin des Hotels, Mrs Vanprosper. Die Dame hatte nur einen hochnäsigen, arroganten Blick für die kleine Bridget übrig. Sie hielt mit ihrem Urteil nicht hinter dem Berg und drangsalierte das Mädchen. Als ob durch harte Worte etwas besser werden würde. Rosalie hatte Bridget schon oft trösten müssen, wenn das Mädchen wieder einmal weinend in ihr gemeinsames Zimmer gekommen war.

Für die kleine Bridget hatte dieser Tag aber noch etwas zu bieten. Die Drehtür schwang mit dem vertrauten Quietschton im Kreis und entließ einen Herrn in die Hotelhalle.

Er war hochgewachsen, trug sein Haar sorgfältig frisiert, warf einen aufmerksamen Blick in die Runde

7

und schien die Gäste einzuschätzen. Er war elegant gekleidet, grauhaarig, in einem dunkelgrauen, zweireihigen Anzug. In der Hand hielt er, eine eigenartige Wahl für das Londoner Wetter, einen hellen Panamahut aus bestem Material und in seiner rechten behandschuhten Hand einen Lederkoffer aus elegantem Nappaleder. Alles in allem ein Gentleman der alten Schule, so schien es.

Bridget machte ihre Freundin Rosalie leise flüsternd auf den Herrn aufmerksam und als er dem Mädchen einen kurzen, munteren Blick zuwarf, errötete die gute Bridget bis unter die Spitzen ihres bräunlichen Haars.

„Schaumschläger", kam die sofortige Einschätzung von Rosalie. „Komm schon, wir haben noch etwas zu tun."

Die beiden Zimmermädchen gingen durch eine Seitentür in den hinteren Bereich, wo sich Küche, Büros und Aufenthaltsräume befanden. Einen letzten interessierten Blick warf Bridget noch zu dem Herrn, der es sich nicht nehmen ließ, ihr zuzuzwinkern. Das brachte die Röte auf Bridgets Wangen zurück.

Der Herr war an der Rezeption angekommen und verlangte zur Freude George Waltons ein Zimmer für drei Nächte.

„Gibt es in dem Hotel eine Bar?", war die erste Frage, nachdem der Herr sich eingetragen hatte.

George Walton drehte das Gästebuch zu sich um und las den Namen.

„Aber natürlich, Mr ... Mr Hamilton, die Bar befindet sich gleich neben der Hotelhalle und hat ein ausgezeichnetes, breit gefächertes Angebot zu bieten.

Ich möchte Sie auch auf unsere ausgezeichnete Küche hinweisen."

„Ich esse auswärts", kam die kurze Antwort des Herrn mit dem Panamahut.

Mr Walton gab dem neuen Gast den Schlüssel mit der Nummer vierundzwanzig. Mr Hamilton sah sich interessiert die Postkarten an, die auf einem Display neben der Rezeption standen. Es war eine vergilbt wirkende Ansicht des Hotels.

„Sie können sich gern eine der Karten nehmen, es liegen aber auch auf den Zimmern Briefpapier und Karten bereit. Ich werde den Boy rufen für Ihren Koffer", erklärte George, da er den jungen Mann schon wieder nicht in der Halle sehen konnte, wie immer in der letzten Zeit. Beschweren durfte sich George nicht bei Mrs Vanprosper, denn Jimmy war ihr Neffe und sollte hier das Hotelhandwerk lernen. Da es kaum Arbeit für ihn gab, trieb sich der arbeitsscheue Kerl in der Küche herum und aß sich durch die gekochten oder gebackenen Köstlichkeiten. Denn damit konnte *The Pink Elephant* punkten. Das Hotel hatte eine ausgezeichnete Köchin. Das brachte zumindest Tagesgäste in das hoteleigene Restaurant.

Mr Hamilton lehnte ab, griff nach seinem Koffer und ging zu der breiten Marmortreppe. Der ein oder andere ältere Mitbewohner war inzwischen kurzzeitig wach geworden und betrachtete mit Interesse den neu angekommenen Gast.

Zwei Tage später lag Rosalie abends auf ihrem Bett im Dachgeschoss des Hotels und blätterte lustlos in einer Modezeitschrift. Bridget stand vor dem kleinen Spiegel und zupfte an ihrer Bluse herum. Sie hatte sie sich extra am Tag vorher gekauft, nichts Besonderes, aber sie war aus gutem Stoff und sie war glücklich. Gerade griff sie zu einem Lippenstift, Red Rose, der auch brandneu war, und zog ihre Lippen nach.

„Für wen brezelst du dich so auf?", fragte Rosalie, ohne von ihrer Zeitschrift aufzusehen. „Mach keinen Fehler. Ich habe gesehen, dass du dem Mann aus vierundzwanzig dauernd schöne Augen machst. Der ist nichts für dich, viel zu alt, zu reich und arrogant ist er auch. Oder gehst du mit Jimmy aus? Das ist genauso ein Schaumschläger wie dein letzter Verehrer."

„Ja, Jimmy, wir gehen ins Kino", antwortete Bridget und verschränkte, von ihrer Freundin unbeobachtet, zwei Finger. Sie log Rosalie an, obwohl sie ihre beste Freundin war. Aber er hatte gesagt, sie solle niemandem etwas anvertrauen. Sonst würde das nicht funktionieren. Jetzt noch nicht. Bridget lächelte. Sie würde London den Rücken kehren. Sie war noch nie weiter als bis nach London gefahren, damals aus ihrem Dorf in Dorset.

Sie war fertig, warf sich ihren alten grünen Mantel über, setzte den grünen Hut auf und winkte Rosalie noch einmal zu.

In ihrer Handtasche lag die kostbare Brosche, die sie am Nachmittag im Zimmer von Mrs Vanprosper genommen hatte. Er hatte um ein Liebespfand gebeten, um ihre Verbindung zu feiern, und so hatte sie es, ohne lange zu überlegen, getan.

Bridget lief selig lächelnd aus dem Hotel, zum Trafalgar Square und danach weiter zum White Hall Gardens. Dort hatte er den Treffpunkt mit ihr vereinbart.

Rosige Aussichten lagen vor Bridget, die nun endlich ein Leben beginnen konnte, wie sie es sich in ihren Jungmädchenträumen ausgemalt hatte, seit sie in London angekommen war.

Dass die Geschichten, die man ihr eingeflüstert hatte, zu schön waren, um wahr zu sein, ignorierte sie. Sie wollte einfach nur noch weg aus London, der Stadt, die ihr kein Glück gebracht hatte und auf ihrer Seele herumgetrampelt war. Sie würde es ihrer Pflegemutter beweisen, dass sie mehr war als das dumme Ding und zu nichts nutze, wie Mutter immer gemeint hatte.

Woher sollte Rosalie wissen, dass sie das Mädchen zum letzten Mal gesehen hatte?

Als wiederum zwei Tage später Inspector Morris an der Rezeption stand und fragte, ob eine Bridget Summer im Hotel angestellt war, wurde George Walton blass. Denn was er dann hören musste, war zu furchtbar. Eine Tote war aus der Themse geborgen worden. Die Papiere in ihrer Manteltasche lauteten auf den Namen Bridget Summer.

Am Morgen hatte Mrs Vanprosper Bridget als vermisst gemeldet, sowie den Verlust einer kostbaren Brosche. Sie hatte gegenüber George Walton den Verdacht geäußert, dass das Mädchen gestohlen hätte, was George rigoros verneinte.

Rosalie wurde gerufen. Der Inspector fragte sie, wann sie das Mädchen zum letzten Mal gesehen hätte. George hielt Rosalies Schultern umfangen und versuchte, sie zu trösten. Auf die Frage Rosalies hin, was denn nun passiert sei, antwortete der Inspector ausweichend.

Rosalie wurde für den nächsten Tag zur Rechtsmedizin bestellt. Sie sollte die weibliche Leiche eines jungen Mädchens identifizieren, von der man annahm, dass es sich um Bridget handelte.

Der Inspector sprach mit der Besitzerin und verlangte eine Gästeliste von Mrs Vanprosper, die sich lang und breit über die Unvernunft der jungen Leute und den herben Verlust ihrer Brosche ausließ. DI Morris dachte sich seinen Teil über die Menschenfreundlichkeit der Dame und ging.

Ein Blick auf die Liste des Hotels war ernüchternd. Die Gäste waren fast durchweg in fortgeschrittenem Alter und Dauergäste. Der einzige etwas jüngere Herr, der in letzter Zeit im Hotel logiert hatte, war am Morgen ausgezogen. George hatte ihm ein Taxi gerufen. Niemand wusste, wohin der Herr verschwunden war. Die angegebene Adresse im Gästebuch war unzureichend.

Da stand nur Kent. George war das nicht aufgefallen. Er war nur zufrieden gewesen, dass ein neuer Gast gekommen war.

Die Nachfrage bei dem Taxiunternehmen verlief ebenfalls im Sand. Der Fahrer erinnerte sich an den Fahrgast, weil der bei diesem Londoner Schmuddelwetter einen Panamahut getragen hatte. Er hatte ihn nicht weit gefahren, nur bis zum Bahnhof Paddington.

„Hat sich mal wieder kaum gelohnt, anzuhalten", ereiferte sich der Mann.

Sackgasse.

Wahrscheinlich war der Name auch falsch. Inspector Morris´ Nase juckte. Das war für den guten Mann

12

ein schlechtes Zeichen.

Es war ein schwerer Gang für Rosalie. Nach langen Diskussionen mit Mrs Vanprosper hatte sich George trotzdem nicht davon abbringen lassen, das Mädchen zu begleiten. Rosalie war ihm dankbar.

Die Rechtsmedizin von Scotland Yard war ein finsterer Bau mit gefliesten Wänden und langen, kalten Gängen, die einem das Blut in den Adern gefrieren ließen. Die Stille im Haus war mit Händen zu greifen. Jeder, der hierher bestellt wurde, wollte nur schnell wieder fort von diesem unheimlichen Ort, an dem der Tod wohnte.

Dr. Seeker, der Rechtsmediziner, begrüßte die beiden Hotelmitarbeiter und brachte sie dann vor eine Glasscheibe. Hinter der Scheibe war ein fast leerer Raum.

In der Mitte stand nur eine einzelne Liege. Unter einem weißen Tuch zeichneten sich die Umrisse eines Menschen ab.

„Warum muss hier nur alles so furchtbar weiß sein? Mir wird ganz übel von dem ganzen Weiß", flüsterte Rosalie und hielt sich dabei krampfhaft am Arm von George fest.

Dr. Seeker klopfte an die Scheibe und aus der Dunkelheit trat ein Mann in einem langen weißen Kittel hervor. Er griff nach dem Tuch und schlug es zurück. Nur so weit, dass der Kopf sichtbar wurde.

Rosalie rutschte aus dem Arm ihres Beschützers und wurde bewusstlos.

Als sie zu sich kam, lag sie auf einer Bank und Dr. Seeker prüfte ihren Puls.

„Na, da ist sie doch wieder. Geht es denn?", fragte er Rosalie.

Inzwischen hatte George Bridget Summer identifiziert und das Protokoll unterschrieben.

Eine Dame in weißem Kittel kam mit einem Becher Tee. Sie reichte ihn Rosalie, die gierig trank.

„Was ist ihr passiert, Doktor? Ist sie ertrunken?", fragte sie vorsichtig.

„Nun, wir müssen von einem Verbrechen ausgehen. Es tut mir sehr leid. Gehen Sie am besten nach Hause und legen sich etwas hin", sagte Dr. Seeker, nickte kurz und ging.

„Zuhause", hauchte Rosalie, „was ist das? Was war es für Bridget? Sie hat sich immer nach etwas gesehnt, konnte aber nie sagen, wonach. Nur raus aus dieser Tretmühle."

„Na komm, Mädchen. Gehen wir",meinte George und nahm ihren Arm.

„Du bist in diesem kalten Hotel der Allerbeste, George", antwortete Rosalie.

George Walton hatte trotz der schlimmen Situation plötzlich ein ausgesprochen warmes Glücksgefühl. Er wusste, dass das aufgrund der Umstände unangebracht schien, aber er konnte sich nicht dagegen wehren. Was für ein seltsamer Tag.

Dr. Seeker beugte sich über die Leiche der jungen Frau und schüttelte mit dem Kopf.

Inspector Morris stand in gebührender Entfernung. Er meinte, die Scones vom Morgen würde sich seinen Weg aus dem Magen zurückbahnen.

„Ich konnte die primäre Todesursache der Strangulation zuordnen. Aber vorher wurde ihr etwas in die Halsvene gespritzt. Ein seltenes Gift noch dazu, Kurare, Pfeilgift, von einem südamerikanischen Frosch extrahiert. Sie wäre auf jeden Fall an dem Gift gestorben, es war hochkonzentriert. Im Normalfall bewirkt Kurare nur, dass der Körper hilflos wird, sich also nicht mehr bewegen kann. Beine und Arme werden taub und die Atmung fällt schwer. Es dauert ungefähr drei Minuten, bis man nicht mehr gehen kann. Die Stärke des Giftes ist entscheidend.

Warum nachträglich auch noch eine Strangulation nötig gewesen war, erschließt sich mir nicht. Hätte man die junge Frau nach der Injektion in die Themse geworfen, wäre sie sofort ertrunken, da sie sich nicht bewegen konnte. Mordlust vielleicht."

„Was wollten Sie mir außerdem zeigen?", fragte der Inspector und hielt sich ein Taschentuch vor Mund und Nase.

„Ich habe etwas sehr Seltsames entdeckt. Dachte mir, dass Sie das interessieren könnte", erklärte der Rechtsmediziner.

Er nahm eine Pinzette zur Hand und zog etwas aus dem Mund der Toten.

Inspector Morris´ Nase juckte.

Die etwas zu groß geratene Nase des Inspectors war bereits bei einigen Fällen eine Hilfe gewesen. Irgendwie hatte sie ein Gespür dafür, wenn etwas nicht stimmte, und neigte dann dazu, ausgiebig zu jucken.

„Es ist ein winziges Stück Papier", erklärte Dr. Seeker. Mithilfe einer zweiten Pinzette versuchte er, das zerknitterte Stück zu glätten.

DI Morris kam nun doch etwas näher. Das war

wirklich interessant.

„Eigenartig. Es ist ein Stück schwarzes Papier, geschnitten in Form einer Figur. Sieht aus wie eine schwarze Frau, hat ja einen Rock an. Oder es ist ein Schotte im Kilt", meinte der Arzt und lachte über seinen Witz. „Darauf sind Symbole zu sehen, die ich noch nicht einordnen kann. Welches kranke Gehirn war denn hier wieder am Werk? Ein verwirrter Professor für Ikonologie? Oder vielleicht ein Opernsänger, der sich für Othello hält? Wegen der Strangulierung, wissen Sie? Oder ein ..."

Der Inspector unterbrach ihn.

„Was für seltsame Zeichen? Sagen mir rein gar nichts."

Wie aus heiterem Himmel kam ihm ein Mordfall ins Gedächtnis geschossen, als hätte er dort einige Zeit geschlummert und auf den nächsten Auftritt gewartet.

„Das kann doch nicht wahr sein! Erinnern Sie sich an diese Mordserie, wo der Mörder dieses Lied gesummt hat, das hatte damals mit dem alten Langham-Hotel zu tun. Jetzt haben wir wieder ein altes Hotel. Ich hoffe nicht, dass wir noch einmal eine Serie vor uns haben. Nicht schon wieder."

Dr. Seeker dachte kurz nach. Dann hellte sich seine Miene auf.

„*It's only a Papermoon*, das war der Song. Hat die kriminelle Unterwelt von London plötzlich Interesse an einer musikalischen Karriere? Wenn ich mich nicht sehr irre, lieber Morris, hatten Sie damals Unterstützung von einem Herrn, den ich danach noch so einige Male mit dem Kopf über eine Leiche gebeugt vorgefunden habe", sagte er und grinste breit.

„Oh mein Gott, Mr Beanstock, dieser Butler."
Inspector Morris schloss kurz die Augen.

Eine Woche später stand Inspector Morris wieder an der Seite des Rechtsmediziners und die beiden Herren beugten sich erneut über einen zerknitterten Zettel, den Dr. Seeker aus dem Mund eines neuen Mordopfers gezogen hatte.

„Was haben wir?", fragte der Inspector.

„Wieder diese Symbole, aber dieses Mal andere Formen und wieder eine schwarze Figur mit Rock. Ich konnte noch keine Zugehörigkeit aufdecken. Aber ich bleibe dran. Was denken Sie, Morris?"

„Ich denke, wir haben das zweite Opfer und ich will hier auf Ihrem Tisch kein drittes sehen. Es handelt sich wieder um eine Hausangestellte. Rose Fuller, Zimmermädchen bei einem renommierten Anwalt. Strangulationsmale am Hals, eine Brosche ist verschwunden, das Mädchen wurde aus der Themse gefischt und Sie sagen mir wahrscheinlich gleich, dass es Kurare war?"

Dr. Seeker nickte.

„Und ich kenne diese Symbole irgendwoher. Es fällt mir sicher noch ein. Ich werde mich mal in die British Library zurückziehen und ein bisschen in den alten Büchern rumschnüffeln", erklärte der Doktor.

„Sonst noch etwas?", fragte der Inspector.

„Durch das längere Bad in der Themse sind alle Spuren verwischt oder unbrauchbar. Ich schätze, dass sie etwa eine Woche im Wasser lag", erklärte der Doktor.

„Aber!", rief Dr. Seeker und machte eine dramatische Pause.

Inspector Morris war schon auf dem Weg zur Tür gewesen und drehte sich nun gezwungenermaßen zu dem Doktor um. Er war so froh gewesen, diesen Teil der Mordermittlung hinter sich gebracht zu haben. Das war für ihn immer der schlimmste Tag, wenn er in die Rechtsmedizin gerufen wurde.

Er sah den Doktor fragend an.

„In der verkrampften Hand des Mordopfers habe ich ein Büschel Haar gefunden. Vermutlich hat sie sich gewehrt und es dem Mörder ausgerissen. Das ist doch schon etwas, oder?"

„Hm, lassen Sie das Haar analysieren. Welche Farbe? Konnte man das wenigstens erkennen?"

„Grau waren sie, kein Zweifel."

Endlich durfte der Inspector gehen.

Vor dem Gebäude atmete er tief ein und aus.

Aus dem Leben einer etwas zerstreuten Zofe

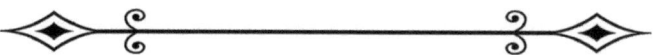

Eine Kammerzofe muss in der Lage sein, Koffer in Windeseile zu packen, wenn es die Situation verlangt. Verlässlichkeit, Integrität, und Diskretion zeichnen eine gute Zofe, die im Dienste einer Lady steht, aus. Dazu gehört es nicht nur, zu bestimmten Anlässen, die angemessene Kleidung bereitzulegen. Sie sollte auch gegebenenfalls einen Riss gekonnt auszubessern verstehen oder einen Fleck aus der Kleidung entfernen können. Zu diesem Zwecke muss die Zofe zu jeder Zeit ihres Dienstes ein Auge auf die Kleidung Ihrer Ladyschaft haben. Außerdem obliegt der Zofe die Sorge um die angemessene Frisur Ihrer Ladyschaft. Die Zofe hilft beim An- und Auskleiden, pflegt und verwahrt den Schmuck, wäscht und bügelt und sollte auf jeden Fall selbst einen guten, ordentlichen Eindruck hinterlassen.

So hatte es der Butler der Baronets, Mr Beanstock, zu Anfang ihrer Zusammenarbeit einmal der Zofe My Ladys, Miss Filomena Arbuckle, erklärt.

Das war lange her und Beanstock hatte zu vielen Anlässen feststellen müssen, dass Filomena kaum eine

19

seiner Anweisungen verinnerlicht hatte.

Dabei hatte er noch nicht einmal angesprochen, dass eine Zofe ebenfalls dafür zuständig ist, Ihrer Ladyschaft Botschaften zu überbringen oder behilflich zu sein bei Lady Fedoras Aktivitäten, wie dem Vorbereiten des jährlichen Blumencups in Parsley Field. Das hatte der Butler gleich weggelassen. Botschaften überbrachte er lieber selbst und beim Blumencup half der Gärtner Mr Herringbone in ausreichendem Maße.

Einmal abgesehen von den unzureichend gepackten Koffern vor der Reise der Baronets nach Schottland, gab es so einige neuerliche Probleme. Da waren falsch gereinigte Schuhe nicht das schlimmste Ärgernis. Sie hatte für die guten roten Samtpumps Ihrer Ladyschaft schwarze Schuhcreme verwendet, die eigentlich nur für die schwarzen Lackschuhe Sir Percivals gedacht war. Zum Glück hatte Lizzy es zufällig bemerkt und den Schaden frühzeitig beseitigen können.

Gestern hatte Filomena versäumt, den Frisiertisch My Ladys zu reinigen. Es lagen überall Papilloten und Haare herum, die Puderdose stand offen und als sie plötzlich niesen musste, verteilte sich der feine Puder im gesamten Raum. Auch hier hatte Lizzy geholfen, das Schlimmste wieder auszubügeln.

Vor zwei Tagen war Filomena wieder einmal zu spät am Frühstückstisch erschienen. Beanstock war bereits bei der Besprechung der täglichen Aufgaben und warf immer wieder einen Blick zu dem leeren Stuhl, auf dem eigentlich in diesem Moment die Zofe sitzen sollte.

Er wusste sich wirklich keinen Rat mehr.

Dann erschien sie endlich. Alle sahen sie mit

geweiteten Augen an. Aber Miss Arbuckle setzte sich lächelnd an den Tisch, griff zu ihrem Messer und strich sich, wie an jedem Morgen, Butter auf eine Scheibe Toast. Dann schlürfte sie lautstark Tee, griff zur Orangenmarmelade und häufte sich einen ordentlichen Berg auf den Buttertoast. Dann erst sah sie auf und bemerkte, dass alle Blicke auf sie gerichtet waren und niemand etwas sagte. Der Butler war sogar eine Spur blasser als sonst.

Mrs Argyle räusperte sich in ihre Richtung.

„Was ist denn los?", fragte die Zofe.

Phillis kicherte.

Mrs Porkpie, die immer lieber sofort die Sache auf den Punkt brachte, ergriff die Initiative.

„Du solltest noch einmal auf dein Zimmer gehen, du sitzt im Nachthemd hier", erklärte sie und lächelte die Zofe freundlich an.

Filomena sah an sich hinab.

Dann lachte sie laut auf und biss noch einmal herzhaft in ihren Toast. Dabei kleckerte ein großer Teil der Orangenmarmelade auf ihr Nachthemd. Erst dann stand sie vom Tisch auf.

„Was bin ich nur für ein Schusselchen, da habe ich doch das falsche Kleid aus dem Schrank gegriffen." Sie zupfte erneut an ihrem Nachthemd herum und lachte. Der Butler schloss für einen kurzen Moment seine Augen.

„Das ist ja gar kein Kleid. Da habe ich doch vergessen, mich anzuziehen", erklärte sie, immer wieder von Lachen unterbrochen. Beanstock war nicht amüsiert. Auch die anderen am Tisch trauten sich kaum zu atmen. Nur Phillis kicherte immer einmal.

„Das ist *una hermosa bata de noche*, Filomena, die vielen lustigen kleinen Rüschen und die Röschen", versuchte Gonzales wenigstens, die Stimmung etwas aufzuheitern. Lucinda kicherte und bekam einen strengen Blick von Beanstock.

„Macht sich irgendjemand eigentlich Gedanken über Regel 27?", fragte Beanstock mit heiserer Stimme in die Runde.

„Regel 27", wiederholte Filomena, „Regel 27, das ist doch diese mit der Möbelpolitur. Die soll doch immer im Haus sein, oder?"

Jetzt konnte sich Gonzales ein Kichern nicht verkneifen. Er wusste genau, wie stolz Beanstock auf sein Regelwerk war. Der Butler räusperte sich. Mrs Argyle wurde blasser um die Nase.

„Regel 27 beinhaltet die Aufforderung, stets saubere, angemessene Kleidung zu tragen. Denn das erfreut den Träger derselben und natürlich auch die Baronets, Miss Arbuckle. Ich würde meinen, es ist nun angebracht, die Kleidung zu wechseln. Sicher benötigt Ihre Ladyschaft bald Ihre Hilfe", sagte der Butler.

Filomena nahm wohl plötzlich an, auf ihrem Zimmer zu sein und begann, ihr Nachthemd aufzuknöpfen.

„Nicht hier, Filomena!", rief Beanstock heiser und griff zu einem Taschentuch. Er wischte sich kurz über die nasse Stirn. Filomena lachte herzhaft und schlug sich an den Kopf. Dabei bemerkte sie, dass auch noch einige Lockenwickler auf ihrem Kopf thronten, mehr oder weniger in Schieflage.

Dann ging sie endlich auf ihr Zimmer zurück.

Lucinda hatte die Geschichte sehr interessiert verfolgt. Ihre neue Familie war immer wieder für einen Witz gut, stellte sie fest. Gonzales zwinkerte dem Mädchen zu.

Beanstock war sich seit langer Zeit mit der Hausdame Mrs Argyle einig, dass es so nicht weitergehen konnte.

Filomena war mit Lady Fedora nach Parsley Manor gekommen. Sie arbeitete bereits für sie, als My Lady noch Fedora Wentworth hieß. Im Haus der Eltern Lady Fedoras hatte sie, noch ein ganz junges Ding, als Hausmädchen angefangen. Sie hatte sich hochgearbeitet und war mehr eine Freundin für My Lady als eine Zofe. Deshalb hielt Lady Fedora auch die Hand über sie und es würde ihr niemals im Traum einfallen, Filomena fortzuschicken. Das hatte sie der Hausdame und dem Butler auch unmissverständlich klargemacht. Also musste ein anderer Plan her.

Der erste Schritt war die Behandlung durch einen guten Psychiater.

Als Beanstock aus Schottland zurückgekommen war, hatte Filomena bereits das erste Gespräch bei einem Arzt in London hinter sich gebracht. Besserung war noch nicht in Sicht. Der Befund des Arztes gab Rätsel auf. Er vermutete eine Art Demenz, aber eine milde Form. Das konnte den Butler Beanstock nicht beruhigen.

Nach dem Vorfall mit dem Nachthemd, an einem Montag, war die Zofe wieder auf dem Weg nach London. Sie übernachtete dann stets bei einer Freundin und begab sich am nächsten Tag zurück nach Parsley Field. Alle waren mit diesem Arrangement zufrieden.

23

In der Zeit der Abwesenheit der Zofe übernahm Lizzy, das Hausmädchen, die Aufgaben. Das bedeutete zwar mehr Arbeit für Mrs Argyle, aber es war zu bewältigen.

Der schöne Nebeneffekt war, dass Lizzy, Elizabeth Trilby, sich plötzlich in einer Rolle wiederfand, die ihr ganz offensichtlich lag. Sie war überaus aufmerksam, scheute keine noch so schwere Arbeit und liebte ihre kleinen Gespräche mit Lady Fedora. Das junge Mädchen mit den lustigen grünen Augen hatte etwas an sich, was man nur als sehr professionell bezeichnen konnte. Sie sah Wünsche My Ladys bereits im Vorfeld voraus und behandelte alle Dinge mit Diskretion. Wie es im Handbuch für Dienstboten beschrieben war.

Beanstock war überaus zufrieden und sprach mit Mrs Argyle darüber.

„Vielleicht ist es eine gute Idee, ein neues Hausmädchen einzustellen, Lizzy als My Ladys Zofe aufrücken zu lassen und für Filomena nach ihrer Behandlung ein anderes, einfacheres Tätigkeitsfeld zu kreieren. Was meinen Sie dazu?", fragte Beanstock eines Nachmittags, als er mit der Hausdame beim Tee in seinem Büro saß und die nächsten Aufgaben besprach.

„Ich halte das für eine wunderbare Idee. Ich habe eine hohe Meinung von Lizzy. Sie ist seelisch ausgewogen, aufmerksam und integer. Fleißig ist sie sowieso. Was will man mehr? Für Filomena finden wir eine Aufgabe", erklärte die Hausdame.

Beanstock seufzte.

„Ich war so zufrieden, ein gutes Hausmädchen gefunden zu haben. Wir sollten so schnell wie möglich mit My Lady reden."

In den nächsten Tagen standen die Vorbereitungen für das Weihnachtsfest bevor. Alle auf Parsley Manor waren überaus eingespannt.

Der Gärtner bereitete die Dekorationen vor, schnitt die letzten Bäume in Form und kümmerte sich um den Weihnachtsbaum, den er in jedem Jahr zusammen mit Bauer Pietsch aus dem Wald holte. Der Wald gehörte Sir Percival. Es war eine schöne Tradition geworden, die Bäume hier frisch zu schlagen. In jedem Frühjahr forstete Herringbone zusammen mit Mr Pietsch und seinem Sohn wieder auf und pflanzte neue Tannen. So gab es seit vielen Jahren bereits für die Bewohner von Parsley Field genügend hübsche Weihnachtsbäume zu kaufen.

Mrs Porkpie hatte die Menüvorschläge Lady Fedora vorgelegt und war mit Phillis bis in den Abend beschäftigt, Pasteten und Kuchen zu backen, riesige Mengen verschiedener Kekse in Dosen unterzubringen und den Truthahn vorzubereiten. Die ganz spezielle Füllung für den Weihnachtsbraten, die Mrs Porkpie kaum jemandem anvertrauen wollte, war legendär. Phillis wurde in jedem Jahr von der Köchin mit erhobenem Zeigefinger darauf hingewiesen, niemandem ihr heiliges Rezept mit der geheimen Zutat zu verraten. In der Woche vor dem Fest duftete das Haus nach Zimt, Vanille und allem, was Weihnachten so wunderbar machte.

Lucinda hatte Ferien und verbrachte den halben Tag in der Küche. Sie durfte helfen. Das Mädchen knetete mit Inbrunst Teig für die Kekse, rollte ihn aus und stach Sterne, Herzen und kleine Elche aus. Mittags musste sie sich umziehen, weil sie vollkommen mit

Mehl überzogen schien. Beanstock ließ sie gewähren. Es war eine besondere Zeit. Das Kind sollte Spaß haben.

Gäste wurden erwartet. Wie in jedem Jahr wurde das Weihnachtsfest auf Parsley Manor groß gefeiert. Die guten Freunde der Baronets, Sir Mortimer Southcoffelton und Lady Marjorie, wurden erwartet. Da ihre beiden Töchter im Moment daheim waren, sollten sie beim großen Weihnachtsessen dabei sein. Vera und Sara Southcoffelton hatten ihr Studium beendet. Die beiden jungen Damen würden ihre Verlobten mitbringen. Im nächsten Jahr stand die Hochzeit beider Mädchen vor der Tür. Lady Fedora konnte ihre Neugier kaum beherrschen.

Zur großen Freude Lady Fedoras und Sir Percivals würden die Freunde aus Edinburgh anreisen. Und natürlich Professor Ian McGregor, der sich bereits in seiner Antwort auf die Einladung nach dem geplanten Menü erkundigt hatte.

Mrs Argyle hatte alle Hände voll zu tun. Die Zimmer wurden gereinigt und die Betten bezogen. Herringbone brachte für jedes der Gästezimmer ein weihnachtliches Gesteck aus Christrosen und goldfarbenen Kugeln. Lizzy und Filomena kümmerten sich gemeinsam um die Kleidung Lady Fedoras. Beanstock erschien das angebracht.

Es gab nicht viel Zeit, um neue Personalfragen zu erörtern. Deshalb verschob Beanstock dieses Problem auf das neue Jahr.

Filomena Arbuckle

An einem Morgen im Januar hatte sich Filomena Arbuckle nach London zu ihrem Termin bei Dr. Waldon, dem Psychiater, aufgemacht. Es würde die dritte Sitzung sein.

Lizzy hatte den seltsamen Eindruck gehabt, dass Filomena es kaum hatte erwarten können, wieder nach London zu kommen. Sie schien erregt und war viel zu früh zum Bahnhof gegangen. Sie hatte ihre große Reisetasche getragen, was für zwei Tage übertrieben schien, und das Angebot des Chauffeurs, sie mit dem Wagen zum Bahnhof zu bringen, abgelehnt. Sie hatte den allerersten Zug nach London genommen. Bereits um sechs Uhr hatte sie in einem Abteil gesessen und glücklich gegrinst.

Die Praxis des Psychiaters befand sich in der Crawford Street, das war nicht sehr weit vom Bahnhof Paddington. Der Behandlungstermin war um elf Uhr. Danach würde Filomena zu ihrer Freundin nach Soho fahren und am nächsten Tag erwartete man ihre Rückkehr auf Parsley Manor. So war der Plan.

Am Vormittag dieses Tages krabbelte Lizzy im

Schlafzimmer Lady Fedoras auf dem Fußboden herum. Mrs Argyle sah in jede Schatulle und überprüfte jede Schublade.

„Wo zur Hölle kann Filomena die Brosche gelassen haben?", fragte Lizzy und setzte sich kurz erschöpft auf.

Am Morgen hatte Lady Fedora eine kostbare Brosche vermisst, die sie am Abend vorher nicht wie sonst in den Safe, sondern auf ihren Frisiertisch gelegt hatte. Es war ein Erbstück von ihrer Mutter. Ein schönes Stück, Gold mit mehreren lupenreinen Diamanten besetzt, im Stil des Art Deko.

„Vielleicht liegt sie ja doch bereits im Safe. Ich werde mit Mr Beanstock reden", erklärte Mrs Argyle und machte sich sofort auf den Weg. „Sorgen Sie inzwischen hier für Ordnung."

Lizzy nickte, zupfte ihr Kleid zurecht und ging mit Eimer und Lappen in das angrenzende Bad.

Mrs Argyle ging in den Dienstbotenbereich und klopfte am Büro des Butlers. Er bat sie herein und hörte sich die Geschichte um die verloren gegangene Brosche an.

„Wir sehen im Safe nach. Vielleicht hat Sir Percival die Brosche heute Morgen hineingelegt, ohne My Lady zu informieren. Allerdings hätte er mich im Vorfeld nach der Kombination gefragt. Trotzdem sehen wir der Form halber nach."

Hinter dem Gemälde des rotbärtigen Baronets Bartholomew kam der Safe zum Vorschein. Sir Percival vergaß ständig die Kombination und so hatte der Butler die vertrauensvolle Aufgabe, sich die Kombination zu merken. Er konnte sich zwar nicht vorstellen, dass die Brosche dort war, aber man sollte stets alle Orte absuchen.

Er hoffte inständig, dass nicht Filomena die Schuldige war und das kostbare Stück irgendwo abgelegt hatte, wo man es niemals wiederfinden würde.

Im Safe war die Brosche nicht.

Beanstock schloss ihn wieder ordnungsgemäß und ließ den guten alten dritten Baronet weiterhin darauf aufpassen.

Er überlegte angestrengt.

„Miss Arbuckle ist sehr zerstreut. Vielleicht hat sie das Kleinod dummerweise eingesteckt und nicht mehr daran gedacht. Es tut mir sehr leid, aber ich denke, wir sollten ihr Zimmer aufsuchen."

Mrs Argyle machte ein erstauntes Gesicht.

„Sie meinen, wir sollen ihr Zimmer durchsuchen? Das erscheint mir nicht richtig. Vielleicht warten wir einfach, bis sie aus London zurückkommt. Ich würde nur ungern ihre Sachen durchwühlen."

„Gut, einen Tag Aufschub können wir verkraften. Ich werde Lady Fedora informieren. Sie ist mit Sir Percival unterwegs zu den Southcoffeltons und wird am Abend zurück sein. Warten wir. Sie haben das Schlafzimmer Ihrer Ladyschaft sorgfältig abgesucht?"

„Lizzy ist sogar unter das Bett gekrochen. Das Schmuckstück wird sich wieder anfinden. Ich bin sicher."

Beanstock hatte gar kein gutes Gefühl bei diesem Aufschub. Irgendwie sagte sein Bauchgefühl, dass die Brosche nicht mehr hier war.

Sollte ein Dieb im Haus gewesen sein? Das hätte er bemerkt. Es gab keinen Hinweis auf einen Einbruch.

Und die zweite Idee, die er zum Verbleib im Hinterkopf hatte, erschien ihm so abwegig, dass er sie schnellstens vergessen wollte. Die Zofe war unzuverlässig geworden. Sie erledigte ihre Aufgaben nicht mehr ordnungsgemäß.

Aber einen Diebstahl traute er ihr nicht zu.

Am Abend des nächsten Tages saß Mrs Argyle ratlos im Büro des Butlers. Filomena hätte seit Stunden aus London zurück sein müssen.

Beanstock hatte vor einer Stunde in der Praxis des Psychiaters, Dr. Waldon, angerufen und erfahren, dass die Zofe nicht zu dem Termin am Vortag erschienen war.

Die Freundin Filomenas hatte daheim kein Telefon. Aber Mrs Argyle wusste, dass sie als Sekretärin in einem großen Büro arbeitete. Leider war es für einen Anruf dort zu spät. Das musste bis morgen warten.

„Ich mache mir schreckliche Vorwürfe, Mr Beanstock. Was könnte ihr denn nur passiert sein?", sagte die Hausdame.

„Wir werden in ihrem Zimmer nachsehen. Vielleicht finden wir dort einen Hinweis. Das muss sein. Ich habe die Baronets informiert. Lady Fedora ist tief erschüttert. My Lady meinte, dass sie durch ihre Zerstreutheit eventuell die Zeit vergessen hat oder von irgendetwas abgelenkt wurde. Ich habe versucht, Lady Fedora so gut es ging zu beruhigen. Es muss nicht heißen, dass etwas passiert ist. Es kann auch eine ganz einfache Erklärung geben."

Das Zimmer der Zofe im Dienstbotenbereich wirkte, als habe jemand mit großer Eile gepackt. Auf dem Boden standen noch die Hausschuhe, das Nachthemd lag daneben, der Schrank stand offen und das Bett war nicht gemacht. Mrs Argyle sah sich den Schrank an.

„Sie hat nur ein altes Winterkleid hiergelassen. Warum hat sie denn für einen Tag so viel Kleidung eingepackt? Sogar das neue festliche Kleid ist fort, das sie von Lady Fedora bekommen hat. Die passenden Schuhe fehlen ebenfalls."

Beanstock sah in die Kommode neben dem Bett und die Hausdame ging in das Bad für die weiblichen Angestellten. Nach kurzer Zeit kam sie zurück.

„Ihre gesamte Kosmetik ist fort." Mrs Argyle sah blass aus. „Was hat sie sich dabei gedacht? Einfach zu verschwinden? Das kann ich nicht glauben!"

Beanstock zog ein paar Briefe aus der Kommode. Er sah sich die Adressen an.

„Die Briefe gingen an Filomena, aber sie wurden nicht nach Parsley Manor geschickt. Sie wurden an die Adresse der Freundin in London versandt", sagte er.

„Sollten wir so indiskret sein und sie lesen? Ich fühle mich gar nicht gut bei dem Gedanken. War denn die Brosche in der Kommode?", fragte Mrs Argyle.

Beanstock schüttelte den Kopf.

Er war erschüttert. Sollte Filomena wirklich diesen extremen Vertrauensbruch begangen haben? War sie einfach verschwunden und hatte die Brosche gestohlen? Sie würde das Schmuckstück nicht einfach verkaufen können. Das würde auffallen. Die Zofe war nicht für ihre großartige Intelligenz bekannt. Und Beanstock war sich sicher, dass Filomena keine Kontakte zu der Unterwelt Londons hatte und einen Hehler

31

kannte, mal ganz abgesehen davon, dass so ein kostbares Stück auffallen würde wie ein rosa Elefant.

„Es muss eine andere Erklärung geben", sagte er leise.

Er reichte der Hausdame die Briefe und Mrs Argyle öffnete den ersten Umschlag. Sie zog ein eng beschriebenes Blatt heraus. Es war ihr zutiefst unangenehm, in den persönlichen Sachen der Zofe zu schnüffeln.

Kurz überflog sie den Brief, bevor sie ihn dem Butler reichte und den nächsten Umschlag öffnete.

„Es ist allem Anschein nach eine Art Liebesbrief", erkannte Beanstock.

„Nicht unterschrieben und ohne einen Namen auf dem Absenderfeld zu nennen. Aus dem Schreiben ist nicht zu erkennen, ob Filomena und der Schreiber eine Liebesbeziehung hatten oder ob die Bekanntschaft anderer Natur ist. Sehr seltsam. Was steht im nächsten Brief?"

Mrs Argyle war inzwischen bei dem dritten und letzten Umschlag angekommen und zog eine Karte daraus hervor.

„Im zweiten Brief steht ganz ähnliches Geschwafel wie im ersten Brief. Wie schön Filomena sei und wie ausgesprochen intelligent und sie habe etwas anderes verdient. Ich sage ja nicht, dass sie keine ansehnliche Person ist, aber sie ist doch schon fünfzig Jahre alt und so wie der Schreiber sich ausdrückt, liebt er sie. Oder was meinen Sie, Mr Beanstock? Im letzten Brief ist nur eine Karte enthalten."

Die Hausdame las die Karte.

„Oh mein Gott!", entfuhr es Mrs Argyle etwas zu laut.

Niemand hatte bemerkt, dass Lucinda sich im Flur zu ihnen gesellt hatte und an der Tür horchte. Nun riss sie die Tür auf und kam ins Zimmer gelaufen.

„Was ist, Mrs Argyle? Ist Filomena etwas passiert? Was steht auf der Karte?", fragte das Mädchen atemlos.

„Junge Dame, man horcht nicht an der Tür", sagte Beanstock und schüttelte den Kopf.

„Verzeihung, aber alle im Haus machen sich Sorgen. Phillis meinte, ob ich nicht einmal hier hinaufgehen und meine Ohren aufhalten könnte. Ich mag doch Filomena. Sollen wir wieder ermitteln, Mr Beanstock?", fragte sie aufgeregt.

Beanstock schüttelte leicht den Kopf. Lucinda sah enttäuscht drein.

„*Montag, 10. Januar, 20 Uhr, White Hall Gardens. Liebste, ich erwarte dich!*", las Mrs Argyle vor. Sie sah den Butler erschrocken an.

„Was hat das zu bedeuten?"

Beanstock nahm die Karte und sah sie sich genau an. Es waren keine anderen Informationen darauf zu finden. Er drehte die Karte um. Auf der Vorderseite war ein altes Hotel abgebildet.

„Ich kenne dieses Hotel nicht. *The Pink Elephant* in London ist mir gänzlich unbekannt. Es muss ein älteres Hotel sein. Diese Karte sieht aus, als wäre sie lange vor dem Krieg gedruckt worden. Ich werde mich nach dem Hotel erkundigen. Wir müssen mit Sir Percival reden, Mrs Argyle", resümierte der Butler, steckte die Karte ein und schob Lucinda aus dem Raum.

„Ich werde mich später mit Phillis unterhalten, das kannst du in der Küche schon einmal berichten." Mit diesen Worten schob der Butler Luci aus dem Raum.

Lucinda ärgerte sich, dass sie das Küchenmädchen erwähnt hatte. *Das macht ein guter Detektiv nicht,* dachte sie bei sich auf dem Weg nach unten. *Ein guter Detektiv sagt nur so viel, wie nötig ist, und behält die Fakten für sich. So macht man das. Verdammt! Achso, ich soll nicht fluchen.*

Lady Fedora war erwartungsgemäß geschockt. Sie bekam kaum ein Wort heraus.

„Das sieht Filomena nicht ähnlich", meinte Sir Percival. „Ich kann nicht glauben, dass sie die Brosche gestohlen hat und auf und davon ist. Das passt gar nicht zu ihr."

Lady Fedora hatte nur ein Nicken übrig. Ihre Augen flogen zwischen dem Butler und ihrem Gatten nervös hin und her.

Filomena war schon so lange bei ihr. Sie war eher eine Freundin. Als junges Mädchen hatte sie Filomena ihre geheimsten Sehnsüchte anvertraut. Wie oft die beiden damals gelacht hatten. Und wie oft Filomena die junge Fedora Wentworth getröstet hatte, wenn etwas falsch gelaufen war im Leben. Dabei war Filomena damals selbst noch fast ein Kind gewesen. Diese Zerstreutheit der Zofe war ärgerlich, aber doch nicht so schlimm, dass man sie entlassen würde.

„Darling, wir müssen etwas unternehmen. Ich bin nicht gewillt, diese Sache einfach im Sande verlaufen zu lassen. Was können wir tun, Beanstock? Eine Anzeige bei der Polizei wegen der verschwundenen Brosche lehne ich ab, das sollten Sie wissen."

Es war Nachmittag. Im Kamin knisterte ein helles

Feuer und verbreitete angenehme Wärme im Salon. Draußen glitzerten Schnee und Reif vor den Fenstern. Die Welt war im tiefen Winterschlaf und im Salon der Baronets servierte Mrs Argyle den Tee. Sie gab Milch in die Tassen, dann Zucker, einen Löffel für My Lady und zwei für Sir Percival, dann schenkte sie den Tee ein, Earl Grey mit feiner Bergamottenote, und reichte die Tassen den Baronets.

„Ich würde mich zunächst nach diesem Hotel erkundigen. Vielleicht wurde Miss Arbuckle dort gesehen. Ich könnte auch Inspector Morris kontaktieren. Alles natürlich sehr diskret und ohne auf den möglichen Diebstahl hinzuweisen. Dann wäre da auch noch die Freundin unserer Zofe. Sie sollte im Moment auf ihrer Arbeitsstelle erreichbar sein. Ich würde diese Dinge zuerst erledigen. Sind Sie damit einverstanden, Sir?", fragte Beanstock.

Der Baronet nickte und schlürfte an seinem Tee. Er warf begehrliche Blicke zu dem Gewürzkuchen, den Phillis in diesem Moment auf den kleinen Salontisch stellte. Er liebte ihn und er dachte an die wunderschöne Weihnachtszeit zurück.

Der Butler räusperte sich in Richtung des Küchenmädchens, da Phillis keine Anstalten machte, wieder zu gehen. Natürlich würde sie gern erfahren, was es über Filomena zu berichten gab. Er räusperte sich etwas lauter. Jetzt hatte es Phillis endlich verstanden, knickste und ging.

Beanstock verneigte sich leicht und ging in sein Büro, um die Anrufe zu tätigen. In seinem schwarzen Notizbuch fand er die Nummer von Scotland Yard. Aber zuerst wollte er die Freundin, Miss Jones, in

London anrufen. Beanstock ließ sich mit der Nummer in London verbinden.

Er nahm nochmals die Karte aus Miss Arbuckles Zimmer zur Hand und betrachtete sie. Seltsam. Die Schrift des Herren sah ziemlich verspielt aus. Wen hatte die Zofe da wo kennen gelernt und wann? Das Wann war einfach. Wahrscheinlich bei einem ihrer Besuche in London bei Dr. Waldon. Das Wo könnte dieses alte Hotel gewesen sein.

Jemand nahm den Hörer am anderen Ende der Leitung ab. Es meldete sich eine Dame.

„Büro Broms & Brower, Lederwaren in bester englischer Tradition, Mrs Curtis am Telefon, was kann ich für Sie tun?"

Beanstock stellte sich vor und fragte nach einer Miss Jones, die dort im Büro angestellt sein solle. Er würde die Dame gerne sprechen.

„Es ist unseren Damen nicht erlaubt, Privatgespräche am Arbeitsplatz zu führen."

„Nun, ich rufe aus Parsley Manor an, ich bin der Butler Lady Fedoras of Parsley und ich denke, es wäre ein feiner Zug von Ihnen, wenn Sie mich mit der Dame sprechen lassen. Ich werde Ihre Manufaktur auf jeden Fall gern danach weiterempfehlen."

Natürlich hatte Beanstock das nicht vor. Die Baronets hatten ihre bevorzugten Hersteller für Lederwaren, mit denen sie seit vielen Jahren eng verbunden waren. Aber das musste die Dame nicht wissen.

Einen Moment war es still am anderen Ende der Leitung.

„Nun gut. Dann will ich eine Ausnahme machen. Einen Moment bitte, ich stelle Sie auf den Apparat von

Miss Jones um. Guten Tag."

Es knackte kurz in der Leitung und eine andere Dame meldete sich.

„Hier ist Miss Jones?"

Beanstock stellte sich erneut vor.

„Parsley Manor? Oh! Ich wusste, das geht irgendwie daneben. Dieses dumme Ding. Was hat sie angestellt?", fragte Miss Jones überrascht.

Sie schien zu überlegen, was sie sagen sollte. Nach einem kurzen Moment sprach sie leise weiter. Beanstock musste sich anstrengen, um etwas zu verstehen.

„Ich habe Filomena mehr als einmal gesagt, sie solle nicht so leichtgläubig sein. Ich würde Ihnen gern helfen, aber hier im Büro möchte ich nicht darüber reden. Sie verstehen das hoffentlich. Aber Filomena ist eine meiner ältesten Freundinnen. Wenn wir uns vielleicht treffen könnten? Ich habe immer gegen siebzehn Uhr Feierabend und bin dann in meiner Wohnung erreichbar. Soho, Peter Street 3b, im Hinterhaus."

Beanstock überlegte einen Moment. Er sah in sein Notizbuch. In den nächsten Tagen gab es keine Termine zu berücksichtigen.

„Gut, ich treffe Sie morgen gegen siebzehn Uhr."

„Klingeln Sie bitte, ich komme herunter und wir gehen in das Café an der Ecke. Ich darf keinen Herrenbesuch empfangen. Meine Vermieterin ist da eigen und wohnt im gleichen Haus", flüsterte sie. Beanstock konnte kaum etwas verstehen. Dann hatte die Dame aufgelegt.

Die Anrufe bei Scotland Yard und dem Hotel schenkte er sich vorerst. Es wäre eine gute Idee, persönlich dort vorzusprechen.

Der Butler ging zu den Baronets zurück in den Salon und berichtete.

„Fahren Sie am besten mit Gonzales morgen nach London. Das passt doch sehr gut. Ich benötige einige Dinge aus London, die Sie besorgen könnten", meinte Sir Percival und seine Gattin nickte dazu.

Beanstock ging sofort in die Garage und informierte den Chauffeur über den morgigen Ausflug nach London.

„Wir sollten nach dem Frühstück fahren, da ich verschiedene Aufträge von Sir Percival zu erledigen habe. Dann sehe ich mir dieses Hotel an, *The Pink Elephant,* in der Nähe des Trafalgar Square. Danach fahren wir zu Inspector Morris. Gegen siebzehn Uhr treffe ich mich mit Miss Jones in Soho. Anschließend fahren wir zurück."

Gonzales grinste und rieb sich die Hände.

„Wieder einmal ein neuer Fall für uns?", fragte er fröhlich und rieb sich die Hände.

„Wir werden sehen, Gonzales."

London

Es war ein ausgesprochen kalter Tag.

Als Gonzales den Bentley über die Westminster Bridge steuerte, fielen sanft Flocken vom Himmel.

Beanstock hatte ein gewaltiges Déjà Vu. Als er damals in London den Fall für *Daisy Chain* gelöst hatte, hatte es auch geschneit. Er dachte an Luci, seine Pflegetochter, und lächelte. Was wäre aus dem Kind geworden, wenn er und Gonzales damals nicht an seiner Seite gewesen wären? Darüber wollte er lieber nicht spekulieren.

Es war noch früh, die Straßen nach London waren frei und die beiden Herren konnten in Ruhe, die Besorgungen für Sir Percival erledigen.

Zuerst holte Beanstock die bestellte Tasche für My Lady ab, danach die handgefertigten neuen Schuhe für Sir Percival und am Ende brachte er noch wichtige Akten zum Anwaltsbüro der Baronets.

Gegen Mittag hielt der Bentley vor dem Hotel *The Pink Elephant.* Gonzales hatte es nicht auf Anhieb gefunden und erst nach dem Weg fragen müssen. Die schmale Straße in der Nähe des Trafalgar Square war nicht leicht zu entdecken gewesen.

Der Chauffeur parkte den Wagen, schloss ihn ordnungsgemäß ab und folgte Beanstock in das Hotel.

In seiner Jackettasche hatte der Butler eine Fotografie, auf der Filomena Arbuckle abgebildet war.

Die beiden gingen zur Rezeption. Ein netter Herr sah ihnen erwartungsvoll entgegen. Wahrscheinlich vermutete er potenzielle Gäste. Beanstock musste ihn enttäuschen.

Er griff zu der Fotografie und zeigte sie dem Rezeptionisten, der sich als George Walton vorgestellt hatte.

„Haben Sie diese Dame schon einmal in Ihrem Hotel gesehen? Bitte sehen Sie sich das Foto genau an, es ist überaus wichtig", erklärte der Butler.

Mr Walton betrachtete das Foto eingehend.

„Was ist mit der Dame? Warum suchen Sie sie?", fragte er misstrauisch. Da könnte ja jeder kommen.

Im Hintergrund schnarchte jemand laut. Gonzales sah sich interessiert um und entdeckte einen alten Herrn, der mit seiner Zeitung auf dem Schoß eingeschlafen war.

Eine ältere Dame, die mit ihrem Strickzeug neben ihm saß, versuchte mit zornigem Ausdruck im Gesicht, ihn mittels einer langen Stricknadel zu wecken. Sie stach den armen Mann in die Seite. Damit erreichte sie nur, dass er noch lauter schnarchte.

Gonzales lächelte.

„Die Dame ist im Haushalt von Parsley Manor als Zofe tätig und seit einigen Tagen verschwunden. Eine Karte mit diesem Hotel ist ein Hinweis, dass sie vielleicht hier war. Erinnern Sie sich an diese Dame?", fragte der Butler noch einmal eindringlicher.

Mr Walton sah erneut auf die Fotografie.

„Sie wird vermisst? Sehr eigenartig. Vor ein paar Tagen vermissten wir eines unserer Hausmädchen. Leider hat man sie tot aufgefunden. Nun erzählen Sie mir etwas von einem neuen Vermisstenfall und stellen eine Verbindung zu unserem Hotel her. Was soll ich davon halten? Vielleicht wenden Sie sich besser an Scotland Yard. Inspector Morris ist für den Fall zuständig. Die Dame auf dem Foto kenne ich leider nicht."

Beanstock entdeckte auf dem Tresen einen Holzkasten, aus dem Karten hervorlugten. Er griff danach und als er die Karte, die Filomena bekommen hatte, damit verglich, war es die gleiche.

„Aber diese Karten verkaufen Sie nur hier im Hotel, nicht wahr?", fragte er Mr Walton. Der Mann nickte zustimmend.

„Sie liegen auch auf den Zimmern für Gäste, die gern eine Postkarte nach Hause schicken wollen. Ein paar von diesen alten Dingern sind wohl auch noch in einigen Reisebüros zu finden. Aber ich glaube aufgrund unserer Gästelage, dass man sie dort entsorgt hat."

„Ich denke, ich werde mit dem Inspector reden. Ich kenne ihn von früher. Vielen Dank, Sir. Sie haben mir trotzdem helfen können", erklärte Beanstock.

Scotland Yard am Witehall Place 4, gar nicht so weit entfernt vom Hotel, war durch das dichte Schneetreiben kaum zu erkennen. Gonzales parkte und die beiden Männer gingen hinüber zu dem Gebäude mit der roten und grauen Fassade.

Es hatte sich nicht sehr viel verändert, seitdem Beanstock das letzte Mal hier gewesen war. Am Empfang fragte er nach Detective Inspector Morris. Der wachhabende Polizist schickte die beiden in die erste Etage.

Der Lärmpegel in den Büros war, wie schon damals, als Beanstock hier gewesen war, unfassbar. Wie konnte man nur bei diesem Lärm arbeiten?

Klappernde ratternde Schreibmaschinen, klingelnde Telefone, gerufene Anweisungen, ein Bote ließ einen Stapel Pakete scheppernd auf den Boden fallen und dazwischen das Gezeter von ein paar jungen Damen, die mit ihrer Verhaftung scheinbar unzufrieden waren.

Das Büro des Inspectors lag vor ihnen. Beanstock klopfte. „Herein!", brüllte jemand von drinnen. Der Mann schien genervt zu sein.

Als der Polizist sah, wer da durch die Tür kam, legte er seinen Kopf auf den Schreibtisch und stöhnte laut auf.

„Das glaube ich einfach nicht", sagte er. „Mr Beanstock."

Gonzales grinste breit.

Nachdem der Inspector sich etwas beruhigt hatte, wies er auf die Stühle vor seinem Schreibtisch.

„Nehmen Sie Platz. Was gibt es denn? Haben Sie das herrschaftliche Silber verloren? Oder hat jemand die heilige Teatime gestört? Was verschafft mir das Vergnügen?" Er betonte das Vergnügen besonders.

„Es tut mir leid, Sie belästigen zu müssen. Es geht um eine langjährige Angestellte unseres Hauses. Filomena Arbuckle, die Zofe Lady Fedoras, der Gattin des Baronets Sir Percival von Parsley, ist verschwunden.

Ihre Spur führte uns nach London. Sie sollte hier einen Arzt aufsuchen und kehrte nicht zurück. Meine Nachforschungen ergaben, dass sie den Arztbesuch nicht wahrgenommen hat.

Eine Spur führte in das *Hotel Pink Elephant*. Mr Walton, ein Angestellter des Hotels, verwies mich auf Sie, Sir", erklärte Beanstock.

„Wie kommen Sie auf dieses Hotel?", fragte der Inspector und schien plötzlich sehr aufmerksam zu sein.

„Nun, natürlich durchsuchte ich das Zimmer der Dame, um eventuell einen Hinweis auf ihren Verbleib zu finden."

„Natürlich taten Sie das. Das macht jeder so. Niemand ruft die Polizei und meldet zuerst einen Vermisstenfall. Wo kämen wir hin, wenn sich jeder Mensch an die Polizei wenden würde?" Inspector Morris stützte den Kopf auf seine rechte Hand.

„Nur weiter, Mr Beanstock, nur weiter."

Beanstock räusperte sich. Gonzales grinste erneut.

„Also, was haben Sie gefunden?"

„Wie gesagt, wir durchsuchten das Zimmer nach Hinweisen und fanden diese Karte."

Beanstock legte die Postkarte auf den Schreibtisch.

„Daraufhin sind wir nach London gekommen, um uns nach dem Verbleib der Dame zu erkundigen. Im Hotel konnte uns niemand helfen. Man kennt Miss Arbuckle dort nicht. Aber Mr Walton verwies uns auf Scotland Yard. Ist etwas vorgefallen, was Sie mir sagen müssten? Wurde im Zusammenhang mit Miss Arbuckle ein Verbrechen begangen? Wir machen uns alle sehr große Sorgen, das verstehen Sie sicher", erklärte Beanstock.

Inspector Morris sah sich die Karte genauer an. Dann griff er in eine Akte, die auf dem Schreibtisch lag, und zog einen Plastikbeutel heraus, der genau die gleiche Karte enthielt. Er reichte sie Beanstock. Gonzales war inzwischen das Grinsen vergangen.

Beanstock wendete die Karte vom Hotel und las den Text.

„Das ist fast genau derselbe Wortlaut wie auf der Karte unserer Zofe. Was ist mit dieser Bridget, die hier genannt wird, passiert?"

Dieses Mal räusperte sich der Inspector.

„Sie wurde aus der Themse gezogen. Tot. Nach der Obduktion haben sich seltsame Dinge ergeben. Ich darf Ihnen nicht mehr sagen, das verstehen Sie hoffentlich."

Einen Moment herrschte Stille im Raum.

„Haben wir nicht ein Recht, zu erfahren, was vielleicht mit unserer Freundin passiert ist?", fragte Gonzales erregt.

„Natürlich, aber ich habe eine Ermittlung zu leiten. Was soll ich davon halten, dass es nun scheinbar ein drittes Opfer gibt?", sagte der Inspector resignierend.

„Sie sagten nichts von einem zweiten Opfer und wir können noch nicht wissen, ob Miss Arbuckle tot ist. Sir, ich bitte Sie. Sie kennen mich und wissen, dass ich eine Hilfe sein könnte", sagte Beanstock.

Inspector Morris dachte lange nach. Fast nahm Gonzales an, der gute Inspector wäre eingeschlafen, da er mit geschlossenen Augen hinter seinem Tisch saß und mit seinem Stuhl kippelte.

„Was soll's! Mein Chef wird sich sowieso aufregen", verkündete er schließlich. „Regt sich über jeden Schnipsel Papier auf, der ihm nicht vorgelegt wird", murmelte er. Er griff zum Hörer, drückte einen Knopf und wartete. Nachdem sich jemand am anderen Ende gemeldet hatte, bestellte er drei Tassen Tee. Beanstock atmete durch.

Vor jedem der Herren stand nach zehn Minuten eine Tasse mit dampfendem Earl Grey. Der Inspector zog die Akte zu sich heran, öffnete sie erneut und begann zu berichten. Er sprach von dem jungen Mädchen Bridget, Zimmermädchen im Hotel, unscheinbar, naiv, der gefundenen Karte, der gestohlenen Brosche und dem Auffinden der Leiche.

Bei der Erwähnung der Brosche wurde es Beanstock heiß und kalt zugleich. Er schluckte schwer.

„Ich muss Sie informieren, dass im Hause der Baronets ebenfalls eine kostbare Brosche fehlt."

Inspector Morris schüttelte den Kopf.

„Was zur Hölle geht hier vor? Die Brosche wollten Sie mir wohl vorenthalten, nicht wahr? Na gut, ich verstehe schon."

„Darf ich fragen, was die Obduktionen ergaben?"

Der Inspector zog mehrere Blätter aus der Akte und einen weiteren Plastikbeutel, in dem sich zwei zerknittert wirkende Papierschnipsel befanden. Er legte sie vor den Butler auf die Tischplatte.

„Das fanden wir im Mund beider Opfer. Mir fiel sofort unser gemeinsamer Fall ein, der mit dem Gänseblümchen, Sie wissen schon. Bitte sagen Sie nicht, dass wir schon wieder einen Serienmörder haben. Das bringt Unglück."

„Wie hat Dr. Seeker die Todesursache beschrieben?

45

Es war doch sicher Dr. Seeker?", fragte Beanstock.

„Ja. Da wird es auch wieder sehr eigenartig. Wir haben auf den ersten Blick Strangulationsmale am Hals gefunden, danach diese seltsamen Figuren im Mund der Frauen und dann wird es verrückt. Vorher hat man den jungen Frauen Gift gespritzt."

„Welches Gift?", fragte der Butler.

„Ein seltenes Gift. Kurare, südamerikanisches Pfeilgift in sehr hoher Konzentration. Das führte zu Lähmung und Atemstillstand. Warum also die zusätzlichen Strangulationsmale?"

„Wer war das zweite Opfer?", fragte der Butler.

„Ebenfalls ein Zimmermädchen. Rose Fuller arbeitete im Hause eines angesehenen Anwalts. Sie war knapp zwanzig Jahre alt, naiv, unscheinbar, genau wie Bridget. Die kostbare Brosche der Dame des Hauses fehlt. Haben wir da ein Opfermuster? Wie sah es mit der Zofe aus? Passt sie ins Schema?"

Gonzales schien es, als würde sein Hemd zu eng sitzen. Er versuchte, den Kragen zu lockern. Er sah Filomena vor sich und diese Giftspritze. Das konnte doch nicht wahr sein! Er starrte Beanstock panisch an, aber der Butler war tief in Gedanken versunken.

„Filomena passt schon hinein, aber sie ist ein unorganisierter und etwas zerstreuter Mensch. Deshalb war sie in Behandlung hier in London. Ich kann mir denken, dass die zusätzliche Strangulation ein Ablenkungsmanöver ist. Oft, wenn man nicht so einen guten Rechtsmediziner wie Dr. Seeker zur Verfügung hat, übersieht man das Gift und erkennt nur die Strangulation als Tötungsgrund. Das Ganze weist auf einen ziemlich gestörten Geist hin. Der Täter will töten, aber

46

er will die Spuren auch verwischen. Er will verunsichern. Aber wie passen die Symbole auf dem Papier in diesen Fall?"

Beanstock zog sich die Tüte mit den Blattfetzen heran und sah sie sich erneut an.

„Sehr eigenartige Symbole. Aber ich habe solche ähnlichen Zeichen schon einmal in einem Buch gesehen. Ich erinnere mich, dass es ein Reisebericht aus den Tiefen Afrikas war. Ein Forscher berichtete unter anderem von einem Besuch seines Expeditionsteams in Togo. Sie kamen mit Dorfbewohnern zusammen, die den Forschern bis dahin unbekannte Rituale praktizierten. In dem Buch sah ich so ähnliche Zeichen. Ich erinnere mich im Moment nicht an den Titel des Buches. Aber ich könnte in der Bibliothek auf Parsley Manor nachforschen und Sie informieren, wenn Sie es möchten."

DI Morris sah ihn erstaunt an.

„Sie sind immer für eine Überraschung gut, Mr Beanstock. Dr. Seeker kannte es auch, wusste aber den Zusammenhang nicht herzustellen. Es wäre hilfreich, wenn Sie mir den Titel mitteilen würden."

„Ich werde mich damit beschäftigen. Das ist sehr eigenartig. Darf ich die Symbole abzeichnen?"

Der Inspector nickte. Beanstock nahm sein kleines schwarzes Notizbuch zur Hand, zog einen Stift aus seiner Jacketttasche und zeichnete die Symbole sorgfältig ab.

Inspector Morris stand auf und sah aus dem Fenster, das wieder einmal eine Säuberung dringend nötig hätte, bemerkte Beanstock.

„Wir haben noch einen Ermittlungsansatz. Im Hotel

gab es einen Gast, der kurz nach dem Mord an dem ersten Opfer verschwunden ist. Ein Mr Hamilton, wahrscheinlich ein falscher Name. Er war der einzige Gast des Hotels, der etwas jünger war. Die anderen Gäste des Hauses rühren sich ja altershalber kaum vom Fleck, geschweige denn bis zur Themse, um eine Leiche loszuwerden."

Beanstock nickte zustimmend.

„Die Kollegin des Opfers meinte gesehen zu haben, wie der Mann mit ihrer Freundin geflirtet hätte. Er war groß, trug elegante Anzüge, hatte graues, volles Haar und einen Panamahut auf dem Kopf. Das fiel wohl jedem hier in London auf. Und in der Hand des zweiten Opfers fand Dr. Seeker ein Büschel graues Haar. Wir sind noch dabei, zu ermitteln." Inspector Morris sah nicht glücklich aus.

„Dieser Hut gibt mir zu denken. Ein Mörder würde doch nicht so ausgesprochen auffällig herumlaufen. Er will nicht erkannt werden, braucht die Dunkelheit für seine Vorhaben und agiert im Verborgenen", sagte Beanstock.

„Was haben Sie jetzt vor?", fragte der Inspector den Butler.

Beanstock sah auf seine Taschenuhr.

„Es ist bereits nach sechzehn Uhr. Um siebzehn Uhr treffen wir die Freundin Filomenas, bei der sie übernachtet, wenn sie in London weilt. Vielleicht kann sie noch etwas Licht in die Angelegenheit bringen. Wenn sich etwas Relevantes ergibt, werde ich Sie sofort informieren, Sir."

Der Inspector nickte leicht. Dann brachte er die Herren zur Tür und reichte Beanstock die Hand.

„Machen Sie sich noch nicht so viele Sorgen. Vielleicht taucht Ihre Zofe wieder auf, gesund, munter und zerstreut. Ich melde mich, wenn es Neuigkeiten gibt. Das Gleiche erwarte ich von Ihnen."

Er ging zurück in sein Büro, öffnete eine der Schreibtischschubladen und nahm eine rechteckige Büchse heraus. Er öffnete sie, sah hinein und schloss sie wieder. Ihm war der Appetit auf die cremigen Törtchen seiner Mutter vergangen.

Inspector Morris´ Nase juckte ausgiebig.

Miss Jones

Die Peter Street war eine enge Straße mit zwei-
geschossigen Backsteinhäusern auf beiden Seiten. Im
Erdgeschoss waren einige wenige Geschäfte untergebracht, ein Friseursalon, ein Papiergeschäft und ein
Café. Damit endete die Peter Street auch bereits. Es
war eine sehr kurze Straße.

Gonzales parkte vor der Nummer 3b, Beanstock
stieg aus, sah auf die Klingelschilder und entdeckte
den Namen, den er suchte. Dann sah er auf seine
Taschenuhr. Es war nach siebzehn Uhr. Die Dame
sollte daheim sein.

Er drückte den Knopf. Nun war er froh, Handschuhe zu tragen. Die einst weiße Plastikleiste mit den
Klingelknöpfen sah grau und verschmiert aus.

Einige Minuten später öffnete sich die Haustür und
eine Dame erschien.

„Mr Beanstock?"

Der Butler verneigte sich.

„Miss Jones? Schön, dass Sie sich Zeit für mich
nehmen. Ist es Ihnen recht, wenn Mr Gonzales bei
unserem Gespräch dabei ist?"

Miss Jones, eine ältere Dame mit grauem Haar, das sie kurz geschnitten trug, faltigem Gesicht und einer schmalen Nase, auf der eine runde Brille saß, nickte nur leicht. Beanstock schätzte sie auf etwa fünfzig.

Sie trug wahrscheinlich noch ihre unscheinbare Bürokleidung, ein graues Kostüm, flache dunkle Schuhe und eine einfache weiße Bluse. Ihre Hand wies in Richtung des Cafés. Die drei machten sich auf den Weg.

Das Café schien aus der Zeit gefallen zu sein. Es hatte den Charme der Belle Epoche, angefangen bei der floralen Tapete über geschwungene Nussbaum- stühle bis hin zu den symmetrischen Mustern auf den feinen Tassen und Tellern. Ein Kleinod, vergessen in einer vergessenen Straße. Beanstock war begeistert. London überraschte ihn immer aufs Neue.

Sie setzten sich an einen Tisch in der Nähe des Fensters und bestellten bei der Kellnerin, einer rot- wangigen Dame mit einem steten Lächeln auf dem Gesicht, Tee und Gebäck.

„Also, wo ist Filomena?", fragte Miss Jones.

„Das wollten wir eigentlich von Ihnen hören, Miss. Wir wissen nur, dass sie nach London fuhr, den Termin beim Arzt nicht wahrnahm und dass sie wahrscheinlich Post zu Ihrer Adresse in der Peter Street erhalten hat. Ist das korrekt?"

Miss Jones rutschte unbehaglich auf ihrem Stuhl herum.

„Ja, das stimmt. Bevor sie zum zweiten Mal bei mir übernachtete, kamen plötzlich Briefe für sie. Ich habe sie darauf angesprochen. Filomena machte ein großes Geheimnis daraus und lachte sich jedes Mal kaputt."

51

„Das kennen wir von ihr", sagte Gonzales, um auch etwas beizutragen.

„Nun, ich ließ nicht locker. Wie schnell fällt man in einer Stadt wie London auf einen Betrüger herein, der es nur auf dein Geld abgesehen hat. Und ohne etwas zu merken, stehst du eines Tages ohne Geld, ohne Vermögen und ohne Auskommen da. Und dann sagen deine Verwandten, wir haben es ja gewusst, aber helfen will dir keiner von ihnen. Du musst dich selbst aus dem Sumpf ziehen", sagte Miss Jones. Beanstock erschien es, als würde sie über sich selbst reden. Zumal kleine Tränen in ihren Augen glitzerten.

„Filomena erzählte mir schließlich, dass sie jemanden kennengelernt hätte, der sich mit ihr treffen wollte, wenn sie in London war. Komischerweise redete sie plötzlich dauernd von der Karibik und wie wunderschön ein Leben dort wäre, unter Palmen liegen und im warmen Sand spazieren gehen. Ich weiß nicht, wie sie darauf gekommen ist. Sie hatte niemals davor von der Karibik erzählt. Ich fand das so abwegig.

Jedenfalls, vor ein paar Tagen sollte sie wieder bei mir übernachten. Sie stellte ihren Koffer bei mir ab und verschwand sofort, aufgedonnert wie eine Matrone an einem Sonntagnachmittag. Das war das letzte Mal, dass ich sie gesehen habe. Als ich am Abend von der Arbeit kam, war ihr Koffer verschwunden. Sie hat ja einen Schlüssel zur Wohnung. Ich verstand sowieso nicht, wieso sie dieses Mal so viel Gepäck dabeihatte."

Beanstock überlegte.

„Ist noch einmal Post für Filomena gekommen?"

„Nein, aber ich mache mir solche Vorwürfe. Sie ist doch wohl nicht auf einen Heiratsschwindler hereingefallen? Sie hat mich nach dem Weg zum Soho Square Gardens gefragt. Hat sie diesen Kerl dort vielleicht getroffen? Sie ist meine beste Freundin und ich habe ihr mehr als einmal vorgeschlagen, zu mir zu ziehen", erklärte Miss Jones weinerlich.

Beanstock reichte der Dame eines seiner Taschentücher.

Die Tatsache der zwei Morde und des eventuellen Zusammenhangs mit dem Verschwinden Filomenas wollte er lieber nicht erwähnen.

„Das ist seltsam. Auf der letzten Karte wurde als Treffpunkt Whitehall Gardens angegeben", sinnierte Beanstock.

„Gute Filomena, sie hat in ihrer Schusseligkeit die Treffpunkte verwechselt, oder was meinen Sie, Señor Beanstock?", fragte lächelnd Gonzales. Der Butler nickte verstehend.

Er sah Miss Jones an, dass da noch etwas war, was die Dame verheimlichte. Sie knetete nervös das Taschentuch in ihren Händen.

„Können Sie uns noch irgendetwas sagen, was Licht in die Sache bringt? Bitte, Miss Jones, wir wollen doch nur Filomena vor Schaden bewahren."

„Da wäre nur noch eine Sache. Ich weiß, dass sie einiges an Geld dabeihatte. Sie meinte, sie hätte schon seit langer Zeit für eine Reise gespart und wolle sich hier in einem Reisebüro erkundigen. Ich dachte mir nichts dabei.

Dann musste ich feststellen, dass aus meiner Schatulle daheim mein gespartes Geld fort war. Sie muss es an dem Tag genommen haben, als sie verschwand. Wissen Sie, ich wollte damit eine Anzahlung auf ein kleines Häuschen auf dem Lande machen. Ich hatte vor, mit Filomena zusammen dorthin zu ziehen. Wir würden gut auskommen mit meiner Pension und ihrem Gesparten. Warum hat sie diesen Traum zerstört? Was will sie mit dem vielen Geld?" Miss Jones war sehr bestürzt und wieder traten ihr Tränen in die Augen.

Beanstock versuchte, sie zu beruhigen.

„Wir werden sie schon finden. Machen Sie sich keine zu großen Sorgen. Sicher wird alles gut. Wissen Sie zufällig, in welches Reisebüro sie gehen wollte?"

„Ich denke, das kleine Büro in der Lexington Street. Da arbeitet mein Schwager und ich habe ihr empfohlen, dorthin zu gehen, da sie einen feinen Rabatt erwarten durfte, wenn sie sagte, dass sie von mir käme. Meinen Sie, das war ein Fehler?" Und wieder liefen heiße Tränen über das Gesicht der Dame.

Inzwischen schaute die Kellnerin schon mit einem zornigen Gesicht zu ihnen herüber. Vielleicht dachte sie, die Herren würden Miss Jones etwas antun.

„Aber nein, Miss Jones, wir haben doch nun schon einen Anhaltspunkt mehr. Wir bleiben in Verbindung. Das verspreche ich Ihnen", erklärte Beanstock.

Er rief die Kellnerin, um zu zahlen. Als sie an den Tisch kam, sah sie zu Miss Jones.

„Alles in Ordnung, Miss Jones? Wenn die Männer Sie ärgern, hole ich einen Bobby", sagte die Dame und warf böse Blicke zu Beanstock und Gonzales.

„Es ist alles in Ordnung, Milly. Sie haben sich nur über eine Freundin erkundigt. Das hat mich etwas aus der Bahn geworfen", erklärte Miss Jones schnell.

Beanstock bezahlte und das Trinkgeld schien Milly wieder zu besänftigen.

Auf der Straße verabschiedeten sie sich von Miss Jones. Beanstock reichte ihr eine Visitenkarte mit der Telefonnummer von Parsley Manor.

„Bitte melden Sie sich, wenn es eine Nachricht von Miss Arbuckle geben sollte. Ich wäre Ihnen sehr verbunden."

Die Dame nickte und ging zu ihrem Haus zurück.

Beanstock und Gonzales stiegen in den Bentley und fuhren zur Lexington Street.

Die Lexington war eine schmale Straße. Beanstock konnte sich kaum vorstellen, dass sich hierher jemand verlaufen würde, der seinen Jahresurlaub zu planen beabsichtigte. Das kleine Reisebüro befand sich über einem Geschäft für Damenunterwäsche in der ersten Etage. Man musste über eine enge, dunkle Treppe an der Seite des Geschäfts nach oben steigen. Dort kam man vor einer Glastür an, auf der das Motto des Büros stand: *Mit uns geht die Sonne niemals unter.* Beanstock und Gonzales sahen sich zweifelnd an.

„Bevor der Besitzer des Reisebüros die Sonne festhalten will, sollte er erst einmal seine Räumlichkeiten heller gestalten", meinte Beanstock.

Gonzales nickte zustimmend.

Er öffnete die Tür und die beiden traten ein. Eine Glocke über der Tür begann mit einem penetrant lauten Ton zu läuten. Nicht sehr einladend.

Aus einem der hinteren Räume kam ein Herr gelaufen. Er lief schnell und wandte sich mit erwartungsvollem Blick sofort den potenziellen Kunden zu. Das bestärkte Beanstock in der Annahme, dass es nicht viel Arbeit in diesem Reisebüro gab.

Der Besitzer des Reisebüros zur Sonne, William

Frost, musste etwa vierzig Jahre alt sein, meinte Beanstock. Er war untersetzt, hatte einen kleinen Bauchansatz und einen struppigen Haarkranz auf dem Kopf.

„Was kann ich den Herrschaften denn Gutes tun? Wir haben soeben ein wunderbares Angebot hereinbekommen. Vierzehn Tage in dem wunderschönen Kenia. Was sagen Sie dazu? Exotische Tiere, natürliche Landschaften, eine Safari, wohnen in einer Lodge auf dem Lande, das ist ein Hammerangebot", berichtete Mr Frost.

„Vielleicht wäre es das, wenn dort im Moment nicht schwere politische Aufstände an der Tagesordnung wären. Ist die Terrororganisation Mau-Mau nicht wieder aktiv? Wurde nicht gerade vor ein paar Wochen ein Aufstand von den Kolonisten brutal niedergeschlagen? Die Zeitungen berichteten. Ich glaube nicht, dass es eine gute Idee ist, dieses Angebot unwissenden Touristen zu offerieren", sagte Beanstock.

Mr Frost fühlte sich unwohl in seiner Haut, wollte aber so schnell nicht aufgeben.

„Wie wäre es dann mit Österreich?", fragte er lächelnd.

Beanstock und Gonzales antworteten nicht auf dieses Angebot.

„Wir kommen auf Rat Ihrer Schwägerin, Miss Jones. Sie hatte vor einigen Tagen eine Freundin zu Ihnen geschickt, da die Dame, Filomena Arbuckle, eine Reise zu machen beabsichtigte. Ist das richtig?"

Mr Frost sah man die Enttäuschung an, das waren keine potenziellen Kunden.

„Ja, die war hier. Sie hatte bereits eine vorgefasste Meinung zu ihrem Reiseziel und das habe ich dann für sie gebucht. Nicht billig, die Reise, aber sie hat den Preis in bar auf den Tisch gelegt. Sie hatte Glück, es gibt noch nicht lange Flugreisen zu diesem Ziel."

„Was war das Ziel ihrer Reise? Es wäre für uns sehr wichtig, zu erfahren, wohin die Dame gereist ist. Sie befindet sich eventuell in Gefahr."

Mr Frost überlegte einen Moment. Dann ging er zu seinem Aktenschrank, nahm einen Hefter heraus und öffnete ihn.

Er übergab Beanstock ein Blatt daraus.

Der Butler las und Gonzales lehnte sich neugierig vor, um besser sehen zu können.

„Verstehe ich das richtig, Sir? Ist dieses das Reiseziel, das die Dame gebucht hat?"

Mr Frost nickte.

„George Town, Cayman Islands. Da wollte sie hin."

Cayman Islands, George Town

„Patricia!"

Die Stimme hatte einen kreischenden Ton angenommen. Die Worte verhallten mit einem Echo in den weiten Fluren des Hauses. Inzwischen war es bis in die Küche zu hören, in der die Köchin Hope in einem Topf rührte und über diesen Unsinn nur mit dem Kopf schütteln konnte.

„Die Misses ist mal wieder sehr schlecht gelaunt heute. Wo ist dieses Mädchen schon wieder? Treibt sich wahrscheinlich rum, wie immer die Tage. Ich bringe sie um, wenn sie nicht bald erscheint. Verdammtes, dummes Ding", murmelte die Köchin.

Sie war allein in der riesigen Küche. Ihr Blick ruhte kurz auf der Holzschatulle mit den seltsamen Symbolen auf dem Deckel, die weit oben auf dem Regal stand. Nur die Köchin wusste, was sich darin befand. Die Misses würde nicht aufhören zu schreien, wenn sie wüsste, was die Köchin darin aufbewahrte. Hope lächelte vergnügt und begann ein Lied zu summen.

„Patricia!", schallte es erneut aus der oberen Etage des alten Herrenhauses, über die weiße Marmortreppe herab, durch die Halle, bis in den Bereich, der noch vor zwanzig Jahren von einer großen Zahl Dienstboten bevölkert gewesen war.

Nun gab es in der Küche nur noch Hope.

Der Name war ihr als Kind von ihrem Großvater gegeben worden, der als einer der Ersten 1835 endlich der Sklaverei entkommen war.

Ansonsten war der Haushalt des Mr Martin Hamilton auf das Mindeste beschränkt worden. Eine Köchin, ein Dienstmädchen, zwei Knechte und ein Butler. An fehlendem Geld konnte es nicht liegen, denn Martin Hamilton hatte mit Phosphatminen und dem Abbau desselben ein Vermögen gemacht. Aber er war ein geiziger Mann.

Als die Sklaverei endlich beendet worden war, hatte Martin Hamiltons Großvater, Robert Hamilton, den Baumwollanbau aufgegeben und sich auf seine Phosphateinnahmen konzentriert. Das war lukrativer und es gab genügend Arbeitskräfte, ehemalige Sklaven, die schwer arbeiten konnten und den schlechten Lohn trotzdem akzeptierten. Es blieb keine Wahl. Die meisten Männer hatten Familien zu versorgen.

Die Familie Hamilton war noch niemals besonders beliebt gewesen und das hatte sich auch mit dem Enkel des alten Master Robert nicht geändert.

Hope, die Köchin des Hauses, war froh, sich niemals von einem Mann abhängig gemacht zu haben. Sie war in ihrer Jugend eine Schönheit gewesen, bronzefarbene Haut, tiefschwarzes, lockiges Haar, das sie an jedem Tag zu kunstvollen Formen geflochten hatte, eine schlanke Gestalt und eine melodische Stimme.

Nun zogen sich erste graue Strähnen durch ihr Haar

und sie trug es seit einiger Zeit kurz geschoren.

Die Figur war fülliger und die Schritte langsamer geworden. Ein langes, schweres Arbeitsleben machte sich bemerkbar. Aber Hope trug ihren Namen zurecht. Sie versuchte, an jedem neuen Tag in ihrem Leben, hoffnungsvoll in die Welt zu schauen.

Hope verdrehte die Augen, als die Stimme aus dem Obergeschoss, nun heiser, erneut rief. Diese Stimme gehörte der Hausherrin, Mrs Hamilton, fünfzig Jahre alt, verwöhnt, arrogant und seit Jahren an das Bett gefesselt. Hope war zwar der Ansicht, dass die Misses nur simulierte, weil sie einfach faul war, aber der Arzt hatte eine seltene Krankheit diagnostiziert, die niemand kannte oder aussprechen konnte, und verdiente mit der ständig wachsenden Menge an Medizin einen Batzen Geld.

Unbeeindruckt rührte Hope weiterhin in dem großen Topf. Sie kochte ihren berühmten Eintopf mit Süßkartoffeln, Yams und ordentlich Chili. Wenn sie sich wieder einmal über die Misses geärgert hatte, kamen schon einmal mehr von den Chilis in den Eintopf. Dann freute sie sich wie ein Kind über das rote Gesicht der Herrin.

Hope könnte schon längst fort sein. Dieses Haus machte jeden krank, der längere Zeit hier verbrachte. Aber da waren noch die beiden Kinder. Hope konnte sich nicht durchringen, die beiden zu verlassen. Nicht jetzt. Sie hatte sie in ihren Armen getragen, gefüttert, mit ihnen gespielt und sie abends mit einem ihrer Lieder in den Schlaf gesungen. Es waren mehr ihre Kinder als die der Misses.

Die Tür zum hinteren Garten öffnete sich.

Warwick erschien in der Tür mit einem Korb am Arm.

„Wieso kümmerst du dich nicht um die Madame? Bring ihr doch einfach schon mal früher ihr *Mamajuana*. Und tu einfach mehr Rum in das Heilgetränk. Dann ist Ruhe da oben. Sie schreit sich die Seele aus dem Leib. Man kann es bis zur Einfahrt hören. Wenn der Herr das mitbekommt, gibt es wieder Ärger. Du weißt, wie er reagiert", sagte er und begann den Korb auszupacken. Orangen und eine dicke Melone wanderten auf den Tisch.

„Welchen Fisch hast du mitgebracht?", fragte Hope.

„Red Snapper, es gab keinen anderen heute."

„Ach, den mag ich nicht, aber mir ist es ja egal. Ich muss ihn nicht essen."

Die Eingangstür in der Halle flog krachend ins Schloss.

„Da haben wir es. Er kommt früher von seiner Reise zurück. Sieh lieber schnell oben nach. Wo ist eigentlich schon wieder Patricia? Ich werde sie umbringen, wenn ich sie sehe!", rief der Butler Warwick, zog seine Krawatte fester und ging gemessenen Schrittes in die Eingangshalle.

„Ich bringe sie zuerst um, stell dich hinten an", erklärte Hope.

Dann mischte sie *Mamajuana* zusammen und tat noch einen ordentlichen Schluck Rum dazu. Das Getränk bestand aus Rotwein, Rum, Honig und verschiedenen Kräutern. Sie nahm einen Löffel, probierte und nickte zufrieden mit dem Ergebnis. Sie nahm eines der Silbertabletts aus dem Regal, stellte ein Glas und eine Karaffe mit dem Heiltrunk darauf und ging in die

61

Eingangshalle.

Der Master war wirklich von seiner Reise zurück.

Der Herr des Hauses, Martin Hamilton, legte soeben seinen Panamahut auf den runden Marmortisch in der Halle. Er war ein schlanker Mann mit grauem, vollem Haar. Trotz seines fortgeschrittenen Alters sah er noch gut aus. Er achtete auf seine Garderobe und trug nur die besten Anzüge aus exzellenten Stoffen geschneidert. Aber der vorherrschende Eindruck dieses Mannes war, wenn man ihm ins Gesicht sah, die Kälte in seinen blassblauen Augen.

Warwick wollte den Koffer seines Herrn nehmen und damit über die große Marmortreppe nach oben gehen. In diesem Moment kam wieder das Geschrei von oben.

„Was ist hier schon wieder los? Warwick, kann ich keine Minute das Haus verlassen, ohne dass hier alles drunter und drüber geht?", fragte er den Butler streng.

Hope kam aus der Küche und lief mit gesenktem Haupt schnell an ihrem Herrn vorbei.

„Wo ist Patricia? Es ist ihre Aufgabe, sich um die Belange meiner Gattin zu kümmern!", rief der Herr.

Hope stoppte. Sie wusste aus Erfahrung, dass noch etwas von Mr Hamilton kommen würde.

„Was stehst du hier so unglaublich dumm herum? Geh schon zu meiner Gattin!", rief er aufgebracht.

Hopes freie Hand griff kurz zu ihrer Kette. Sie trug das gute Stück unter der Schürze. Niemand sollte es sehen. Die Kette war heilig für Hope und hatte große Bedeutung in ihrem Glauben. Sie murmelte kurz ein paar unverständliche Worte, nickte ergeben und ging weiter zur Treppe.

„Es war wohl keine lukrative Geschäftsreise, der hat ja wieder eine Laune", murmelte sie, als sie, oben angekommen, in das Zimmer zur Rechten ging, dessen Doppeltür weit offen stand.

Warwick griff erneut nach dem Koffer.

„Zuerst einen Drink. Ich gehe auf die hintere Terrasse", sagte der Herr, warf seinen Mantel auf den großen Tisch in der Mitte und ging davon.

Warwick stellte den Koffer wieder ab und beeilte sich, den Drink zu besorgen. Im Salon zur Linken gab es einen gut ausgestatteten Schrank mit allem, was der Gaumen liebte. Er nahm einen Shaker, goss weißen Rum hinein, dazu kam Limettensaft und etwas Zuckersirup. Der Butler schloss den Shaker und schüttelte ihn kräftig.

Dann nahm er den Deckel ab und schüttete den Drink in eine der Kristallcocktailschalen. Er stellte alles auf ein Tablett.

Die Doppeltür zur hinteren Terrasse stand weit offen. Der Herr saß in einem der weißen Korbsessel und sah auf den Garten. *Er sieht müde aus,* dachte der Butler. Niemand hatte verstanden, warum er vor ein paar Tagen so überstürzt aufgebrochen war.

Die uralten Kasuarinabäume spendeten Schatten. Ihre Zweige mit den langen, dünnen Blättern erinnerten an Schachtelhalme. Sie standen seit Jahrzehnten auf der ehemaligen Plantage. Überall auf den Inseln fand man diese Bäume.

Es war warm. Viel zu schwül für diese Jahreszeit und vor allem viel zu warm für den Anzug des Herrn. Aber Warwick war sich seit langem darüber klar, dass niemand die Beweggründe der Familie Hamilton verstehen konnte, und er wollte sie auch gar nicht verstehen.

„Wo sind die Kinder?", fragte der Herr leise. Warwick musste sich anstrengen, um ihn zu verstehen.

„Master Ruben ist auf seinem Zimmer. Miss Mary ist ausgefahren", sagte der Butler mit einer leichten Verbeugung.

„Seit wann sind die beiden zurück?"

„Seit gestern, gnädiger Herr", antwortete der Butler.

Er servierte den Drink, ging zurück in die Halle, nahm den Koffer und stieg über die breite Marmortreppe in die erste Etage. Es fiel ihm zunehmend schwer, die Treppe hinaufzusteigen. Das Alter machte sich bemerkbar. Gegen die schmerzenden Glieder mischte ihm Hope Salben zusammen, die aber längst nicht mehr wirkten.

Warwick hatte nie geheiratet. Eine seiner vier Schwestern lebte in George Town und hatte ihm angeboten, zu ihr zu ziehen. Und dann gab es das kleine Haus am Strand, das er sich vor ein paar Jahren zugelegt hatte. Vielleicht sollte er endlich seine Koffer packen und gehen.

Aber da war ja noch Hope. Natürlich würde er ihr niemals anvertrauen, dass er sie seit ewigen Zeiten liebte. Niemals. Einer Mambo sagte man so etwas nicht einfach. Hope war eine angesehene Mambo, eine Priesterin in ihrer religiösen Gemeinschaft.

Rechts war das Schlafzimmer des Herrn. Ein paar Türen weiter war das Zimmer der Misses, bei der anscheinend der Heiltrank gewirkt hatte. Es war ruhig in der Etage. Die Kinderzimmer befanden sich links von der Treppe, weit weg von den Elternzimmern.

Sie wurden immer noch als Kinderzimmer bezeichnet, obwohl die sogenannten Kinder bereits achtundzwanzig Jahre alt waren. Mary und Ruben waren Zwillinge und lebten nach wie vor im Haus ihres Vaters. Sie lebten von seinem Geld, was der Hausherr oft betonte, und versuchten gar nicht, einer Arbeit nachzugehen. Es waren schwierige *Kinder*.

Hope erzählte immer wieder von einem Fluch, der auf dieser Familie liegen sollte. Er glaubte nicht daran.

Warwick legte den Koffer im Schlafzimmer des Herrn auf einen Stuhl, öffnete ihn und begann, alles herauszunehmen. Im Bad nebenan stellte er die Kosmetik zurück auf die Konsole und kontrollierte, ob alles noch in ausreichendem Maße vorhanden war. Danach ging er zurück in das Schlafzimmer und sortierte aus dem Koffer schmutzige Teile für die Wäsche aus. Der graue Anzug sah nicht mehr taufrisch aus und musste gereinigt werden. Er erinnerte sich gar nicht, den Anzug eingepackt zu haben. Richtig, der Master hatte den Koffer selbst gepackt, bevor er vor ein paar Tagen schnellstens das Haus verlassen hatte. Der Rest der Kleidung kam zurück in den großen Mahagonischrank.

Gewohnheitsgemäß schaute der Butler auch in die Taschen des grauen Anzugs. Bevor er gereinigt werden konnte, mussten die Taschen leer sein.

Er fand eine Postkarte.

Warwick besah sich die Karte. Sie stellte den Eingang eines Hotels dar, war scheinbar schon älter und nicht besonders schön. Auf der Rückseite war kein Text vermerkt. Was wollte der Herr denn damit?

Warwick zuckte die Schulter und legte die Karte

mit dem Bild des Hotel *Pink Elephant*, London, auf den Beistelltisch. Dann brachte er den Koffer zurück in die Kleiderkammer.

Parsley Manor

Zurück im Haus erklärte Beanstock sofort Sir Percival und vor allem Lady Fedora, die bereits sehnlichst auf Nachrichten gewartet hatte, die Sachlage.

„Was ist das für ein Unsinn? Das passt doch gar nicht zu Filomena. Sie ist keine Diebin. Ich kann mir das nicht erklären. Ist sie vollkommen verrückt geworden? Und wo ist sie jetzt?", fragte My Lady und wedelte sich mit ihrem Taschentuch Luft zu. Es schien ihr plötzlich mitten im Winter kochend heiß geworden zu sein.

„Miss Arbuckle ist auf dem Weg zu den Cayman Islands. Als wir die Informationen von dem Herrn im Reisebüro bekommen haben, habe ich mich sofort mit Inspector Morris in Verbindung gesetzt. Ein kurzer Anruf von ihm am Flughafen London brachte die nötigen Auskünfte. Miss Arbuckle hat vor zwei Tagen den ersten Flug in Richtung Karibik genommen. Diese Flugverbindung gibt es noch nicht sehr lange. Mit einigen Zwischenstopps wird sie wahrscheinlich heute in George Town landen.

Ich denke, dass sie dort landen wird. Hoffentlich ist sie in ihrer Schusseligkeit nicht in das falsche Flugzeug gestiegen. Man hört ja so einiges über verlorenes Gepäck, aber unsere Miss Arbuckle kann natürlich auch verloren gehen. Ich hoffe nicht, dass sie im Moment durch New York irrt oder in Buenos Aires nach dem Weg fragt. Das wäre fatal." Beanstock schloss einen Moment die Augen. Lady Fedora riss dagegen ihre Augen betroffen auf. Auf ihren Wangen zeigten sich kleine rosa Panikflecken.

Dann berichtete der Butler weiter.

„Die Behörden wurden verständigt. DI Morris hat uns leider keine großen Hoffnungen gemacht. Die Verbindungen von Scotland Yard zu den Inseln in der Karibik sind eher lose, wenn sie verstehen, was ich meine", erklärte Beanstock.

Sir Percival nickte verstehend und sah seine Gattin sorgenvoll an.

„Wir können nichts mehr tun, Darling. Sie hat sich da in eine Lage manövriert, die uns entglitten ist. Deine Brosche solltest du abschreiben."

Lady Fedora sprang aus dem Sessel auf.

„Papperlapapp, die Brosche!", rief sie erbost. „Was kümmert mich die alte Brosche? Ja, sie war wertvoll und sie war ein Geschenk, aber das ist doch nebensächlich. Hier geht es um Filomena. Sie ist nicht nur meine Zofe, sie ist über die vielen Jahre eine Freundin geworden. Ich kenne sie, seit ich ein Kind war. Ich lasse das doch nicht einfach so im Sande verlaufen. Oh nein, mein Schatz, das geht so nicht!"

My Ladys Hand fuchtelte aufgebracht in der Luft kreisend herum.

Mit einer Geste gab Sir Percival Beanstock zu verstehen, dass es angebracht wäre, Lady Fedora zur

Beruhigung ein Glas Sherry zu reichen.

Der Butler neigte verstehend den Kopf und ging zu dem Tisch an der Wand, auf dem Karaffen mit goldglänzendem Inhalt und kristallene Gläser standen. Er nahm ein Glas und schenkte aus einer Karaffe ein. Er stellte das Glas auf ein Tablett und versuchte My Lady das Getränk zu reichen.

Inzwischen ging Lady Fedora nervös im Salon auf und ab. Sie schien mit sich selbst zu reden und schüttelte ab und zu unwillig den Kopf.

Dann wieder blieb sie plötzlich stehen und zuckte die Schulter.

Beanstock verfolgte sie mit dem Tablett und blieb schließlich neben dem Sessel des Baronets stehen.

Schließlich drehte sie sich zu den wartenden Herren um, griff nach dem Glas, goss den Inhalt mit Schwung in den Mund, stellte das Glas zurück und klatschte in die Hände.

„Darling, du wolltest doch schon immer in die Karibik reisen!", erklärte sie schmunzelnd.

Sir Percival wurde blass, während Beanstock, ganz der Butler seiner Herrschaft, bereits in Gedanken die Koffer packte.

Am Abend dieses ereignisreichen Tages telefonierte Beanstock mit Inspector Morris und verriet ihm Titel und Autor des Buches, das er nach einigem Suchen in der Bibliothek des Hauses gefunden hatte.

Inspector Morris war ihm dankbar. Er würde sofort seinen Sergeant darauf ansetzen und ihn am nächsten Tag in die British Library schicken, um sich nach dem Buch zu erkundigen.

Vielleicht brachte diese Aktion Licht in das Dunkel um diese seltsamen Zeichen auf den Figurinen. Beanstock machte ihm keine große Hoffnung. Er hatte sich das Buch angesehen.

Da sah man verschiedene gemalte Symbole und Zeichen, aber einen Text, der ihm Aufschluss über die Bedeutung geben konnte, hatte er nicht gefunden. Damit hatten die Forschungsreisenden, damals im Dschungel von Togo, wohl selbst zu kämpfen gehabt.

Der Inspector informierte Beanstock, dass die Suche nach diesem Mr Hamilton im Sande verlaufen wäre. Da der Mann der einzige Gast im Hotel *Pink Elephant* gewesen war, der jünger war als all die anderen Gäste, war es eine Nachforschung wert gewesen. Niemand hatte den Mann gesehen oder gekannt.

Er war verschwunden.

Voodoo

Die heilige Asson, ein ausgehöhlter Flaschenkürbis
mit einem gebogenen Hals, rasselte durch die Nacht.
Die Priesterin hielt die Asson an dem langen Hals fest
und drehte sie rhythmisch im Kreis. Im Inneren klapp-
ten Tierknochen und heilige Steine. Die Mambo sah
in die Runde ihrer Anhänger und begann in flüs-
terndem Ton, Beschwörungen aufzusagen.

Sie trug ein weites feuerrotes Kleid, auf dem dunkle
Symbole aufgemalt waren. Am Hals glänzte im Schein
des Feuers eine goldfarbene Kette, an der Schmuck-
steine und ein silbriges gleichschenkliges Kreuz hin
und her schwangen.

Dieses Kreuz war in ihrem Glauben ein wichtiges
und heiliges Symbol. Es hatte mit dem christlichen
Glauben nichts zu tun. Die christlichen Priester der
Weißen verlangten immer wieder einmal, das Kreuz,
aus dem vermeintlich heidnischen Glauben zu entfernen.

Hope hatte die Kette vor langer Zeit von ihrer
Großmutter bekommen. Sie war sehr stolz darauf und
bewahrte sie wie einen heiligen Gral.

Das Kreuz hatte eine tiefe Bedeutung für die Welt der Voodoogemeinde. Die horizontale Linie stand für die Welt der Sterblichen und die Vertikale reichte in unvorstellbare Tiefen der jenseitigen Welt, zu den Toten, den Geistern der Vorfahren, die so unglaublich wichtig in ihrem Glauben waren.

Der Tempel der Voodoogemeinde war tief im Dschungel auf einer ehemaligen Farm versteckt. Die Wohngebäude waren zerfallen und wurden seit Jahrzehnten nicht mehr bewohnt. In einer angrenzenden Scheune hatte die Gemeinde ihr Heiligtum untergebracht. Hier bewahrten sie die heiligen Utensilien auf, die zu jedem Ritual notwendig waren. Auch mehrere fast zwei Meter hohe Assoto Trommeln standen hier für die Rituale bereit. Sie waren heilig und durften nur von eingeweihten Mitgliedern der Gemeinde geschlagen werden. Der Altar war unter dem Schleppdach der Scheune aufgebaut.

Die Leute erhoben sich reihum und hielten sich an den Händen, die Augen geschlossen und den Kopf zum wolkenverhangenen Himmel erhoben. Es würde nicht mehr lange dauern, dann würden sich die Geister der Ahnen erheben und unter ihnen wandeln. Aber die Mambo versuchte, die aggressiven Petrogeister nicht zu wecken. Immer wieder einmal, zwischen ihren geflüsterten Worten, rief sie nach einer guten Loa, einer Vermittlerin zwischen der Welt der Lebenden und der Toten.

„Filomena, Filomena, Filomez, große Loa, schütze uns", rief die Mambo lauter in die Runde.

Die Asson rasselte.

Die Menschen drehten sich seit Stunden immer

schneller im Kreis. Schweißnasse Gesichter in tiefer Konzentration.

Trommeln dröhnten durch den Dschungel.

Fackeln verbreiteten den Geruch von Schwefel und tränkten die schwüle Luft mit nebligen Schwaden.

Ein Mann trat in den Kreis.

Er hielt eine irdene Schale empor und schien nicht ganz bei sich zu sein. Seltsame unverständliche Worte entfuhren seinem Mund.

Die Mambo trat etwas zur Seite und ließ den Mann, in die Mitte treten. Sie ließ die Asson um das schweißnasse Gesicht des Mannes kreisen.

Mit einer schnellen Bewegung schüttete er aus der Schale in seiner Hand rötliche Flüssigkeit in das Feuer. Blut tropfte von seinen Händen. Ein Windstoß fuhr durch das heilige Feuer und löschte es.

Die Asson schwieg. Hope riss die Augen auf und sah verwirrt in die Runde. Dann ließ sie sich auf den Boden gleiten und versteckte ihr Gesicht in den Händen. Rasselnd fiel die Asson zu Boden. Die Frau schüttelte leicht den Kopf. Ihre Schulter zuckte wie in einem Krampf.

Reihum standen alle nun ganz still am Rand des Kreises. Langsam öffneten sie ihre Augen. Die Trommeln im Dschungel schwiegen wie auf einen geheimen Befehl hin.

Ihre Mambo erhob sich langsam, fast schien es, als würden ihre Beine den Dienst verweigern. Sie taumelte.

Die Menschen im Kreis drehten sich um und verließen den Ort, ohne ein Wort zu sagen. Bereits nach Sekunden schien der Ort verlassen. Nur die Mambo stand noch neben dem glimmenden Feuer. Ihre dunklen Augen schauten traurig zu Boden.

Es hatte wieder nicht geklappt. Wie lange würde ihre Voodoogemeinde noch ihr Versagen akzeptieren, bevor eine neue Mambo gesucht werden musste? Eigentlich wurde eine Mambo für das gesamte Leben ausgewählt.

Sie schleppte sich taumelnd aus dem Kreis. Neben ihr erschien ein Mann. Er sah nicht so aus, als würde er zu der Gemeinschaft gehören. Er trug einen dunklen Anzug, sehr akkurat und sehr fein.

„Hope? Geht es dir gut?", fragte der Mann und stützte die Mambo. Er führte sie weg von der Lichtung inmitten des dichten Waldes. Nur schnell fort von diesem Ort. Ihm machten diese Zeremonien Angst. Doch er musste Hope beistehen, der großen hochangesehenen Mambo der Voodoogemeinschaft hier in der Nähe von George Town.

„Es ist schon gut, Warwick. Lass uns zurückgehen. Es ist spät. Ich schaffe es einfach nicht. Woran liegt es, Warwick? Ich will ihnen doch helfen. Ich bin ganz sicher, wenn ich Filomena, die große Loa, herbeirufen kann, dann wird alles wieder gut werden. Dann verschwinden die bösen Petrogeister aus dem Haus und es wird wieder so wie damals, als es uns gut ging und alles in Ordnung war. Ich habe heute sogar, entgegen meiner Überzeugung, ein Blutopfer bringen lassen. Was soll ich noch tun?", raunte Hope ihrem Freund zu.

„Es wird nie wieder so werden, Hope. Je früher du das akzeptierst, umso besser für uns alle. Du weißt, was ich tun würde", raunte Warwick seiner Freundin leise ins Ohr.

Nach einer halben Stunde erreichten sie das große alte Herrenhaus der Hamiltons.

Die weißen Säulen leuchteten im nächtlichen Mondschein und sahen von weitem wie ausgeblichene Knochen aus. Die beiden gingen langsam vorbei an den uralten Kasuarinabäumen, durch den Küchengarten und zur Hintertür.

Warwick öffnete die Tür zu dem kleinen Flur und nachdem er die nächste Tür geöffnet hatte, standen sie in der dunklen Küche. Das Haus war ruhig. Warwick drückte Hope auf einen Stuhl und setzte Wasser für Tee auf.

Hope nahm die Kette ab. Sie betrachtete traurig das Kreuz und seufzte.

„Vielleicht bin ich keine gute Mambo, vielleicht sollte ich einer anderen diese Ehre übergeben."

„Du übernimmst dich. Viele Stunden warst du heute dort. Warum versuchst du es immer wieder? Dadurch kannst du nichts mehr ändern. Es ist zu spät und im Grunde deines Herzens weißt du das auch", bemerkte ihr Freund.

Hope hob müde den Kopf und sah ihm zu, wie er Tee in die Kanne tat und das Wasser aufgoss. Er wartete etwas, nahm einen Becher aus dem Schrank, tat ein paar Löffel Zucker hinein, einen guten Schuss Milch und goss den duftenden Tee darauf.

Er stellte den Becher vor Hopes Gesicht. Sie trank wie eine Verdurstende, die seit Tagen keinen Schluck zu sich hatte nehmen können.

„Ich bringe dich nach oben", erklärte Warwick.

Hope, die hoch verehrte Hohepriesterin der Voodoogemeinschaft und angesehene Mambo erhob sich ächzend und folgte ihrem Freund.

„Ich muss es wieder versuchen", flüsterte sie.

Aus dem tiefen Schatten des Dschungels trat eine Gestalt in den Kreis der Voodoozeremonie. Das Feuer glimmte noch und Schlangenknochen lagen in wirrem Durcheinander auf dem Boden. Eine Flasche Rum und andere Opfergaben standen an dem zentralen Altar.

„Filomena", hauchte die Gestalt und griff zu der Flasche. Sie trank und lachte. Dass sie damit ein Sakrileg beging, war ihr egal. Sie schüttete den Rum auf das glimmende Feuer. Eine Stichflamme schoss nach oben und beleuchtete ein dunkles, schweißnasses Gesicht.

„Niemals darf Filomena erscheinen. Warten wir lieber auf den aggressiven Loageist der Marasa, der ist interessanter. Oder noch besser, beschwören wir einen Dämon herauf, einen Baka. Ich will die Macht haben auf den Inseln, ich allein bin dafür geeignet. Geben wir dem Dämon, was er am meisten mag, das Blut und Fleisch von Filomena."

Die Gestalt verschwand im Dschungel, während am Horizont die Sonne aufging.

Und wieder begann ein heißer Tag im Paradies.

Koffer packen auf Parsley Manor

Sir Percival hatte es inzwischen aufgegeben. Er konnte seine Gattin nicht von dieser beschwerlichen Reise abbringen. Gerade zurück vom wundervollen Loch Ness, hatte sich der Baronet auf eine ruhige Zeit daheim gefreut. Aber Lady Fedora war wild entschlossen. Sie vermisste Filomena und sie hatte nicht vor, einfach aufzugeben.

So wurden erneut die Koffer vorbereitet und Beanstock begann eine neue Reise zu planen. Seit etwa einem halben Jahr gab es zum Glück Flüge zu den Cayman Islands. Von London konnte man einen Direktflug buchen, der aber immer noch mindestens sechzehn Stunden dauerte. Beanstock war sich darüber im Klaren, dass es für die Baronets sehr anstrengend werden würde.

Und dann war da noch das Gonzales-Problem.

Der Chauffeur beschwerte sich seit einer Woche bei dem Butler, dass er nicht mitreisen sollte. Beanstock hatte ihm erklärt, dass es keinen Grund gäbe, einen persönlichen Chauffeur auf eine Insel mitzunehmen, wenn man den Wagen nicht mitnehmen könne. Auf die anschließende Ansicht des Chauffeurs war Beanstock nicht gefasst gewesen.

„Wir nehmen den Wagen mit, Señor Beanstock, wo ist das Problem?", hatte Gonzales gefragt.

Daraufhin war der Butler sprachlos gewesen und hatte nur kurz den Kopf geschüttelt.

Aber es war anders gekommen.

Sir Percival hatte sich mit der bevorstehenden Reise inzwischen abgefunden und einen alten Freund in seinem Club in London kontaktiert, den er noch aus seiner Armeezeit kannte. Er wusste, dass sein Freund, Sir Hugo Bradshaw, vor einigen Jahren eine Zeit lang auf den Caymans verbracht hatte, und bat um einige Tipps für ihre bevorstehende Reise.

Sir Hugo war gern zu einem Gespräch bereit und so hatte man sich an einem verregneten Mittwoch im Club in London zum Essen getroffen. Die beiden Herren hatten sich über ihre Armeezeit ausgelassen und lustige Vorkommnisse ausgetauscht.

Am Ende hatte Sir Hugo seinem alten Freund vorgeschlagen, den Vertreter der britischen Krone in George Town zu kontaktieren. Einen Gouverneur gab es nicht auf den Caymans, es wurde aber darüber nachgedacht. Sollten die Caymans Kronkolonie bleiben, würde man in den nächsten Jahren einen Gouverneur einsetzen.

Sir Hugo sprach also mit dem Vertreter in George Town, Richard York, und man wollte sich gern der Baronets annehmen.

Als große Gefälligkeit wollte Mr York den Baronets seinen Dienstwagen für die Zeit ihres Aufenthalts überlassen. Die Insel war touristisch noch nicht wirklich gut erschlossen.

Allerdings müsste man sich um einen Chauffeur bemühen, wenn Sir Percival nicht selbst fahren wolle.

Damit war alles gesagt.

Gonzales triumphierte.

Als der Butler an diesem Tag den Essraum für die Dienstboten betrat, hatten sich alle Angestellten um Gonzales versammelt, sogar Lucinda stand dort, und lachten und applaudierten dem Chauffeur. Gonzales grinste breit und verneigte sich vor seiner Zuhörerschaft.

Beanstock war irritiert. Er machte große Augen und sah überrascht in die Runde.

Schließlich sah man den Butler und die Versammlung löste sich augenblicklich auf. Mrs Argyle warf einen entschuldigenden Blick zu Beanstock.

„Wir sind einfach froh, dass Sie während der Reise Gonzales an Ihrer Seite haben. Sie sind manchmal so ... leichtsinnig", erklärte die Hausdame vorsichtig dem Butler die Situation. Dann griff sie schnell zu einem Stapel frisch gewaschener Tischtücher und lief, ohne auf eine Antwort zu warten, davon.

Beanstock schüttelte wiederum den Kopf über diesen Übermut.

Gonzales grinste breit.

Mortecai, der graue Kater des Gärtners, beobachtete seit gut einer Stunde die Aktivitäten im Haus Parsley Manor.

Er hatte seinen Platz vor der Eingangstür verlassen und saß außen in dem Fenster, durch das man in die große Halle sehen konnte. Sein kleiner Kopf verfolgte die Bewegungen der Dienstboten im Haus. Treppauf, treppab, Koffer hinauf, Koffer hinab. Was für ein Gelaufe. Der Kater verstand die Aufregung nicht. Diese Menschen waren einfach viel zu ungemütlich für seine Begriffe. Mortecai gähnte ausgiebig.

Dann lief das Mädchen neben dem Butler her. Die beiden waren aus dem hinteren Bereich gekommen und standen nun in der Halle. Das Mädchen hatte die Hundeleine in der Hand und Mortecai wusste, was das bedeutete. Junior würde seinen täglichen Spaziergang machen. Das Haus blieb unbewacht, obwohl der faule Junior nun wirklich kein Wachhund war. Auch das wusste Mortecai und wenn er gekonnt hätte, hätte er gelächelt.

Was konnte ein stets hungriger Kater anstellen, wenn die Dienstboten allesamt abgelenkt waren, wie aufgeregte Hühner herumrannten und Junior fort sein würde? Das musste doch zu etwas taugen.

Eine Weile sah er dem Treiben im Haus noch zu, dann lief er, so schnell ihn seine Pfoten trugen, zur Hintertür. Dort befand sich der Bootroom, in dem auch das Schlafkörbchen des Hundes stand.

Mortecai versteckte sich in einem der Büsche, die neben der Tür üppig wuchsen.

„Oh, eine Raupe!" Mortecai schnüffelte dem kleinen Tier neugierig nach und hätte fast vergessen, warum er hier war. Schnell krabbelte der Kater zurück in den Busch.

Die Hintertür wurde geöffnet und der Beagle erschien mitsamt Lucinda und der Hundeleine, die ordentlich am Hundehalsband festgemacht war. Mortecai verstand das nicht. Er hätte sich niemals so ein Ding um den Hals legen lassen. Junior war eben ein

Hund, der liebte das wahrscheinlich.

Nun kam Mortecais Auftritt.

Ganz leise miaute er in Richtung des Hundes, nur so laut, dass der Hund es mitbekam. Die erwartete Reaktion trat ein. Junior zog wie ein Verrückter an der Leine und Lucinda schoss mit einem Sprung nach vorn. Während das Mädchen den Hund ordentlich ausschimpfte, war der Kater im Haus verschwunden. Lucinda kam zurück und schloss sorgfältig die Tür.

Wie ging es nun weiter?

Der Kater hatte mehr Glück, als er angenommen hatte. Die Tür zur Bibliothek, die sich an den Bootroom anschloss, war nur angelehnt.

Mortecai schlüpfte hindurch und sah sich, vorsichtig Samtpfote vor Samtpfote setzend, um.

Niemand befand sich in diesem Raum. Er sah zu den hohen Regalen hinauf. Was wollten die Menschen nur mit diesen vielen Papierdingern? Sein Mensch, Herringbone, hatte auch ein paar davon, aber hier standen riesige Mengen. Essen konnte man sie nicht, Mortecai hatte es probiert.

Er schlich zur nächsten Tür. Sie war geschlossen. Er hörte Stimmen näher kommen. Ein Sprung beförderte den Kater hinter eine Holztruhe. Schon öffnete jemand die Tür.

Beanstock, dieser Mensch, der den Kater im Haus nicht dulden wollte, betrat die Bibliothek. Mortecai war sich nicht so sicher bei diesem Zweibeiner. Eigentlich war er ihm gegenüber sehr streng, aber das war der Mann auch, wenn es um Junior ging. Manchmal spürte der Kater auch, dass dieser Beanstock ihn trotzdem mochte und akzeptierte. Ach, verstehe einer diese

81

Zweibeiner.

Der Mann ging durch den Raum und erklärte dabei Lizzy, dem Hausmädchen und bald schon Zofe Lady Fedoras, die neben ihm ging, was in diesem Raum zu tun sei. Als er die angelehnte Tür zum Bootroom bemerkte, ging er dorthin und schloss sie leise. Das war das Signal. Mortecai sprang hinter der Truhe hervor und mit einem Satz aus dem Raum.

Er wusste genau, wohin seine Reise gehen sollte. Die Küche, mit diesen wundervollen Gerüchen, war sein Ziel. Es war nur noch eine Tür zu durchqueren. Dann lag das Katerparadies vor seinen Augen. Saftige Fische, köstliche Häppchen, wunderbare Kuchen, obwohl Kuchen nicht sein bevorzugtes Genussmittel war, denn Süßes schmeckte er ja nicht. Aber im Kuchen waren auch Salz und andere leckere Sachen gefangen. Hm!

Die Tür wurde von innen geöffnet und das Küchenmädchen kam heraus. Das war für den Kater gut, denn Phillis war ständig so mit sich selbst beschäftigt, dass sie ringsum kaum etwas sah. So war es auch heute. Das Mädchen summte eine Melodie und balancierte ein Tablett auf den Händen. Darauf standen Tassen und eine Kanne. Mortecai lief durch die Beine des Mädchens. Geschafft.

Hier duftete es bereits wunderbar. Die feuchte Nase steil nach oben gerichtet, lief Mortecai schnellstens auf diese Düfte zu. Als er die Küche vorsichtig betrat, konnte es kaum fassen. Die Tür zur Speisekammer stand auf und die Köchin war nebenan im Essraum beschäftigt. Was für ein Glück konnte ein kleiner Kater haben?

Er machte sich ganz flach und schob sich vorsichtig in die Speisekammer. Doch dann, als er gerade zum Sprung in eines der Regale ansetzte, flog hinter ihm die Speisekammertür ins Schloss. Seine grünlichen Krateraugen stellten sich sofort auf die Dunkelheit ein. Es gab nur ein winziges, noch dazu vergittertes Fenster an der hinteren Seite der Kammer. Aber ihm genügte das Licht.

Er sah sich um. Wie wunderbar war seine Katerwelt plötzlich. Die kleine rosa Zunge in seinem Maul leckte begehrlich über seine rosa Nase.

Aber die meisten guten Sachen waren entweder eingepackt oder die Köchin hatte ein Tuch darüber gebunden. Seine kleinen Pfoten konnten die Knoten nicht lösen.

An die leckeren Würste, die an der Decke hingen, kam er nicht heran. Ein paar Sprünge brachten nicht den erwarteten Erfolg.

Und nach Mäusen duftete es in diesem Raum auch nicht. Die hatten sicher genauso viel Respekt vor dem Butler wie Mortecai.

Dann entdeckte er aber doch noch etwas, das ihm gefiel. Auf einem Regalbrett stand ein Teller, den musste der Kater begutachten.

In der Küche erschien Phillis mit dem leeren Tablett. Sie hatte Lady Fedora und Lady Marjorie, der besten Freundin My Ladys, Tee im Salon serviert.

„Hol mir bitte den Steintopf mit dem Schmalz aus der Kammer, Phillis", sagte in diesem Moment die Köchin, Mrs Porkpie, und begann in einem Topf zu rühren.

Phillis öffnete die Tür und schaltete das Licht an.

Sie bemerkte den Kater sofort und schrie laut auf. Die Köchin kam gelaufen und kurz danach auch Beanstock, der gerade auf dem Weg in sein Büro gewesen war.

Voller Erstaunen standen die drei in der Tür zur Speisekammer und sahen auf einen kleinen grauen Kater, der mit seinem Kopf fast bis zum Hals in einem großen Stück Cremetorte steckte und sich keiner Straftat bewusst war.

„Das letzte Stück! Das wollte ich dem guten Herringbone heute Abend vorsetzen. Er hat gestern Nachmittag beim Tee gefehlt! Nun steckt der Kater in der Creme!", rief Mrs Porkpie entsetzt und klatschte in die Hände. Phillis hatte sich vom Schreck erholt und kicherte. Beanstock räusperte sich.

„Nun, so bleibt die Cremetorte wenigstens bei den Bewohnern des Gewächshauses", erklärte der Butler, griff sich den Kater, hielt ihn ganz weit von sich, um keine Creme auf den Anzug zu bekommen, und setzte ihn vor die hintere Küchentür.

Mortecai hatte sein Ziel, die Eroberung der Speisekammer, wieder einmal erreicht und lief hoch erhobenen Hauptes, mit stolz geschwellter Brust und ganz viel Creme im Fell an dem verdutzten Junior vorbei, der gerade vom Spaziergang zurückkam.

Bis zum nächsten Mal, lieber Mr Beanstock.

Abreise

London Heathrow Airport lag am westlichen Stadt-
rand in London Borough of Hillingdon. Von Parsley
Field war das eine Fahrt von etwas mehr als einer
Stunde.

Etwas schwieriger stellte es sich heraus, für den
Bentley einen sicheren Dauerparkplatz zu finden. Der
Airport bot keine bewachten Parkplätze an, da man
damals, als der Airport für den Zivilverkehr freigege-
ben worden war, angenommen hatte, dass sich nur
wohlhabende Menschen einen Flug leisten könnten.
Und diese wohlhabenden Leute wurden nun einmal
meistens chauffiert. Wozu also große, bewachte Parkplätze einrichten?

Sir Percival tätigte erneut einen kurzen Anruf in
seinem Londoner Herrenclub bei seinem alten Armee-
freund Sir Hugo, der die ausgefallensten Verbindungen
hatte, und nach kurzer Zeit erlaubte man, den Bentley
in einem leeren Hangar für die Dauer der Reise unter-
zustellen. Sir Percival fragte seinen Freund lieber
nicht, wie er das wieder hinbekommen hatte.

Lady Fedora musste ihre Flugangst überwinden. Sie

hatte den Vorschlag dieser Reise gemacht und nahm all ihren Mut zusammen. Sir Percival war sehr stolz auf seine Gattin, die zwar seit der Abfahrt von Parsley Manor keinen Mucks von sich gegeben hatte, aber nun, ohne zu zögern, in das Flugzeug stieg.

Eine nette Dame in einem hübschen grauen Kostüm begrüßte die Reisenden und wies ihnen die Plätze zu. Der Start verlief ohne Probleme und nach einer halben Stunde hatte man die Reisehöhe erreicht. Das immer noch winterlich kalte London blieb unter den Wolken zurück.

Mehr als sechszehn Stunden später landete das Flugzeug der British Airways auf dem brandneuen Flugplatz von George Town, der Hauptstadt der Cayman Islands. Die flirrende Hitze, die die Reisenden empfing, war so ganz anders als die Temperatur in London und brachte Sir Percival Schweißperlen auf die Stirn.

Beanstock und Gonzales kümmerten sich um das Gepäck, während die Baronets in der kleinen Terminalhalle des Flughafens auscheckten. Dort sahen sie sich einem dunkelhäutigen Herrn gegenüber, der breit grinste, seine blendend weißen Zähne zeigte und ein Schild hochhielt, auf dem ihre Namen standen.

„Herzlich willkommen in George Town. Ich werde Sie zu Ihrem Wagen und in ihr Hotel begleiten. Mit den besten Grüßen von Mr York, dem Vertreter des britischen Empires hier auf den Inseln", erklärte der Herr freundlich.

„Das ist sehr nett. Sind Sie ein Angestellter von Mr York?", fragte Lady Fedora.

„Mein Name ist Horazius Bookman der Zweite. Ja,

ich arbeite für die britische Vertretung hier in George Town. Es tut Mr York furchtbar leid, dass er Ihnen keinen Chauffeur anbieten kann, aber der Letzte ist uns davongelaufen. Es ist sehr schwierig, auf den Inseln gut ausgebildetes Personal zu finden."

Der junge Mann drückte sich sehr höflich aus. Sein tiefschwarzes Haar war kurzgeschoren. Er trug einen cremefarbenen, leichten Leinenanzug. In seiner Hand hielt er einen hellen Panamahut.

Beanstock und Gonzales kamen mit den Koffern und man verließ die Ankunftshalle.

Vor der Tür parkte ein etwas in die Jahre gekommener weißer Rolls-Royce Coupé der Marke Phantom II aus dem Jahre 1930. Der Wagen schien zwar gut gepflegt zu sein, aber es zeigten sich bereits einzelne Rostflecke an der Karosserie. Das war dem heißen, schwülen Klima geschuldet. Gonzales erkannte die Automarke sofort, stellte die Koffer ab und umrundete lächelnd den Oldtimer.

„Was für ein wunderbarer Wagen!", rief er, streichelte über die Motorhaube und begutachtete den Wagen von allen Seiten.

„Wir werden uns sehr gut verstehen, mein Freund", sagte er leise. Beanstock räusperte sich und zog die Augenbrauen empor.

Schnell öffnete Gonzales die Tür und ließ die Baronets und den netten jungen Mann einsteigen. Das Gepäck wurde verstaut und dann ging die Fahrt durch die Straßen von George Town zum Hotel.

Mr Bookman erzählte den Baronets unterwegs Wissenswertes über die Inseln des Archipels, immer wieder unterbrochen mit einer Anweisung für Gonzales über die Fahrtrichtung.

„Sie können froh sein. Es ist eine gute Zeit, um zu reisen. Im Moment haben wir recht kühle Temperaturen und die Hurrikansaison ist noch weit entfernt", meinte Mr Bookman.

Sir Percival konnte nicht fassen, dass der Mann die Temperatur als relativ kühl beschrieb. Ihm war es zu heiß. Aber das lag sicher daran, dass man aus England etwas anderes gewöhnt war.

Das einzige Hotel der Stadt war nicht weit vom Airport entfernt. Sicher würden in den nächsten Jahren noch weitere Hotels errichtet werden, aber im Moment war das *Caribbean-Resort* das einzige Hotel der gesamten Insel. Der Besitzer, Mr Benson, war damit ein Wagnis eingegangen, denn noch waren die Inseln des Cayman-Archipels nicht touristisch erschlossen. Dafür war sein Hotel im Moment das beste der Stadt.

Die weiße Fassade des Hotels kam in Sicht. Zwischen hochgewachsenen Kasuarinabäumen stand ein zweigeschossiges Gebäude im Stil vergangener Kolonialzeiten. Neben dem Eingang erhoben sich runde weiße Säulen bis zum Dach. Die breite Mahagonitür stand weit offen. Als der Rolls-Royce vor dem Eingang hielt, kam sofort ein Hotelboy und begrüßte die neuen Gäste.

Die Koffer wurden von dem jungen Mann und Beanstock in das Haus getragen, während Gonzales den Wagen auf dem hoteleigenen Platz parkte.

In der Hotelhalle wartete ein aufgeregt wirkender Herr in einem hellen Anzug. Er stellte sich den Gästen als Besitzer des Hotels, Mr Benson, vor und bat die Gäste zur Rezeption, einem glänzend polierten Mahagonitresen an der rechten Seite der Eingangshalle.

„Wir heißen Sie im brandneuen *Caribbean-Resort* willkommen und wünschen Ihnen einen wunderbaren Aufenthalt in unserem brandneuen ... das sagte ich ja schon ... in unserem wunderschönen Hotel. Bitte fühlen Sie sich wie zu Hause", erklärte der Hotelbesitzer. Er war wirklich sehr aufgeregt. Beanstock vermutete, dass man noch nicht viele Gäste im Hotel begrüßt hatte.

„Linda, die Zimmerschlüssel!", fuhr er etwas zu laut die junge Dame hinter dem Tresen an.

Das junge Mädchen, eine hübsche blonde Frau mit einem gewinnenden Lächeln auf den Lippen, nahm es anscheinend gelassen. Sie war, ganz im Gegensatz zu ihrem Chef, die Ruhe selbst.

Sie gab Mr Benson die Schlüssel.

„Frühstück gibt es an jedem Morgen hier im Haupthaus. Lunch, Teatime und Dinner ebenso. Wenn es das Wetter erlaubt, servieren wir auf der Hotelterrasse. Aber Sie können sich selbstverständlich auch auf der Terrasse Ihres Hauses servieren lassen", erklärte die Dame ruhig.

Beanstock fiel das Wort Haupthaus sofort auf. Er hatte vom Reisebüro in London leider nicht sehr viele Informationen erhalten. Da es in George Town nur dieses eine Hotel gab, hatte man keine Wahl gehabt. Beanstock hoffte, dass die Zimmer in Ordnung sein würden. In seiner Vorstellung tauchten plötzlich Bilder von mit Palmwedeln gedeckten Hütten auf, in denen allerlei Getier herumwuselte. Er schüttelte die schlimmen Gedanken fort. Das Haupthaus war wunderschön, warum sollte alles andere nicht passend sein?

Mr Benson brachte die neuen Gäste persönlich zu den Zimmern.

In einem der Korbsessel in der Halle lugte das rundliche Gesicht eines anderen Gastes hinter einer Zeitung hervor. Er begutachtete sehr aufmerksam die neuen Gäste, schnalzte mit der Zunge und warf seine Zeitung achtlos auf den Tisch. Dann schlenderte er zur Rezeption hinüber und legte seinen rechten Unterarm kumpelhaft auf den Tresen. Er war ein kleiner rundlicher Mann. Man könnte sagen, alles an ihm war rund, bis hin zu seiner goldgeränderten Brille.

Er trug gern, vorsichtig ausgedrückt, schreibunte Hemden, die er hier auf einem der Märkte für sich entdeckt hatte. Sein volles hellblondes Haar war das Einzige, was nicht rund war an diesem Mann. Es stand wirr und störrisch vom Kopf ab.

Bart Miller, seines Zeichens Reporter der traditionsreichen *Chicago-Tribune*, witterte eine Story. Britischer Adel, dafür hatte Bart eine Nase, der mit einem Butler anreiste. Alles klar.

Vielleicht war das etwas für sein Buch, das er zu schreiben gedachte. Eigentlich war er hier auf den Inseln, um dem örtlichen Aberglauben nachzuspüren. Aber er war auch einer anderen Story nicht abgeneigt. Hauptsache, es war ihm möglich, irgendwann diesen Knochenjob bei der *Tribune* zu kündigen und sich als gefeierter Autor in New York niederzulassen. Das war sein Ziel. Er hatte einige erfolglose Bücher veröffentlicht, der Durchbruch war das noch nicht gewesen. Außerdem hatte er sich mit seinem Verleger überworfen, der von seinem schriftstellerischen Talent nicht mehr überzeugt war und ihn loswerden wollte.

„Linda, Linda, Linda, meine Süße. Warum treffen wir uns nicht einmal auf einen Drink in der Stadt?" Die schmeichelnden Worte tropften wie Honig auf die Tischplatte des Tresens.

Linda sah von dem Gästebuch auf und schlug es mit Schwung zu. Dieser Mann machte sie wahnsinnig. Seine Avancen waren schmierig, sein Aussehen sagte ihr ganz und gar nicht zu und sie würde sich auf keinen Fall mit diesem kleinen Typen treffen. Vor allem nicht in der Stadt, wo sie so viele Bekannte hatte. Sie war mindestens zwei Köpfe größer als Mr Miller. Und dann diese schreibunten Hemden. Die wurden hier auf dem Markt verkauft und nur die Touristen fielen auf die Einheimischen herein. Niemand auf den Inseln würde sich so etwas anziehen.

„Was kann ich denn für Sie tun, Mr Miller? Sie wissen sicher, dass es den Angestellten des Hotels nicht erlaubt ist, mit Gästen auszugehen", versuchte sich Linda aus der Affäre zu ziehen. Dieser Mann war einfach zu aufdringlich. Aber die Philosophie des Hotels zwang sie zur Höflichkeit.

„Mein gutes Kind, wer hat da soeben eingecheckt? Ich habe das Gefühl, dass ich die Herrschaften kenne. Verraten Sie mir die Namen, meine liebe Linda." Er zog einen Schein aus der Tasche seiner Hose und wedelte mit der Banknote vor den Augen der Rezeptionistin. Linda verdrehte genervt die Augen.

Sie wusste, er würde nicht lockerlassen. Also schlug sie das Gästebuch erneut auf und drehte es zu ihm um. Wie ein Habicht stürzte sich Mr Miller auf das Buch und fuhr mit seinem rundlichen Finger die Zeilen des Buches hinab.

„Sir Percival, Baronet auf Parsley Manor, Parsley Field, nebst Gattin, Lady Fedora, was für ein Name für mein Buch, A. R. Beanstock, Butler, wow diese Briten, und zu allem Überfluss ein Chauffeur mit dabei. Gonzales, Spanier oder vielleicht Südamerikaner. Haus zwei, gleich neben mir, interessant", las der Reporter leise.

„Und, Linda Schatz, du weißt nicht, was die Herrschaften hier wollen?"

„Urlaub!", rief Linda und klappte das Buch mit einem Knall zu. Mr Miller bekam nicht schnell genug seinen runden Finger aus dem Buch und riss ihn mit einem Schmerzensausruf zurück.

„Da bleibe ich dran. Hier ist ja sonst nichts los. Niemand will mit mir über diesen Aberglauben reden. Ich finde schon etwas Schreibenswertes", erklärte er kaum verständlich, weil sein verletzter Finger in seinem Mund steckte.

Inzwischen hatten die neuen Gäste die Halle verlassen und traten durch eine weiße Doppeltür auf die hintere Terrasse. Durch die alten Bäume schimmerte das türkisfarbene Meer.

„Ich gehe dann mal voraus", sagte der Hotelbesitzer.

Beanstock wurde heiß und kalt zugleich. Doch die Palmhütten? Vor seinem geistigen Auge sah er sich, bewaffnet mit einer Zeitung, giftige Spinnen jagen.

Ein breiter Kiesweg verlief von der Terrasse, an üppig blühenden Büschen vorbei, parallel zum Meer. Mehrere weiße niedrige Häuser kamen in Sicht. Beanstock atmete auf.

Breite Fenster, doppelte Sprossentüren und ein

niedriges Dach verliehen den Häusern eine Leichtigkeit, die gut in diese Gegend passte. Vor jedem Haus gab es eine kleine Terrasse mit bequemen Korbmöbeln. Das Dach bestand aus rötlichen Ziegeln und glücklicherweise nicht aus Palmwedeln.

Mr Benson öffnete das zweite Haus.

„Sir Percival, Lady Fedora, ich hoffe, Sie werden sich hier wohlfühlen. In einer Stunde servieren wir das Dinner." Er verbeugte sich und überreichte die Schlüssel.

„Ihre Unterkunft befindet sich in Haus vier", wandte sich Mr Benson an Beanstock und Gonzales. Dann verabschiedete er sich und ging.

Horazius Bookman der Zweite verbeugte sich ebenfalls kurz.

„Ich werde Sie nun verlassen. Hier habe ich noch eine Einladung für Sie von Mr York. Er bittet Sie morgen zum Lunch in das Haus der britischen Vertretung an der Mangrove Avenue fünf. Er würde Sie sehr gern empfangen."

„Wir nehmen die Einladung an. Meine Gattin sollte sich jetzt etwas ausruhen. Es war eine anstrengende Reise", erklärte Sir Percival mit einem Blick auf das blasse Gesicht Lady Fedoras.

Mr Bookman der Zweite empfahl sich, überreichte Gonzales eine Wegbeschreibung für das Haus der Vertretung und ging.

Beanstock hatte inzwischen die Räumlichkeiten begutachtet.

Es war alles zu seiner Zufriedenheit. Bevor er auspacken würde, sollte Lady Fedora Tee bekommen. Er ging zum Haupthaus und bekam nach einigen Diskussionen ein Tablett mit den gewünschten Dingen. Wie immer in den Hotels, da machte dieses keine Ausnahme, wollte man dem Butler nicht zugestehen, in der Küche ein und aus zu gehen. Beanstock kannte das schon und sah darüber lächelnd hinweg. Er würde trotzdem, wie immer, seinen Willen durchsetzen.

Lady Fedora hatte es sich auf der Terrasse gemütlich gemacht. Sie lag auf einer der Korbliegen, hörte dem Rauschen des Meeres zu und hatte die Augen geschlossen.

Beanstock servierte Tee, dann kümmerte er sich um das Gepäck, unangemessene Knitterfalten mussten vermieden werden, und dann erst gestand er sich selbst eine Tasse Tee zu. Gonzales machte sich inzwischen mit dem Rolls-Royce vertraut. Er müsse sich jede Schraube genau ansehen, bevor er damit über die Insel kutschieren würde, hatte er Beanstock erklärt.

Es wurde schnell dunkel und ein junger Angestellter des Hotels ging herum und entzündete Fackeln am Weg zum Haupthaus.

Was würden die nächsten Tage bringen und wie sollten sie hier auf diesen Inseln Filomena finden?

Mr York konnte eventuell helfen, erklärte Beanstock den Baronets. Vielleicht könnte er Verbindung mit der hiesigen Polizei aufnehmen. Es bestände die Möglichkeit, dass man dort etwas erfahren konnte.

Man musste abwarten.

Warten war für Lady Fedora sehr schwierig. Beanstock wusste, dass sie sich unglaubliche Sorgen um ihre Zofe und Freundin machte.

Lunch im Hause York

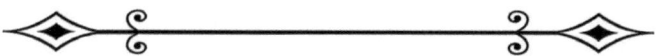

Gonzales lenkte den Wagen geduldig und professionell durch die engen Straßen der Stadt.

Sie kamen an einem Markt vorbei. Die Stände drängten sich eng an eng und man hatte auch einen Teil der Straße einfach mit einbezogen. Dadurch musste der Chauffeur, an flanierenden Menschen und abgestellten Körben vorbei steuern. Gonzales fuhr sehr langsam und vorsichtig. Das gefiel einer Schar Kinder, die lachend und lamentierend neben dem Wagen herliefen.

Lady Fedora winkte den Kindern lächelnd.

Es war ein Glück, dass Gonzales extrem vorsichtig fuhr. Wie aus dem Boden gestampft, stand plötzlich ein Mann vor dem Wagen. Wäre der Chauffeur schneller gefahren, hätte er nicht mehr bremsen können. So bekamen die Insassen nur einen furchtbaren Schreck. Dem Mann war anscheinend nichts passiert.

Der dunkelhäutige Mann war riesig, muskelbepackt und starrte mit scheinbar glühenden Augen in das Wageninnere. Er hatte kein einziges Haar auf dem

Kopf und im Gesicht, dafür aufwendige Tätowierungen. Sein weißer Anzug spannte sich über den breiten Muskeln.

Beanstock stieg aus, um sich nach dem Befinden des Herrn zu erkundigen. Seltsamerweise waren all die vielen Kinder, die dem Rolls-Royce noch vor ein paar Sekunden johlend gefolgt waren, plötzlich verschwunden. Beanstock hatte sogar den Eindruck, als liefe das Marktleben ringsum plötzlich in Zeitlupe und ohne jeden Laut ab. Noch nicht einmal Vogelzwitschern war zu hören.

„Ist alles in Ordnung, Sir?", fragte er den Herrn, der immer noch mit stechendem Blick in das Wageninnere stierte. Plötzlich drehte sich der Mann zu Beanstock um. Mit einer fließenden Bewegung erhob er seine rechte Hand. Beanstock sah eine Art Kalebasse in seiner Hand, die der Herr nun schüttelnd im Kreis bewegte. Dabei rasselten im Innern der Kalebasse Steinchen oder Ähnliches.

Inzwischen war Gonzales auf Anraten Sir Percivals ebenfalls ausgestiegen.

Aus dem Mund des Mannes kamen unverständliche Worte. Schließlich warf er mit der linken Hand Staub in die Luft. Beanstock schloss die Augen.

Es waren nur Sekunden, aber der Mann war verschwunden. Gonzales sah den Butler fragend an.

„Wo ist er hin? War er unverletzt?", fragte er überrascht.

Beanstock schien ratlos.

Mit einer Handbewegung gab er Gonzales zu verstehen, wieder einzusteigen. Wie auf einen geheimen Befehl kamen aus allen Richtungen die Kinder zurück, johlend und lachend. Auch auf dem Markt war alles wieder normal, als ob nichts gewesen wäre.

Ein sehr eigenartiger Vorfall, den sich Beanstock nicht erklären konnte.

Nach weiteren zehn Minuten erreichten sie die Mangrove Avenue. Das Haus der britischen Vertretung war kaum zu übersehen. Es war ein zweistöckiges Gebäude mit weißer Fassade, weißen halbrunden Sprossenfenstern und einer breiten weißen Treppe hinauf zum Eingang. Gonzales fuhr über einen breiten rötlichen Kiesplatz vor das Gebäude. Vorher hatten sie sich am Tor anmelden müssen. Dort stand Tag und Nacht ein Soldat Wache. Über dem Eingang des Hauses hing das Wappen Ihrer Majestät.

Mr Richard York, der Vertreter der Krone hier in George Town, kam den Gästen auf der Treppe entgegen. Er war ein sympathisch wirkender älterer Herr mit bräunlichem Haar und Lachfalten um die Augen.

Nachdem die Baronets ausgestiegen waren, verbeugte sich Mr York, griff sich den Arm Lady Fedoras und zog sie, freundlich auf sie einplappernd, mit sich in das Haus.

Sir Percival erklärte Beanstock und Gonzales, dass sie in etwa zwei Stunden wieder abgeholt werden könnten, und folgte dann seiner Gattin.

Beanstock hatte vor, nochmals zum Flughafen zu fahren. Vielleicht bekam man die Möglichkeit zu erfahren, ob irgendjemand Filomena bei ihrer Ankunft gesehen hatte und vielleicht sogar wusste, wo man sie suchen konnte.

Wieder im Wagen, startete der Chauffeur und sie verließen das Grundstück.

97

„Was meinen Sie, Señor, was war das für ein seltsamer Mann vorhin auf dem Markt?", fragte Gonzales.

„Ich hatte den Eindruck, dass die Menschen ringsum entweder viel Respekt vor ihm hatten oder sogar furchtbare Angst. Ich bin mir sicher, das war kein Zufall. Hier gehen seltsame Dinge vor sich. Wir müssen auf der Hut sein, Gonzales."

Der Chauffeur nickte zustimmend.

Die Ankunft- und Abflughalle des kleinen Flughafens von George Town war voller Menschen. Auf dem Rollfeld standen mehrere kleinere Maschinen, die wahrscheinlich die einzelnen Inseln des Archipels anflogen.

An einem der Schalter erkundigte sich Beanstock nach Filomena. Die nette Dame hinter dem Schalter schien ihn nicht zu verstehen.

„Sir, ich kann mir doch nicht jeden Passagier merken. Wie sollte ich mich an diese Dame, wie hieß sie gleich noch, erinnern?"

Beanstock griff in die Tasche seines Jacketts und zog eine Fotografie hervor.

„Sehen Sie, die Dame in der Mitte ist Miss Filomena Arbuckle. Sie sollte vor ein paar Tagen hier angekommen sein und wir müssen sie finden. Sie ist eine Freundin und benötigt dringend unsere Hilfe."

Die Dame besah sich aufmerksam das Foto. Aber sie schüttelte erneut den Kopf. Dann schien ihr etwas einzufallen.

„Warten Sie bitte einen Moment. Ich bin ja erst seit gestern wieder hier. Vorher war mein Kollege am Schalter. Vielleicht erinnert er sich. Patrice! Patrice!", schrie die Dame über die Köpfe der Passagiere hinweg in Richtung Westen. Beanstock konnte sich kaum denken, dass der so Gerufene bei diesem Gewusel und Stimmengewirr im Raum etwas hören würde.

„Was ist?", brüllte jemand von der rechten Seite der Halle zurück. Gonzales drehte sich lachend weg, als er das überraschte Gesicht des Butlers bemerkte.

„Komm herüber! Hier hat jemand eine Frage!"

„Warum?!"

Die Köpfe der Passagiere sahen nach links.

„Komm schon! Es ist wichtig!"

Die Köpfe der Anwesenden schwenkten nach rechts.

„Worum geht es? Ich habe hier einen älteren Herrn, der nicht versteht, dass seine Ziege nicht mitdarf!" Zur Unterstützung hörte man das Meckern einer Ziege im Hintergrund.

Links.

„Es geht um eine vermisste Person!"

Rechts.

Natürlich wussten nun die anwesenden Passagiere auch, dass Beanstock eine Auskunft benötigte. Es war dem Butler mehr als peinlich, wie er von den Leuten begutachtet wurde. Der ein oder andere besah sich beim Vorbeigehen sogar das Foto, das die Dame hinter dem Schalter in der Hand hatte. Sie zeigte es bereitwillig und jeder der Leute hatte eine mehr oder weniger interessante Theorie, wo Filomena sein könnte. Ein älterer Herr kratzte sich verlegen am Kopf und grinste.

„So wie die Kleine aussieht, ist sie vielleicht schon von einem unserer Blauen Leguane verspeist worden. Die haben doch immer Hunger", sagte der alte Herr

99

und lachte über seinen Witz. Beanstock konnte nicht lachen.

Endlich kam Bewegung in die Passagiermassen und ein junger Mann bahnte sich einen Weg durch die Halle. Das musste Patrice sein.

„Zeig mir das Foto!", rief er etwas zu laut. Die Leute drängten zu ihm. Niemand wollte etwas von dieser Geschichte verpassen.

Inzwischen hatte Patrice bemerkt, dass er nun nicht mehr brüllen musste.

„Um diese Frau auf dem Bild geht es?", fragte der junge Flughafenangestellte und wies mit dem Finger auf Mrs Porkpie, die ebenfalls auf dem Foto war.

Beanstock zeigte auf Filomena.

„Hm", meinte Patrice und überlegte angestrengt.

„Könnte sein, dass ich sie gesehen habe. Ist die Dame etwas durch den Wind?", fragte Patrice an Beanstock gewandt.

Der Butler nickte.

„Vor ein paar Tagen fragte mich eine Dame, die gerade aus dem Flugzeug aus London gestiegen war, ob ich ihr sagen könnte, wo sie sei. Als ich ihr erklärte, dass sie in George Town sei, wollte sie sich totlachen. Sie hatte eine seltsame Frisur und zwei verschiedenfarbige Schuhe an den Füßen."

„Filomena Arbuckle!", sagten Beanstock und Gonzales im Chor.

Eine dunkelhäutige Dame in einem weiten, überaus bunten Kleid und einem wahnsinnig hohen Turban auf dem Kopf beugte sich über die Fotografie.

„Das ist Filomez? Nein! Sie ist ein junges, in helle Farben gekleidetes, wohltätiges Geistwesen, aber nicht dieses seltsame Ding auf dem Foto!", erklärte die Dame.

„Wir sprechen von einer Filomena, gute Frau, nicht von einer Filomez", versuchte Gonzales zu erklären.

Die Dame stemmte ihre Hände in die ausladenden Hüften und sah Gonzales provozierend an.

„Hat sie etwa einen Besen in der Hand? Oder gerade einen Blumenstrauß geopfert bekommen? Na bitte." Die Dame schnaufte noch kurz und ging hoch erhobenen Hauptes davon. „Filomez, Filomena! Dass ich nicht lache!"

Beanstock und Gonzales sahen sich an. Das war selbst für den Butler zu viel.

Dazu kam der Umstand, dass in dem Moment, als die Dame im bunten Kleid den Namen Filomez erwähnt hatte, plötzlich alle Leute, die bis eben noch im Kreis um Beanstock, Gonzales und die beiden Angestellten gestanden hatten, auseinanderstoben.

Plötzlich hatten alle Leute, die bis jetzt neugierig zugehört hatten, wichtigere Dinge zu erledigen, griffen ihre Gepäckstücke und die Käfige mit den gackernden Hühnern und verließen im Laufschritt das Gebäude.

„Was ist denn nun passiert?", fragte Gonzales.

Patrice räusperte sich.

„Das müssen Sie verstehen. Im Voodooglauben gibt es eine Menge gute und wohlmeinende Loas, also Geisterwesen. Filomez ist eine gute Loa. Aber es gibt auch eine Menge dunkle Magie und nicht sehr nette Petrowesen. Viele dieser Leute leben diesen Glauben und das schon sehr lange", flüsterte Patrice.

„Können Sie uns denn nun etwas zu unserer Freundin erzählen?", fragte Beanstock, leicht genervt.

„Also, ich habe die Dame hier auf dem Foto zu Mother Petrel geschickt. Sie führt eine Pension an der Old Man Bay. Ist ´ne Weile weg von hier, aber es ist eine gute Pension. Ich habe ihr geraten, ein Taxi zu nutzen."

Beanstock sah auf seine Taschenuhr. Es war zu spät, um noch bis zur Old Man Bay zu fahren. Das musste warten. Sie mussten zurück zur Mangrove Avenue und die Baronets abholen.

Mr York kam in dem Moment, als Gonzales vorfuhr, mit den Baronets aus dem Haus. Er verabschiedete sich sehr freundlich und nahm ihnen das Versprechen ab, noch einmal zum Tee zu kommen, bevor sie abreisten.

„Es war ein wunderbarer Lunch, Mr York. Bitte richten Sie der Köchin meine besten Wünsche aus", sagte Lady Fedora.

Als alle wieder im Wagen saßen, drehte sich der Butler um und fragte Sir Percival, ob sie eventuell etwas hatten erfahren können in Bezug auf den Verbleib der Zofe.

„Also viel nicht. Mr York versprach, sich bei der örtlichen Polizei zu erkundigen. Er empfahl uns, mit einem Sergeant Walker zu reden. Er wird uns bei ihm anmelden", erklärte Sir Percival.

Mit einem traurigen Blick sah er zu seiner Gattin. Sie machte sich so viele Sorgen.

„Wir müssen geduldig sein, Darling", sagte er und erhielt ein Lächeln dafür von ihr. Aber er wusste genau, dass Fedora nicht zum Lachen zumute war.

Nachdem sich die Baronets frisch gemacht hatten, begaben sie sich, begleitet von Beanstock, durch den mit Fackeln erhellten Weg zum Haupthaus. Auf der hinteren Terrasse war für das Dinner gedeckt worden.

Runde Tische und weiße bequeme Korbsessel luden zum Verweilen ein. Auf jedem Tisch stand ein üppiges Blumengesteck und Ober in heller Livree liefen mit gefüllten Tabletts geschäftig zwischen den Tischen hin und her. Im Hintergrund spielte ein Gitarrenspieler leise Musik. Das Rauschen des Meeres machte den Abend im Paradies perfekt.

Nur die dunkle Wolke auf dem Gesicht Lady Fedoras konnte auch das wunderbare Ambiente nicht fortwischen.

„Sie können jetzt gehen, Beanstock, wir haben hier alles zu unserer Zufriedenheit", erklärte Sir Percival. Beanstock neigte den Kopf und wollte in Richtung Haupthaus davongehen.

Ein Herr in Uniform näherte sich dem Tisch. Er trug eine schwarze Hose mit einem roten Streifen an den Seitennähten, ein kurzärmliges weißes Oberhemd und in der Hand hielt er eine schwarze Schirmmütze mit einem silbrig glänzenden Abzeichen. Sein pomadisiertes blondes Haar glänzte im Schein der Fackeln. Beanstock hatte den Mann in Uniform bemerkt und kam zum Tisch zurück.

„Guten Abend, mein Name ist Sergeant Alan Walker. Mein Vorgesetzter bat mich im Auftrag von Mr York, dem Vertreter der Krone in George Town, mit Ihnen über eine vermisste Person zu sprechen. Entspricht das der Wahrheit?", fragte der Sergeant an Sir Percival gewandt.

Der Baronet nickte und bat den Polizisten mit einer Geste, sich zu setzen. Beanstock stand inzwischen wieder neben dem Tisch und hörte gespannt zu.

Sergeant Walker hatte aus seiner Tasche einen Notizblock genommen, den Stift an der Seite herausgezogen und sah erwartungsvoll zu Sir Percival. Dann bemerkte er Beanstock.

„Und Sie sind, Sir?", fragte er.

Der Butler erklärte ihm den Umstand ihres Hierseins und warum er die Baronets begleitete.

Der Polizist machte sich fleißig Notizen.

Dann berichtete Lady Fedora von ihrer Zofe und warum sie ihr bis hier nach George Town gefolgt waren.

„Ist das üblich in Ihren Kreisen, vermisstem Personal nachzureisen?", fragte der Sergeant. Er meinte das wirklich ernst. Beanstock räusperte sich.

„Nun, sie ist nicht nur eine Angestellte in unserem Haushalt, sie ist eine Freundin", erklärte Lady Fedora leicht verschnupft.

„Verstehe", sagte der Polizist und notierte.

Beanstock berichtete von den Informationen, die sie am Flughafen erhalten hatten.

„Soso, Filomez, sagte die Dame, interessant." Der Sergeant schrieb fleißig.

„Sie war bunt gekleidet und hatte einen großen Turban auf dem Kopf, sagten Sie? Ich weiß, wer das war. Sie macht nur Probleme. Ständig hat sie Streit mit ihren Nachbarn und sie meint, wir wären nur für sie da. Letztens berichtete sie uns eine geschlagene Stunde lang von dem bunten Hahn ihres Nachbarn. Er wäre zu laut, würde ihr am Morgen den Schlaf rauben und ihre

Katze hätte Angst vor dem Tier. Sie meinte doch tatsächlich, ein böser Petrogeist würde in dem Tier stecken. Ich bitte Sie, Sir, was haben wir Polizisten, die tagtäglich mit der kriminellen Unterwelt zu tun haben, mit einem Hahn und einem Geist zu schaffen? Es ist eine Krux mit der Frau.

Neulich sagte ich zu meinem Vorgesetzten, CI Brutus und ich sind alte Freunde, Sir, sagte ich, wie soll man sich auf wirklich wichtige Dinge konzentrieren, wenn die Menschen das nicht verstehen und in ihrem Aberglauben gefangen sind? Das geht doch gar nicht. Gerade ich habe in der Polizeistation weitreichende Aufgaben zu erledigen. Da muss man sich konzentrieren. Das ist überaus wichtig, Sir, verstehen Sie?"

Der Sergeant hatte dabei kumpelhaft den Arm auf den Tisch gelegt, Sir Percival am Ellbogen gestupst und sich zu ihm hinübergebeugt. Sir Percival sah Beanstock hilfesuchend an.

Sergeant Walker erhob sich, rückte seine Koppel zurecht, setzte sich seine Mütze auf den Kopf und sah mit einem Lächeln in die Runde.

„Ich möchte die Herrschaften bitten, nichts ohne mich zu unternehmen. Mit dieser Anweisung ist auch Ihr anwesendes Personal gemeint", sagte Sergeant Walker mit erhobener Stimme und einem kurzen Blick auf den Butler.

„Ich werde mich morgen einmal nach der Dame in George Town umhören. Wenn möglich, sollten Sie mir ein Foto der Vermissten geben. Sie sagten, am Flughafen zeigten Sie den Anwesenden ein Foto."

Lady Fedora gab Beanstock ein Zeichen, dass er

das Foto dem Polizisten geben solle. Beanstock hatte mehrere Abzüge von diesem Foto machen lassen, bevor sie aus London abgereist waren.

„Gut, wie lange gedenken Sie unsere Inseln zu besuchen? Es ist nicht nötig, länger als vorgesehen hier zu verweilen. Die Royal Cayman Islands Police Service, kurz RCIPS, wird sich um diese Angelegenheit kümmern. Sie bekommen Nachricht von uns. Unsere ausgezeichnete Polizei gibt es bereits seit 1907 und unsere ausgezeichnet ausgebildeten Polizisten werden mit allen Belangen der Inseln sehr gut allein fertig. Unser Chefinspector Brutus ist ein ausgezeichneter Polizist mit viel Erfahrung."

Beanstock empfand, dass das ein paar zu viele ausgezeichnete Dinge waren, und hatte den Eindruck, der Mann hatte diesen Text schon mehrmals heruntergebetet, ohne mit dem Herzen dabei zu sein.

„Wir werden die Insel verlassen, wenn wir es für richtig halten, Sergeant Walker", erklärte Lady Fedora. Ihr waren wohl die vielen ausgezeichneten Dinge auch aufgefallen.

Der Polizist schaute leicht verdattert drein.

Dann hielt er seine Hand an die Mütze.

„Sie erreichen mich in unserer Polizeistation in der Elgin Avenue, ein ziemlich altes Gebäude, das bald abgerissen werden soll. Dann bekommen wir ein supermodernes, neues Gebäude", berichtete Sergeant Walker fröhlich grinsend.

„Das wird sicher ausgezeichnet werden", sagte Beanstock und das Grinsen auf dem Gesicht des Polizisten verschwand augenblicklich. Er ging ohne ein weiteres Wort.

„Mein guter Beanstock. Sie überlassen doch diesem Mann nicht die Suche nach Filomena, oder? Ich meine, er ist vielleicht ein guter Polizist, aber irgendwie habe ich kein rechtes Vertrauen in seine Fähigkeiten." Lady Fedora sah ihren Butler besorgt an.

„Wir werden Filomena finden, ich verspreche, dass ich nicht aufgeben werde." Beanstock neigte den Kopf und begab sich dann zum Haupthaus.

Bart Miller hatte neben den Baronets einen Tisch bezogen und seine Ohren auf Empfang gestellt. Er hatte alles mitbekommen und rieb sich nun die Hände. *Eine Entführung, Jungfrau in Nöten, auf jeden Fall wird eine Person vermisst, die Polizei wurde verständigt, scheint aber, wie so viele Leute hier auf den Inseln, nicht sehr kooperativ zu sein,* notierte er sich auf seinem Schreibblock. Er beobachtete die Herrschaften. *An diesem Butler muss ich dranbleiben,* dachte er sich.

Gonzales wartete bereits mit riesigem Hunger auf Beanstock. In der Hotelhalle wurde ebenfalls serviert und so suchten sich die beiden Herren einen Platz im Hintergrund der Halle.

„Morgen früh, nach dem Frühstück, fahren wir zur Old Man Bay", sagte Beanstock.

107

Wer hat Angst vor ...

Es war weit nach Mitternacht.

Die Baronets schliefen in ihrem Bungalow. Beanstock hatte, nachdem er zu Bett gegangen war, sein Buch zur Hand genommen und gelesen. Eine seltsame Unruhe ließ ihn in den letzten Tagen nicht los.

Das leise Schnarchen des Chauffeurs drang durch die Wände zu ihm.

Die Augen waren ihm nach kurzer Zeit dann doch zugefallen und das Buch auf dem Boden gelandet.

Er öffnete die Augen. Als er sich nach dem Buch ausstreckte, hörte er ein anderes Geräusch, leise erst, dann lauter werdend. Als ob jemand draußen vor dem Bungalow mit einer Babyrassel hantieren würde oder eine Klapperschlange angreifen wollte.

Er stand auf.

Ein Blick aus dem Fenster brachte keine Erkenntnis. Aber er sah in der Nähe des Bungalows der Baronets einen Schatten, der sich hin- und herbewegte.

In Windeseile zog er seinen Morgenmantel an, riss die Tür auf und lief über den kleinen Flur zum Zimmer des Chauffeurs. Gonzales schien tief zu schlafen.

Beanstock klopfte stürmisch an die Tür und sofort hörte das Schnarchen auf. Eine Sekunde später riss Gonzales die Tür auf und sah den Butler entsetzt an.

„Was ist passiert? Wer muss verhauen werden? Wo ist der Feind?", rief er und griff sich das Erstbeste, was ihm in die Finger kam, eine große Keramikvase.

Gonzales sah verschlafen aus, eben wie jemand, den man aus seinen schönsten Träumen geholt hatte. Sein Haar stand nach allen Seiten ab. Sein gestreifter Pyjama sah zerknittert aus.

„Es ist bei den Baronets. Irgendetwas stimmt nicht. Ich habe ein Geräusch gehört und eine Person treibt sich dort herum. Wir müssen nachsehen", erklärte Beanstock leise.

Gonzales nickte zustimmend.

Sie verließen den Bungalow und schlichen zum Haus der Baronets. Inzwischen konnte man das Rasseln deutlicher hören und dazwischen gemurmelte Worte.

Die beiden Herren liefen schneller.

Der Schatten bewegte sich wie im Tanz vor der Tür zum Bungalow der Baronets. Gonzales rannte auf ihn zu und erhob dabei drohend die Vase in seiner Hand.

Beanstock erkannte die Person.

Es war der seltsame Mann vom Markt. Riesig groß und muskelbepackt. Er stand vor der Tür des Hauses, in der Hand wieder diese Kalebasse. Er schüttelte sie. Daraus kam das rasselnde Geräusch, das Beanstock gehört hatte. Als ob viele kleine Steinchen oder andere Dinge im Inneren der Rassel aneinanderstießen.

Wie in einer tiefen Trance drehte sich der Mann im

Kreis herum. Dann wieder sprang er in die Höhe, warf etwas in Richtung des Hauses und verrenkte seine Glieder dabei. Seine Stimme schwoll an und wieder ab. Die Augen waren verdreht, sodass man nur das Weiße darin sehen konnte. Er schien nicht bei sich zu sein.

Der Mann sah die beiden kommen, drehte sich zu ihnen um und grinste breit.

Sein dunkles Gesicht war voller Tätowierungen und zur Hälfte weiß angemalt. Auf dem Kopf trug er einen hohen Zylinder, an dem Knochen und Federn steckten.

Er rief den beiden Männern unverständliche Worte entgegen und warf etwas nach ihnen. Eine Wolke Staub umfing sie.

Der Mann stürzte sich auf Gonzales. Ein harter Faustschlag traf den Chauffeur. Er fiel und stöhnte.

Beanstock lief zur Terrasse, griff sich den Sektkühler, der dort noch vom Vorabend stand, und warf sich ins Getümmel.

Inzwischen waren die Baronets wach.

Sir Percival trat auf die Terrasse seiner Unterkunft und erkannte mit Staunen, dass sich sein Butler und sein Chauffeur in Schlafanzügen mit einem dunkelhäutigen Mann prügelten.

Lady Fedora trat aus der offenen Tür und schlug sofort die Hände vor Überraschung und Angst vor das Gesicht.

„Wir müssen die Polizei holen, wir müssen den Hotelmanager holen, wir müssen etwas tun, Perci, tu doch was!", schrie sie ihren Mann an.

Sir Percival griff nach der Champagnerflasche, die leer neben dem Tisch am Boden stand, und holte zum

Angriff aus. Leider war noch etwas Champagner vom Vorabend in der Flasche, der sich nun über den Schlafanzug Sir Percivals ergoss. Lady Fedora schloss die Augen. Sie konnte nicht hinsehen. Sir Percival erhob die Flasche und traf den Eindringling an der Schulter. Der Baronet war einfach zu klein für diesen Riesen.

Diese Aktion hatte aber genügt.

Der riesige Mann war mit einem weiten Sprung im Dickicht verschwunden. Wahrscheinlich waren ihm, trotz seiner muskelbepackten Arme, drei Angreifer dann doch zu viel.

Gonzales lief ihm bis zum nahen Strand nach, fand aber keine Spur von ihm und kam unverrichteter Dinge zurück zum Bungalow.

Beanstock kümmerte sich um Sir Percival. Er holte ihm ein Handtuch, der arme Baronet war pitschnass. Dann ging er zurück in den Bungalow und kam mit einem Tablett zurück, auf dem Gläser und eine Karaffe Wasser standen.

Lady Fedora schien wie gebannt auf einen Punkt zu starren, als Beanstock mit dem Tablett zurückkam und hinter sich die Tür schloss. Er stellte das Tablett auf dem Tisch ab und folgte ihrem Blick.

An der Tür zum Bungalow war ein seltsames Objekt angenagelt, tiefschwarz und voller seltsamer Symbole. Es hatte die Form eines Menschen und an der Unterseite hing der abgeschlagene Kopf eines Huhns. Lady Fedora wurde blass.

Gonzales, der vom Strand zurück war, griff zu dem Objekt. Beanstock hielt seine Hand in der Bewegung fest.

„Fassen wir es lieber nicht an. Ich habe so ein seltsames Gefühl, dass wir es nicht berühren sollten. Es könnte vergiftet sein."

Er ging ins Haus und kam mit einer Leinenserviette und einer Tüte zurück. Vorsichtig griff er mit der Serviette nach dem Ding und bugsierte es in die Tüte.

„Wir nehmen es morgen mit und fragen bei der Polizei, was das bedeutet. Zumindest darüber wird uns dieser seltsame Sergeant Walker wohl etwas sagen können. Obwohl ich ihn für wenig hilfreich erachte.

Wir müssen noch aufmerksamer sein. Das war eine Warnung. Sir Percival, ich würde es vorziehen, wenn ich ab jetzt hier im Haus bei Ihnen die Nächte verbringe. Sind Sie einverstanden? Ich halte es aufgrund der Umstände für angebracht."

Sir Percival nickte.

Beanstock ging mit Gonzales zurück zu ihrer Unterkunft, um ein paar Sachen zu holen.

„Sollte ich nicht auch bei den Baronets bleiben?", fragte er den Butler besorgt.

„Das halte ich nicht für nötig. Die beiden Bungalows liegen nicht weit auseinander. Außerdem gibt es nur ein weiteres Schlafzimmer im Haus der Baronets. Kümmern Sie sich um Ihr Auge. Es scheint ringsum anzuschwellen. Ich werde Ihnen Eis aus dem Bungalow der Baronets holen. Sonst wird es morgen zugeschwollen sein. Der Mann hat Sie ganz schön erwischt."

Nach fünf Minuten war Beanstock zurück und gab Gonzales einen Beutel Eis und ein Handtuch.

„Versuchen Sie zu schlafen", sagte er und ging.

Gonzales begab sich in sein Schlafzimmer und versuchte, wieder einzuschlafen. Vorher schloss er sorgsam das Schlafzimmerfenster und zog die Vorhänge vor. Er war ein mutiger Mensch, aber die Begegnung mit diesem Mann hatte ihm einen Schauer über den Rücken laufen lassen. Es war besser, die Fenster geschlossen zu halten.

Beanstock war nach ein paar Minuten zurück bei seinen Herrschaften. Kurz hatte er im Nebenbungalow ein verschlafenes Gesicht am Fenster gesehen. Der Herr hatte sich wohl nicht dazu durchringen können, zu helfen.

Die Tüte mit dem seltsamen Objekt lag neben der Terrasse. Er wollte ihn nicht mit hineinnehmen. Das erschien ihm unangebracht. Lady Fedora warf nervöse Blicke in Richtung der Tüte. Sie erkundigte sich nach Gonzales. Beanstock beruhigte sie.

„Er hat einen harten Dickschädel. Das wird er überleben, My Lady."

Mit einem tiefen Seufzer wünschte sie schließlich Beanstock einen hoffentlich weniger aufregenden Rest der Nacht und ging mit Sir Percival hinein.

An Schlaf war für den Butler nicht mehr zu denken. Er setzte sich auf die Terrasse und hörte dem Meeresrauschen zu. Er wollte auf keinen Fall erleben, dass dieser Mann zurückkam. Wer wusste, wo er lauerte.

Gedanken gingen ihm durch den Kopf.

Beanstock war strikt gegen Waffen. Er verabscheute jede Form von Gewalt.

Seiner Meinung nach hatte es den Beginn einer langen Reihe von furchtbaren Ereignissen in der Geschichte der Menschheit bedeutet, als die erste Waffe gebaut und der erste Mensch seinen Nachbarn bekämpft hatte. Und wenn man sich über die vermeintlich guten Gründe einmal vernünftig unterhalten hätte, wäre die Hälfte davon nichtig gewesen.

Aber er war in den letzten Jahren schon so oft in Situationen gelandet, die ihn oder seinen Lieben fast das Leben gekostet hätten, dass er in diesem Moment an die Anschaffung einer Schusswaffe dachte. Bevor er sich vor ein paar Minuten auf die Terrasse gesetzt hatte, war er tatsächlich in die kleine Küche des Hauses gegangen und hatte sich ein Messer gegriffen. Das lag nun auf dem Tisch und schien ihn zu verhöhnen. *Siehst du, Beanstock, es geht doch nicht ohne eine Waffe.*

Das Rauschen des Meeres und die vielen Stimmen der Tiere um ihn herum hatten seine Augen am Ende doch zufallen lassen. Er schreckte auf. Die Sonne kam hinter dem Horizont herauf und die ersten Strahlen eines wieder einmal warmen Tages berührten die Insel.

Die Tüte war fort.

Panisch lief Beanstock von der Terrasse zu dem Platz, wo er gestern Nacht die Tüte deponiert hatte.

Nichts.

Noch nicht einmal Fußspuren waren zu sehen.

Dieser gefährliche Mann musste zurückgekommen sein und sie geholt haben.

Beanstock war überaus verärgert, vor allem über sich selbst. Wie hatte ihm das nur passieren können?

Er ging ins Haus, um sich anzuziehen.

Ein neuer Tag, eine neue Möglichkeit, Filomena zu finden.

Schwarze Magie und Zaubersprüche

Die undurchdringliche Schwärze strengte die Augen an. Noch nicht einmal schemenhaft war etwas auszumachen.

Die junge Frau versuchte vergebens, irgendetwas zu erkennen. Wie war sie hierhergekommen? Sie erinnerte sich an den Geschmack von etwas Bitterem. Sie hörte das rasselnde Geräusch der Asson, sie hörte die geflüsterten Worte, als ob sie direkt in ihrem Kopf klangen.

Sie hatte doch nur um einen Zauberbeutel gebeten, um böse Geister abzuwehren und ihr endlich das Glück zu bescheren, das sie sich erhoffte.

Was hatte er gesagt? Er hatte sie gewarnt, mit einem Liebeszauber war nicht zu spaßen. Sie sollte sich genau an die Vorschriften halten und ihrem Liebsten etwas in den Kaffee geben, das in einer komplizierten Zeremonie hergestellt werden müsste. Sie hatte alles besorgt, was der Mann verlangt hatte, ein paar Haare von ihrem Liebsten und die Kräuter. Dann meinte er am Ende, sie müsse selbst davon trinken, bevor sie es dem Mann geben konnte, den sie verliebt machen wolle. Das hatte sie, ohne zu überlegen, getan. Und es war bitter gewesen. Wie viel Zeit war seitdem vergangen?

Sie versuchte, sich zu bewegen.

Aber die Beine gehorchten ihr nicht. Ihre Hände schienen wie festgeklebt an ihrer Seite zu liegen. Dieser seltsame Geruch, der ihr ein würgendes Gefühl verschaffte, schien immer schlimmer zu werden.

Dann war da wieder diese eindringliche Stimme. Sie verlangte von ihr irgendetwas. Sie verstand nicht.

Wie hatte sie ihm nur Glauben schenken können?

Warum hatte sie sich mit diesem Mann eingelassen?

Die alte Frau hatte sie mehr als einmal gewarnt. Aber sie hatte der Alten nicht geglaubt. Was wusste die schon von der Liebe? Nichts wusste sie, sie war alt und helfen wollte sie ihr auch nicht. Hatte es abgelehnt und gemeint, dass es nicht gut wäre.

Hatte sie nicht alles getan, was er von ihr verlangt hatte? Sogar die hässliche Brosche aus dem Zimmer der Herrin hatte sie gestohlen. Für ein paar geflüsterte Worte der Liebe und die Aussicht auf ein besseres Leben hatte sie alles aufgeben wollen.

Ihr Gehirn schien aus Watte zu bestehen. Sie versuchte angestrengt nachzudenken. Was war das Letzte, an das sie sich erinnern konnte?

Neben diesem riesigen, ganz in weiß gekleideten Mann mit der rasselnden Asson in der Hand war plötzlich ein weiterer Mann aufgetaucht. Jedenfalls dachte sie, es wäre ein Mann. Sie hatte nichts sehen können, auch wenn sie sich noch so sehr angestrengt hatte.

Sie war zurückgeschreckt. Es hatte ihr Angst

gemacht.

Der Mann hatte sie festgehalten. Sie hatte zu diesem Zeitpunkt nicht mehr klar denken können. Sie wusste nicht, wer da vor ihr stand, und der Mann sagte kein Wort. Er nahm ihr die Brosche aus der Hand und gab sie dem Mann in Weiß. Dann sollte sie trinken. Schon wieder dieses eklige, bittere Zeug und von da an wurde alles noch undeutlicher.

Wie aus weiter Ferne hörte sie Worte.

„Es reicht noch nicht. Wir brauchen noch mehr Opfer für den Baka, den Dämonen, der uns zum Ziel bringen wird. Wenn du es wirklich willst, wenn du ihn wirklich loswerden willst, dann bring mir mehr", flüsterte die Stimme.

„Du weißt, was der Dämon verlangt."

Wen meinten die Männer?

Die junge Frau versuchte, sich zu regen.

Es klappte nicht und dann lag sie ganz still.

Während sich die rasselnde Asson entfernte, hatte die junge Frau aufgehört zu atmen. Hatte sie einfach vergessen, Luft zu holen, oder lag es an dem feinen dünnen Schal, der sich immer enger um ihren Hals gezogen hatte?

Mother Petrel und Bookman der Dritte

Als Beanstock am nächsten Morgen mit dem Frühstückstablett, das er einem verdutzten Kellner aus den Händen genommen hatte, zum Bungalow der Baronets zurückkam, wartete ein Polizist in Uniform auf ihn. Der junge Mann kam ihm irgendwie bekannt vor. Er lächelte freundlich, trug sein schwarzes krauses Haar kurz und seine Uniform schien frisch gebügelt. Das bemerkte ein Butler sofort.

„Kann ich Ihnen behilflich sein? Wir benötigen keine Überwachung. Sagen Sie bitte Sergeant Walker, dass wir allein zurechtkommen werden", erklärte Beanstock, als er am Bungalow ankam.

Der Mann verbeugte sich leicht.

„Darf ich mich vorstellen? Mein Name ist Bluebell Bookman der Dritte. Ich komme nicht im offiziellen Auftrag. Unser guter Sergeant Walker hat ganz andere, wichtigere Interessen. Das können Sie mir glauben.

Sie müssen wissen, er schielt seit einiger Zeit auf den Posten des Chefinspectors. CI Brutus ist schon etwas älter und da rechnet sich der Sergeant Chancen aus. Er geht dem Chefinspector mächtig um den Bart. Man kann es nicht mit ansehen. Es ist einfach peinlich. Heute Morgen brachte er Brutus eine Torte mit. Dabei ist Walker grad mal Sergeant und sollte erst einmal Inspector werden, bevor er diesen Posten anvisiert. Oder was meinen Sie, Mr Beanstock? So ist doch Ihr Name oder?"

„Das ist richtig. Bitte kommen Sie mit zu den Baronets. Ich sollte das Frühstück servieren, bevor der Tee kalt wird."

Bookman der Dritte lachte.

„Na klar! Niemand mag kalten Tee."

Sir Percival saß entspannt vor dem Bungalow auf der kleinen Terrasse und sah in die Tageszeitung, die ihm Beanstock bereits zurechtgelegt hatte. Er blickte von seiner Lektüre auf und sah den beiden interessiert entgegen. In diesem Moment erschien auch Lady Fedora in einem luftigen Sommerkleid und setzte sich zu ihrem Gatten.

Am Morgen hatten sie sich geeinigt, nicht zur Polizei zu gehen und den Vorfall zu melden. Das würde diesen Sergeant Walker nur davon überzeugen, dass sie hier nichts zu suchen hatten, nicht ermitteln und am liebsten heute noch die Insel verlassen sollten. Das war inakzeptabel.

Beanstock servierte.

„Darf ich vorstellen, Bluebell Bookman der Dritte, Constable der Royal Cayman Police ..."

„Royal Cayman Islands Police Service, kurz RCIPS, aber ich finde den Titel auch viel zu lang. Wir sagen einfach Police, wer soll sich diesen langen Namen merken?", fiel Bookman dem Butler ins Wort.

„Sind Sie verwandt mit Bookman dem Zweiten?", fragte Lady Fedora.

„Mein Bruder, My Lady. Das bringt mich zu meinem Auftrag. Er bat mich, Ihnen behilflich zu sein. Er hat gehört, wie Mr York um Amtshilfe im Präsidium anfragte. Und als er hörte, dass Sergeant Walker dazu verdon ... ich meine, Ihnen behilflich sein sollte, war ihm klar, dass es nichts wird. Er bat mich um Hilfe."

„Gibt es auch einen Bookman den Ersten?", fragte My Lady neugierig.

„Das wäre dann mein Vater und bevor Sie fragen. Bookman der Vierte ist unterwegs. Meine Frau erwartet unser erstes Kind", erklärte der stolze Polizist.

„Aber es könnte doch auch ein Mädchen werden?"

„Nun, My Lady, das wäre kein Problem. Florence Bookman die Erste!"

Lady Fedora lächelte.

„Wird man Sie nicht im Präsidium vermissen?"

„Ich habe Urlaub genommen, weil mein erstes Kind bald ankommt." Bookman zwinkerte den Anwesenden verschwörerisch zu.

„Nun gut, Constable, wir hatten vor, heute zur Old Man Bay zu fahren. Dort gibt es eine Pension, in der sich unsere vermisste Person aufhalten soll. Vielleicht lösen wir den Fall noch an diesem Morgen. Dann können Sie zurück zu Ihrer lieben Ehegattin. Ihre Hilfe ist uns sehr willkommen", erklärte Beanstock.

Der Constable nickte zustimmend.

Sir Percival informierte Beanstock darüber, dass sie für das Dinner am Abend eine schriftliche Einladung von einem Mr Hamilton erhalten hatten. Sie hatten den

Herrn kurz bei Mr York kennengelernt.

Hamilton? Ein seltsamer Zufall. In London hatte ein Mr Hamilton in dem Hotel eingecheckt, aus dem das junge Stubenmädchen verschwunden war. Sie war später aus der Themse geborgen worden. Kann es solche Zufälle geben?, dachte Beanstock.

„Wir werden rechtzeitig zurück sein, damit Gonzales Sie chauffieren kann", sagte er an die Baronets gewandt.

„Martin Hamilton?", fragte der Polizist und seine Miene verdunkelte sich.

„Ja, kennen Sie die Familie?", fragte Lady Fedora.

„Wer kennt sie nicht, My Lady? Eine seltsame Familie und die reichste hier auf Cayman. Mrs Hamilton ist seit Jahren krank und bettlägerig. Sie haben zwei Kinder, Zwillinge, Mary und Ruben. Die Plantage der Hamiltons ist alt, uralt. Der alte Hamilton war ein hartherziger Mann und sein Sohn ist nicht viel besser. Aber ich will Ihnen nicht den Abend schlecht reden. Machen Sie sich selbst ein Bild. Und dann ist da noch Hope, die Köchin. Eine wahre Perle und eine gute Mambo ihrer Gemeinde."

„Was ist denn eine Mambo?", fragte nun Sir Percival.

„Eine Priesterin. Hope ist eine sehr angesehene Priesterin ihrer Voodoogemeinde. Sie wird allgemein sehr geschätzt und ist schon in dritter Generation zur Mambo berufen worden. Ihre Urgroßmutter kam vor langer Zeit aus Haiti herüber. Damals verkaufte man Menschen wie Ware. Diese Frau brachte ihren Glauben mit und war die erste Mambo hier auf den Inseln."

„Dann kann sie uns vielleicht erklären, wer uns gestern Nacht erschreckt hat und so ein seltsames Ding an die Tür genagelt hat. Die Männer konnten ihn verscheuchen, aber es war schon beängstigend", erklärte Lady Fedora.

Beanstock beschrieb dem Polizisten die Figur, die man an die Tür geheftet hatte.

„Interessant. Das sollten Sie auf jeden Fall mit einer Mambo besprechen. Das hört sich sehr nach einem Schadenszauber an", sagte Bookman.

Beanstock war froh, den Constable bei ihrem Vorhaben an ihrer Seite zu wissen. Er hatte scheinbar ein großes Wissen über die hiesigen Lebensumstände. Es war nicht einfach für den Butler, sich in diesen Glauben hineinzudenken. Aber er wollte auch auf keinen Fall etwas falsch machen und die Einheimischen vor den Kopf stoßen.

Im nahen Gebüsch knackte ein Zweig. Mr Bart Miller hockte seit gut einer Stunde in einer nicht sehr bequemen Position in diesem Busch. Mal abgesehen von den Moskitostichen, die er sich zuzog, hatte er bis zu diesem Zeitpunkt noch nichts mitbekommen. Das sah nun anders aus.

Es juckte ausgiebig am Arm, aber er verkniff es sich. Dieser Name, der erwähnt wurde, Hamilton. Den hatte Mr Miller schon einmal irgendwo gelesen. Es fiel ihm im Moment nicht ein. Er sollte mit der *Tribune* telefonieren und seinen Redakteur um Auskünfte bitten. Das war schwierig, weil er es sich mit diesem Herrn auch verdorben hatte. Aber dessen Sekretärin, Meredith, die war ihm doch noch wohlgesonnen. Obwohl er sie bereits zweimal versetzt hatte, nachdem er ein Date ausgemacht hatte, himmelte sie ihn an. Er musste nur die richtigen Worte finden, das sollte ihm als angehenden Bestsellerautoren doch gelingen.

Nun musste er sich erst einmal um einen fahrbaren Untersatz kümmern, um den Männern zu folgen. Aber da kam ihm ein genialer Gedanke, das dachte er jedenfalls. Schnell befreite er sich aus dem Busch und lief zum nahen Haupthaus.

Auf dem Weg zum Wagen fragte Beanstock den Polizisten nach dem Mann auf dem Markt. Er beschrieb ihn genau und erzählte, dass er das Gefühl gehabt hatte, dass das Leben auf dem Markt plötzlich stillgestanden hatte. Er erklärte ihm, dass derselbe Mann bei dem Vorfall am Bungalow gewesen war.

Inzwischen hatte sich Gonzales zu ihnen gesellt.

„Das gibt mir zu denken. Der Mann war seit Jahren nicht mehr in George Town. Er war einst ein Hungan, ein Priester des Voodoo. Jetzt ist er eher ein Bokor, ein Schwarzmagier der übelsten Sorte. Er nennt sich selbst Master Gédé. Was eigentlich schon Blasphemie bedeutet. Gédé ist der Totengott des Voodoo und sein Name darf nicht leichtfertig benutzt werden. Aber er besitzt keine eigene Gemeinde mehr. Er ist ein Ausgestoßener, lebt vollkommen isoliert im Dschungel und niemand hat ihn seit Langem gesehen. Ich frage mich, was er vorhat. Er hat schwarze Magie betrieben und vielen Menschen Schaden zugefügt. Die Menschen fürchten ihn. Was will er plötzlich hier?", fragte der Polizist mehr sich selbst.

„Zauber wirkt nur bei jenen, die daran glauben. Das ist meine feste Überzeugung", erklärte Beanstock.

„Sind Sie sich da vollkommen sicher, Sir? Die meisten Menschen verstehen nicht, dass Voodoo eine

Religion ist. Sie gehen leichtfertig mit Verallgemeinerungen um. Sie meinen, alles zu wissen und wissen doch gar nichts. Voodoo ist eine heilende Religion, die Menschen helfen soll, die daran glauben. Noch immer herrscht unter der weißen Bevölkerung Aberglaube vor und die Priester der Weißen verdammen die Voodoogläubigen als Ketzer", erklärte Bookman.

Sie waren am Rolls-Royce angekommen. An der Seite des Wagens lehnte ein rundlicher Mann mit furchtbar buntem Hemd. Beanstock taten die Augen weh bei diesem Anblick.

„Würden Sie bitte vom Wagen weggehen!", rief Gonzales, nahm einen Lappen und wischte über die Stelle, wo der Mann sich niedergelassen hatte. Gonzales verstand keinen Spaß, wenn es um einen Wagen ging, der in seiner Obhut war.

„Können wir Ihnen helfen, Sir?", fragte der Butler höflich.

„Ach, das ist so nett, meine Herren. Ich habe ein riesiges Problem. Ich möchte doch die Insel so gern erkunden und niemand kann mich chauffieren. Ein Taxi ist ja etwas zu kostspielig auf Dauer und einen Mietwagen bekommt man erst recht nicht.

Ich wohne hier in Bungalow drei, gleich neben den Baronets und Sir Percival ist so ein netter Mensch. Wir haben uns schon sehr angenehm unterhalten, wir beide. Ich denke, er hätte nichts dagegen, wenn ich Sie auf Ihrer Fahrt begleite. Durch Zufall hörte ich, dass Sie gedenken, zur Old Man Bay zu fahren. Just dorthin wollte ich heute."

Beanstock hatte das Gefühl, dieser Mann würde nie wieder aufhören zu reden. Und an Zufälle glaubte er erst recht nicht. Zurückzugehen und Sir Percival nach dem Herrn zu fragen, würde Zeit in Anspruch nehmen. Also nickte er. Gonzales und Bookman überraschte die Zustimmung des Butlers. Aber er würde seine Gründe haben, dachte sich Gonzales.

Die vier Herren stiegen ein. Gonzales startete und fuhr los.

Beanstock nahm sich vor, nicht allzu viel über Voodoo und Geister in der Gegenwart von Gonzales und dieses Fremden zu erwähnen. Er wusste, wie abergläubisch der Chauffeur sein konnte, und Mr Miller traute er nicht. Diesen Herrn sollte man im Auge behalten, was nicht schwerfallen würde, da er wie ein bunter Hund herumlief. Beanstock hatte kein gutes Gefühl bei Mr Miller.

Die Old Man Bay lag an der Nordseite der Insel. Gut dreißig Minuten entfernt von ihrem Hotel. Die meiste Zeit fuhren sie an der Strandseite im Süden entlang – die bereits bekannten Kasuarinabäume und der weiße Sandstrand vor der Kulisse des türkisfarbenen Meeres.

Als Gonzales auf Anweisung des jungen Polizisten nach Norden abbog, veränderte sich die Landschaft. Links und rechts der Straße breitete sich undurchdringlicher Dschungel aus. Palmen überragten den dichten grünen Wald. Im undurchdringlichen Unterholz konnte man im Vorbeifahren nur vereinzelt schmale Trampelpfade erkennen.

„Das alles gehört den Hamiltons. Um diesen Wald kümmern sie sich nicht mehr und überlassen ihn sich selbst. Früher waren hier, so weit das Auge sehen konnte, Baumwollfelder und armselige Hütten für die

Sklaven. Ich habe das zum Glück nicht mehr erlebt, aber mein Großvater hat mir oft davon erzählt", berichtete Bookman der Dritte.

„Womit verdient Mr Hamilton nun sein Geld?", fragte Gonzales.

„Er hat in die hier vorkommenden Phosphatminen investiert, sehr lukrativ, und billige Arbeitskräfte gibt es zuhauf auf den Inseln", erklärte der Polizist mit einem ärgerlichen Unterton.

In diesem Moment kam der Wagen wieder einmal an einem niedrigen Haus vorbei. Auf einer weiß gestrichenen Veranda saß ein älteres Ehepaar in zwei Schaukelstühlen.

Bookman kurbelte sein Autofenster herunter und winkte den beiden.

„Feiner Tag, Barabbas, wie beißen sie?", rief er laut den beiden zu.

„Sie beißen gut, alter Kumpel!", brüllte der Mann lächelnd zurück.

„Molly!", rief Bookman, als der Rolls-Royce langsam am Haus vorbeifuhr. Die ältere Dame nickte nur mit dem Kopf und musterte die seltsamen weißen Männer, mit denen Bookman sich herumtrieb.

„Alte Freunde?", fragte Gonzales und beschleunigte den Wagen.

„Uralte Freunde. Ich kenne fast die gesamten Inselbewohner mit Namen und war bei der Hälfte zu Hochzeiten, Kindstaufen oder Beerdigungen eingeladen. Das hilft mir bei meiner Arbeit."

„Wo können wir Sie absetzen, Sir?", fragte Beanstock Mr Miller. Er war nicht gewillt, den Mann die ganze Zeit mit dabeizuhaben.

Bart Miller war einen Moment sogar sprachlos.

„Nun, ich dachte, ich begleite Sie eine Weile und Sie nehmen mich mit zurück zum Hotel."

„Das haben Sie sicher falsch verstanden. Wir haben langwierige Aufgaben vor uns, das wäre sehr langweilig für Sie. Schließlich erwähnten Sie, die Inseln kennenlernen zu wollen, nicht wahr, Sir? Gonzales, halten Sie doch bitte dort an dem Schild. Ich glaube, das ist eine Bushaltestelle. Mit dem Bus sehen Sie sicher noch sehr viel mehr von den Inseln."

Bart Miller verschluckte sich fast. Was fiel diesem Lakaien ein, ihn hier einfach aus dem Wagen zu werfen? Irgendwo im Nirgendwo. Er würde sich bei Sir Percival beschweren. Okay, das würde er sicher nicht, er kannte ihn ja gar nicht.

Notgedrungen stieg er an der Haltestelle aus. Eine Frau wartete bereits dort, also würde der Bus irgendwann kommen. Mr Miller stellte sich neben die Dame, die gemütlich auf einem dicken Kleidersack saß und eine langstielige Pfeife rauchte. Sofort verwickelte sie Miller in ein Gespräch. Das hatte ihm gerade noch gefehlt. Er sah wehmütig dem davonbrausenden Rolls-Royce nach.

„Wann kommt denn hier ein Bus, gute Frau? Ich will nach George Town", fragte er die Dame.

„In etwa einer Stunde. Machen Sie es sich bequem, manchmal kommt der Bus auch mit Verspätung. Sie kommen früh genug zu spät."

Bart Miller schaute zum Himmel. Die gleißende Hitze war kaum auszuhalten. Weit und breit gab es kein Dach und sein Hut lag im Bungalow. Das war danebengegangen. Er brauchte dringend einen fahrbaren Untersatz. Linda musste ihm helfen.

Der Rolls-Royce war weitergefahren. Bookman kicherte belustigt auf dem Rücksitz.

„Haben Sie vorhin am Hotel sein Gesicht gesehen, als es hieß, er soll sich nach hinten neben den schwarzen Mann setzen? Oh, diese Amerikaner, die lernen es nicht mehr."

„Das ist leider nicht nur in den USA ein schwieriges Thema, Bookman. Es wird noch viel Wasser den Mississippi hinunterfließen, bis sich etwas ändert. Was halten Sie von diesem Mann, Señor Beanstock?"

„Wir müssen ihn im Auge behalten. Er ist vielleicht nicht wirklich gefährlich, aber ich denke, so wie er sich benimmt und spricht, könnte er Reporter irgendeiner amerikanischen Zeitung sein. Solche Leute sind ständig auf der Suche nach der besonderen Story. Er darf uns nicht in die Quere kommen."

„Ich höre mich um, was das für ein Kerl ist", erklärte Bookman.

Sie erreichten die Nordseite.

Bookman dirigierte Gonzales zu einem niedrigen Haus, das aus einer Etage bestand und eine umlaufende Veranda besaß.

Das Auffälligste aber waren die Farben, die man dem Haus gegeben hatte. Die Außenwände glänzten in einem auffälligen Rosa. Die quadratischen Fenster besaßen grüne Fensterläden und die hölzerne Eingangstür schließlich hatte man dunkelblau gestrichen und mit weißen Zierleisten versehen. Das Dach des kleinen Hauses dagegen war unscheinbar, grau und aus Tonziegeln.

Bookman ließ Gonzales anhalten.

„Das ist die Pension von Mother Petrel."

Die drei Männer stiegen aus. Bookman war mit ein paar weiten Schritten an der Tür und klopfte.

Eine Dame erschien im Türrahmen. Sie trug ein sehr buntes und sehr weites Kleid, das wie ein riesiger Ballon um ihren Körper wallte. Ihr schmales Gesicht wurde von ihrem scheinbar stets lächelnden Mund beherrscht. Mother Petrel trug ihr krauses Haar hochgesteckt zu einem riesigen Dutt, aus dem etwas hervorlugte, das wie eine Stricknadel aussah. Sie blinzelte. Dann griff sie in ihr Ballonkleid und eine runde Brille kam zum Vorschein. Sie setzte sie auf und sah sich die Herren an, die sich vor ihrer Tür versammelt hatten.

Als sie Bookman erkannte, breitete sie sofort die Arme aus und drückte den Polizisten an ihre Brust.

„Ich freue mich auch, dich zu sehen, Mother Petrel", hauchte Bookman atemlos.

„Warst lange nicht hier, mein Junge. Das ist nicht nett. Wie geht's deinem Vater? Nimmt er die Medizin auch regelmäßig, die ich ihm gemacht habe?"

„Wir achten darauf. Es geht ihm schon viel besser. Darf ich vorstellen? Das ist Mr Beanstock, Butler eines netten Herrn aus England, und der Mann an seiner Seite ist Señor Gonzales. Ich begleite die beiden, da sie eine Dame verloren haben. Ja, das kann passieren."

Mit einer Geste seiner Hand gab er das Wort an Beanstock. Mother Petrel sah ihn interessiert an und bevor Beanstock etwas sagen konnte, sagte sie etwas, was den Butler überraschte.

„Sie haben also eine Dame verloren und suchen ausgerechnet hier bei uns auf den Inseln nach ihr? Diese Engländer." Sie schüttelte den Kopf. „Na dann kommt auf meine Terrasse. Ich hole erst einmal eine Erfrischung und ihr nehmt Platz."

Widerspruch schien die Dame nicht zu erwarten und ging zurück ins Haus. Nach kurzer Zeit kam sie mit einem Tablett zurück und stellte Keramikbecher auf einen kleinen Tisch. Die Herren hatten es sich auf weißen Korbstühlen bequem gemacht, die um den Tisch herumstanden.

„Sehr geehrte Mrs Petrel ...", setzte Beanstock zu seiner Frage an.

„Mother Petrel für euch und zuerst wird getrunken, sonst kann ich sehr ungemütlich werden", unterbrach ihn die Pensionswirtin.

Gonzales nippte an dem Getränk. Er verzog leicht das Gesicht, lächelte aber tapfer.

Beanstock trank. Er wollte nicht unhöflich erscheinen, hatte aber den Eindruck, dass ihn durchaus später am Tage Übelkeit übermannen könnte.

Der Einzige, dem das Getränk zu schmecken schien, war Bookman. Er grinste breit und trank aus.

Mother Petrel tätschelte ihm den Arm und nickte befriedigt.

„Darf ich fragen ... was es mit diesem Getränk ... auf sich hat, Mrs Petrel, Madame ...?", fragte stockend und von kurzem Stöhnen unterbrochen der Butler.

„Die Wirkung wird Ihnen später ein wunderbares Gefühl vermitteln. Sie werden die brennende Schwüle des heutigen Tages nicht mehr spüren, vertrauen Sie mir. Vor allem in Ihrem Anzug muss es Ihnen doch wahnsinnig warm sein", sagte die Dame.

Bookman der Dritte nickte dazu.

Beanstock holte tief Luft, atmete lange aus und

setzte dann endlich zu seiner Frage an.

„Kommt Ihnen auf diesem Foto jemand bekannt vor?", fragte er heiser und hielt der Frau die Fotografie hin.

Mother Petrel sah sich das Foto nur kurz an. Ihre Miene verdüsterte sich.

„Was hat das Mädchen angestellt? Sie benötigt viel Hilfe. Meine Kräuter reichen da nicht aus. Sie ist eine verlorene Seele. Bevor ich etwas sage, will ich wissen, was Sie von dem armen Kind wollen." Mother Petrel verschränkte zur Unterstützung die Arme vor ihrem ausladenden Busen.

Gonzales atmete hörbar aus. Er war froh, endlich ein Lebenszeichen von Filomena zu hören. Hoffentlich ging es so gut weiter.

Beanstock berichtete von dem Verschwinden der Zofe, von der vermissten Brosche sagte er nichts.

Mother Petrel überlegte. Dann griff sie zu der Nadel, die aus ihrem Dutt lugte, nahm unter dem Tisch einen Korb hervor, zog ein Wollknäuel heraus und begann mittels einer zweiten Nadel zu stricken. Beanstock war nicht sicher, wer in diesem tropischen Klima gern Stricksachen tragen würde, behielt seine Meinung aber lieber für sich.

Gonzales sah verwirrt zu Bookman. Doch der Polizist hob nur beschwichtigend die Hand.

Nach gut fünf Minuten legte Mother Petrel das Strickzeug zur Seite.

„Es tut mir leid", sagte sie leise.

Beanstock wurde heiß und kalt zugleich. Lag es an dem Getränk oder hatte er plötzlich das innere Gefühl, zu spät gekommen zu sein?

„Gestern Abend war sie noch hier und froher Dinge. Ich hatte mich lange mit ihr unterhalten. Ihre Seele sollte gesunden. Ich habe alles versucht. Irgendein Fluch lag auf ihr. Aber meine Kräuter genügten nicht. Als Nächstes hätte ich sie zu unserer Mambo gebracht. Sie würde wissen, was man tun kann.

In der letzten Nacht wurde ich von einem Geräusch wach. Kalter Schweiß lag auf meiner Stirn, der Himmel sah aus wie aus Blei gegossen, dunkel und schwer. Schatten flogen über mein Haus. Böse Schatten. Und heute Morgen war das Kind verschwunden."

Gonzales schloss betroffen die Augen.

„Hat sie ihre Sachen mitgenommen?", fragte Beanstock.

„Ich glaube, es ist noch alles in ihrem Zimmer. Das ist ja das Seltsame. Sie hat nur ihr langes Nachthemd an und diese hässliche Brosche, die sie keinen Moment aus den Augen gelassen hat."

Beanstock räusperte sich.

Lady Fedora war so stolz auf diese Brosche. Sie durfte niemals erfahren, dass andere sie als hässlich empfanden.

„Darf ich mir das Zimmer einmal ansehen, Mrs Petrel?"

Die Dame nickte und die drei Männer folgten ihr ins Haus.

Beanstock bot sich der schon bekannte Einblick in das Leben der Zofe Lady Fedoras. Auf dem Boden lagen Schuhe kreuz und quer, der Schrank halb offen und Kleider nicht ordnungsgemäß auf einem Bügel. Auf dem kleinen Frisiertisch neben dem offenen Fenster lagen eine etwas ramponierte Haarbürste, ein Handspiegel und ein ausgequetschter Lippenstift, natürlich ohne schützende Kappe und ausgetrocknet. Beanstock lockerte leicht seinen Kragen. Er schien ihm zu eng zu sein. Mit einem Stift aus seiner Jacketttasche öffnete er vorsichtig die Schublade des Frisiertisches.

Mother Petrel stand im Türrahmen und sah dem Butler fasziniert zu.

„Zu warm ist Ihnen nicht, oder?", fragte sie mit einer ihrer Hände auf den korrekt sitzenden dunklen Anzug des Butlers weisend.

„Es geht mir sehr gut, Mrs Petrel, danke."

Bookman flüsterte ihm ins Ohr, dass die Dame lieber Mother Petrel genannt werde. Daraufhin flüsterte Beanstock ihm zu, dass seine Mutter bereits vor langer Zeit gestorben sei und er nicht den Eindruck hätte, dass die Dame ihn zu adoptieren gedenke.

Beanstock griff in die Innentasche seines Jacketts und zog ein paar blendend weiße Handschuhe hervor. Nachdem er sie über seine Hände gezogen hatte, griff er in die offene Schublade und zog eine Postkarte hervor.

„Schon wieder eine Karte vom *Pink Elephant*", sagte er mehr zu sich selbst. Er drehte die Karte um und las.

Liebste Filomena, wir sehen uns bald. Ich bin dein. Du bist mein. Ich muss für einige Zeit verschwinden. Warum warst du nicht am verabredeten Treffpunkt? Es ist etwas geschehen, was mich in meine Heimat nach George Town zurückruft. Komm! Komm zu mir und ich werde dich glücklich machen. Dein Liebster.

„Sie hatte Glück, das Treffen in London durch ihre Verwechslung verpasst zu haben. Aber wenn sie den

Mann hier gefunden hat, sieht es schwarz aus für unsere Freundin. Ich fürchte um ihr Leben. Hoffentlich ist es noch nicht zu spät", erklärte der Butler leise.

„Mrs Petrel, haben Sie irgendeine Ahnung, wo wir nach Filomena suchen könnten?"

Mother Petrel sah ihn traurig an.

„Ich weiß es nicht. Vielleicht wäre es eine gute Idee, mit unserer Mambo zu reden. Sie weiß so viel mehr, was hier auf den Inseln vorgeht. Vielleicht kann sie helfen. Bookman, du weißt, wo du sie finden kannst. Bring sie dorthin. Seid vorsichtig."

Die drei Herren verabschiedeten sich, nicht ohne von Mother Petrel einen Leinenbeutel mit Kräutern aus ihrem Garten überreicht zu bekommen. Die Postkarte hatte Beanstock eingesteckt.

„Wenn Sie doch einmal schwitzen sollten in unserem Paradies, Mr Beanstock", sagte die Dame mit einem Zwinkern.

Im Wagen drehte sich Beanstock zu dem Polizisten um.

„Wo finden wir diese Mambo und wie heißt sie?"

„Unsere Mambo heißt Hope und wohnt im Herrenhaus der Hamiltons", antwortete Bookman.

Beanstock hatte Gonzales zurück zum Hotel beordert. Es war Zeit für den Lunch und er musste sich um die Baronets kümmern.

Am Abend waren die Herrschaften auf der Plantage der Hamiltons eingeladen. Dann gedachte Beanstock diese ominöse Mambo aufzusuchen. Außerdem wollte er einen Blick auf den Hausherren werfen. Passte Mr Hamilton auf die Beschreibung, die Inspector Morris von den Angestellten des Hotels in London bekommen hatte?

Bookman war zu seiner Frau zurückgefahren. Er versprach, sich morgen wieder am Hotel einzufinden. Für den Fall der Fälle hatte er Beanstock seine Telefonnummer und Adresse notiert.

Eigentlich war es unüblich, dass der Butler seine Arbeitgeber zu einer Einladung begleitete. Nachdem Beanstock Lady Fedora die Erkenntnisse des Tages mitgeteilt hatte, meinte My Lady, dass wohl niemand etwas dagegen haben dürfte.

Beanstock und Gonzales würden sich die gesamte Zeit in der Küche des Hauses aufhalten, da dort auch Miss Hope als Köchin arbeitete. So hatten sie es von Bookman erfahren. Also sollte es auch keinen Grund geben, warum der Hausherr sich gestört fühlen könnte.

Von dem neugierigen Mr Miller war nichts zu sehen. Sir Percival war leicht verschnupft, als ihm Beanstock berichtete, dass der Mann sich auf ihn berufen hätte.

„Ich kenne den Mann nicht."

„Darling, das ist dieser aufdringliche Mensch, der hier gleich im nächsten Bungalow logiert. Er hat mich gestern am Strand angesprochen und gemeint, ein paar Nettigkeiten von seiner Seite und ich erzähle ihm unser gesamtes Leben. Ich finde den Herrn sehr unangenehm", erklärte Lady Fedora. Sir Percival machte ein wissendes Gesicht. Er erinnerte sich an Miller.

Um zwanzig Uhr fuhr Gonzales den Wagen durch die breite Allee der Kasuarinabäume zu dem weißen Herrenhaus der Hamiltons.

Er hielt vor dem Eingang und sofort öffnete sich die Tür. Der Butler der Familie erschien, ein älterer dunkelhäutiger Herr in einem akkurat sitzenden Frack. Beanstock war begeistert.

Der Mann begrüßte die Baronets und stellte sich als Butler Warwick vor. Er hielt mit einer Verbeugung die große Eingangstür auf und bat die Herrschaften herein.

Gonzales fuhr den Rolls Royce etwas zur Seite, falls noch andere Gäste erwartet werden sollten. Beanstock und der Chauffeur gingen zum Nebeneingang und Beanstock klopfte an der hinteren Tür. Er vermutete, dass dies der Dienstboteneingang war.

Eine ältere Dame öffnete. Sie lächelte die beiden Herren an. Sie war eine sehr schöne Frau, trotz der Falten, die ihr Gesicht durchzogen. Sie trug ein langes grünes Kleid und darüber eine weiße Schürze und auf ihrem Kopf eine weiße Haube.

„Was kann ich für die Herren tun?"

Beanstock stellte sich und Gonzales vor und bat sie um ein Gespräch. Natürlich erwähnte er Mother Petrel und den Polizisten Bookman beiläufig. Daraufhin nickte die Dame.

„Sie müssen sich gedulden. Ich habe noch eine Menge Arbeit und vor zwei Tagen ist unser Dienstmädchen auf und davon. Wenn ich diesen Teufel Patricia erwische, wird sie sich wünschen, nie geboren zu sein. Wir mussten uns Unterstützung aus George Town besorgen und neu einarbeiten. Es ist schwierig, gutes Personal zu finden."

Beanstock nickte wissend.

„Wir haben Zeit. Wenn ich Ihnen irgendwie behilflich sein kann, würde ich sehr gern etwas tun", erklärte

Beanstock.

Inzwischen war auch Warwick mit einem Silbertablett in der Küche erschienen und stellte gebrauchte Cocktailgläser in die Spüle. Er beäugte die beiden Weißen misstrauisch.

„Die Suppe ist in zehn Minuten fertig zum Servieren, mein Bester", sagte Hope. Geschäftig lief sie zwischen Töpfen und Pfannen hin und her. Das sah alles sehr professionell aus, stellte Beanstock fest. Es duftete angenehm nach allen Gewürzen der Karibik.

Ab und zu öffnete Hope die Klappe eines Backofens und begoss Hühner mit einem Sud. Immer wieder warf sie einen kurzen Blick zu den beiden Herren.

Warwick war wieder verschwunden.

„Wenn Sie es schon anbieten, dann servieren Sie doch bitte mit Warwick die Suppe. Ich traue den beiden Hilfskräften nicht über den Weg. Es gab schon in der ersten Stunde Scherben wegzufegen. Bitte, wenn Sie so nett wären?" Sie hielt dem Butler ein Tablett hin und wies mit der Hand auf die bereitstehenden Terrinen mit der Suppe.

Beanstock durchquerte mit einer gefüllten Terrine die weitläufige Halle des Hauses. Er sah die breite Marmortreppe, die vergoldeten Bilderrahmen, die geschliffenen Spiegel an den Wänden und die hochwertigen Porzellanvasen auf den Konsolen.

Alles hatte den verblichenen Charme einer längst vergangenen Zeit.

Auch der allgegenwärtige Staub auf einigen Oberflächen fiel Beanstock sofort auf. Wie sollten auch nur drei Angestellte so ein großes Haus allein sauber halten können? Das war schier unmöglich. Vielleicht hatte der Hausherr eine dieser Reinigungsfirmen beauftragt, die im Moment so en vogue waren. Aber er schüttelte leicht den Kopf. Aus den Erzählungen der beiden Angestellten hatte er bereits herausgehört, dass der Besitzer kein unnötiges Geld ausgeben wollte.

Nun war er neugierig auf den Herrn des Hauses.

Im Speiseraum zog sich ein langer, mit weißem Damast gedeckter Tisch durch den gesamten Raum. Hochwertiges Porzellan, glänzendes Silberbesteck und schimmernde Kristallgläser verliehen dem Ganzen Stil. In der Mitte der Tafel thronte ein üppiges Blumengesteck. Über dem langen Tisch hing ein riesiger Kronleuchter mit glitzernden Kristallen behängt.

Sir Percival sah Beanstock hereinkommen und stutzte kurz. Dann richtete er sich schnell an den Hausherren, der ärgerlich schien und zu einem Tadel ansetzen wollte.

„Lieber Mr Hamilton, das ist unser Butler Beanstock. Wir gehen niemals ohne ihn irgendwohin. Er ist die gute Seele unseres Hauses und wir wollen ihn unter keinen Umständen missen. Darum ist er auf jeder Reise bei uns." Sir Percival lächelte sein schönstes Lächeln.

„Er ist immer bei uns. Das ist Tradition in unserem Haushalt", beeilte sich Lady Fedora zu versichern.

„Ist das so?", fragte der Hausherr leicht hochnäsig und mit emporgezogenen Augenbrauen.

„Oh ja. Schon mein seliger Vater, der siebente Baronet auf Parsley Manor, pflegte immer zu sagen ... er sagte also ... ein Butler an den Seiten und das Glück wird dich begleiten. Genauso hat er es gesagt", stammelte Sir Percival. Seine Gattin verzog zweifelnd das Gesicht. Ihr Perci war wahrlich kein großer Dichter.

„Nun gut. Wenn es so ist, dann will ich nichts dagegen haben. Aber wir besitzen genug Personal hier. Ich bin es auch nicht gewohnt, weißes Personal zu besitzen", erklärte Martin Hamilton.

Beanstock räusperte sich leise. Wie konnte man Menschen besitzen? Und wie sollte man diese Äußerung verstehen? Hier in der Karibik spielten andere Faktoren eine Rolle. Die Geschichte der Sklaverei war lang und unangenehm, vor allem für die verschleppten Menschen selbst. Aber es stand Beanstock nicht zu, ein Urteil hier in diesem Hause abzugeben.

Inspector Morris´ Beschreibung passte zu hundert Prozent auf den Hausherrn. Beanstock erschien es fast zu einfach und das war auch der Punkt, warum er noch nichts gedachte zu sagen. Er musste die Baronets vor Unannehmlichkeiten schützen. Das war seine wichtigste Aufgabe.

Neben Mr Hamilton saßen zwei junge Leute. Sie ähnelten sich sehr. Beanstock vermutete die Kinder, Ruben und Mary, Zwillinge. Die Gattin schien nicht erscheinen zu wollen.

Dann saßen noch zwei weitere Personen am Tisch. Der eine der Herren, ein unscheinbarer kleiner Mann mit einer seltsamen aufgetürmten Frisur, war unschwer als Priester zu erkennen. Außerdem zitierte er immer im unpassendsten Augenblick Bibelverse.

Der andere Herr wurde mit dem Titel Doktor angesprochen. Dr. Filias Harm war noch jung, vielleicht fünfunddreißig Jahre alt, schätzte Beanstock. Er saß neben der Tochter des Hauses und wurde von ihr hemmungslos mit Beschlag belegt. Sie flirtete mit dem armen Doktor, der das anscheinend gar nicht mochte. Beanstock hatte sogar den Eindruck, dass der Doktor ständig versuchte, mit seinem Stuhl von der jungen Dame wegzurücken, da sie ihm immerzu die Wange streichelte oder seine Hand in ihre nahm. Dem Herrn war das offensichtlich sehr unangenehm.

Das hatte aber zur Folge, dass Lady Fedora, die neben dem guten Doktor saß, mit ihrem Stuhl auch ständig etwas zur Seite rückte. Neben ihr saß der Priester, der seinerseits schon mit dem Stuhl weggerückt war. Es war eine seltsame Gesellschaft, stellte Beanstock fest.

Die Suppe war aufgetan. Beanstock begab sich zurück in die Küche, wo Gonzales voller Freude vor einer dampfenden Tasse starkem dunklen Kaffee saß.

Die beiden neu eingestellten Hilfskräfte kamen mit schmutzigem Geschirr herein und Beanstock war sofort klar, wo hier die Defizite lagen. Die beiden jungen Damen stellten die Teller in die Spüle, gingen zur Hintertür, öffneten sie und riefen im Hinausgehen, dass sie eine Zigarette rauchen würden. Hope wurde zornesrot.

Als Warwick erschien, erklärte sie ihm sofort, dass er etwas zu unternehmen hatte. Der Butler ging hinaus zu den Damen und man hörte eine lautstarke Diskussion. Dann kamen die drei herein, die Damen mit schlechter Laune, und machten sich an das Auftragen des nächsten Ganges.

Hope schüttelte angewidert den Kopf.

„Da hat uns die Agentur ja ein paar nette Wunderkinder geschickt. Wenn nur Patricia wieder da wäre.

Sie hat wenigstens ihren Job gemacht, wenn sie auch manchmal unzuverlässig war. Wo kann das Mädchen nur abgeblieben sein?" Ihr Blick ging zu einer unscheinbaren Kiste ganz oben auf einem der Borde. Sie presste die Lippen zusammen. Beanstock hatte ihren Blick verfolgt und betrachtete nun interessiert diese kleine Holzkiste. Wieder ein verschwundenes Dienstmädchen. Er hoffte inständig, dass es nichts zu bedeuten hatte.

Zwischen Hauptgang und Dessert gab es eine längere Pause. Hope setzte sich stöhnend auf einen Schemel und sah den Butler fragend an.

„Also, was kann ich für Sie tun? Sie vermissen jemanden, nicht wahr? Vielleicht einen Freund oder eine gute Bekannte. Wen suchen Sie ausgerechnet hier auf den Inseln?"

Beanstock und Gonzales waren verblüfft.

„Woher wissen Sie das? Hat Mrs Petrel mit Ihnen gesprochen?", fragte der Butler.

„Ich kann mir einiges zusammenreimen, wenn ich Menschen beobachte. Was sie tun, wie sie es tun und warum. Darum bin ich eine gute Mambo. Das wollten Sie doch als Nächstes fragen, oder?"

Also berichtete ihr Beanstock von den Vorfällen in London und von Filomenas Verschwinden. Er nahm sein Notizbuch heraus und schlug die Seite mit den Symbolen auf, die er bei Inspector Morris abgezeichnet hatte.

„Sie heißt Filomena? Das ist interessant. Es gibt in unserem Glauben ein Geistwesen mit diesem Namen." Dann sah Hope die Symbole im Buch und wurde blass.

„Woher haben Sie diese Zeichen? Die sind böse.

141

Diese Symbole beschwören Dinge herauf, die wir in unserem Glauben nicht dulden. *Deine Seele gehört mir*, steht dort geschrieben und ein paar Namen von Petrogeistern. Wie viele Opfer gibt es?", fragte Hope leise.

Beanstock hatte ihr bis jetzt noch nichts von den Opfern erzählt. Er war mehr als beunruhigt. Aber die Dame schien etwas zu wissen, was ihm helfen könnte. Warum sollte er es ihr nicht erzählen? London war weit weg. Also berichtete er von den zwei Fällen, den Umständen ihres Auffindens, der Sache mit den verschwundenen Broschen und den Postkarten, die ihn auf die Spur des Hotels gebracht hatten.

Hope sah erschüttert aus.

„Zwei Opfer. Eine Frau verschwunden. Opfergaben in Form eines Schmuckstückes. Symbole auf einer schwarzen Figur aus Papier. Oh, das ist nicht gut. Gar nicht gut." Plötzlich fasste sich Hope an ihr Herz. Sie begann stoßweise zu atmen.

Warwick war vor ein paar Minuten aus dem Esszimmer gekommen. Er lief zu einem der Schränke, öffnete ihn und nahm ein Fläschchen heraus. Er tröpfelte etwas davon in ein Glas Wasser und reichte es Hope. Nach kurzer Zeit ging es ihr besser.

Sein Blick fiel auf die Postkarte, die in dem aufgeschlagenen Notizbuch lag. Er erkannte sie sofort.

„So eine Karte steckte in der Jacketttasche des Masters, als er von seiner Reise zurückgekommen war."

Hope sah verwirrt zu Beanstock.

„Was hat das zu bedeuten?", fragte Warwick.

„Warum war Mr Hamilton in London?", fragte

Beanstock.

„Wie kommen Sie auf London? Die Kinder waren verreist und der Herr packte eines Morgens seinen Koffer und verließ das Haus. Er hatte es sehr eilig und nahm nur kleines Gepäck mit. Ich kann Ihnen nicht sagen, wohin er gefahren ist. Oftmals hat er Geschäfte auf dem Festland zu tätigen. Er ist sehr oft in New Orleans. Nach drei Tagen war er bereits wieder daheim."

„Und die Geschwister?", fragte Beanstock.

„Die waren vor ihm zurückgekommen. Ich nahm an, dass sie ihre Tanten in New Orleans besucht hatten. Das tun die beiden öfter", erklärte Warwick. Hope nickte dazu.

„Mrs Petrel erwähnte, dass Sie als Mambo arbeiten. Stimmt das? Und was bedeutet das? Sie praktizieren Voodoo? Ich verstehe es nicht so ganz, muss ich zugeben", sagte Beanstock an Hope gerichtet, der es mittlerweile wieder gut ging.

„Ich bin eine Heilerin. Die Kraft des Heilens ist der Inbegriff unseres Voodooglaubens. Meine Mutter war bereits eine Priesterin dieser Gemeinde und ihre Mutter vor ihr. Es geht nicht um böse Mächte oder Schadenszauberei, wie die Weißen immer meinen. Man klagt uns für unsere Riten an. Man meint, es wäre unchristlich. Dabei sind die meisten Mitglieder meiner Gemeinde christlich erzogen worden und gehen sonntags in die Kirche. In unserem Glauben schließen sich die beiden Dinge nicht aus. Sie akzeptieren einander. Aber das verstehen die meisten Priester nicht und verteufeln uns. Darum finden unsere Treffen im Verborgenen statt."

Beanstock wollte Hope gerade die Sache mit dem Mann am Vorabend erzählen.

Er kam nicht mehr dazu.

In diesem Moment hallte ein markerschütternder Schrei durch das Haus. Beanstock erkannte sofort die Stimme Lady Fedoras.

Er war der Erste im Esszimmer.

Gonzales hatte sich in der Küche ein Messer gegriffen, man konnte nicht wissen.

Aber Lady Fedora war nicht in Gefahr. Sie stand kreidebleich neben der Tür zur Halle und blickte panisch auf einen Körper am Boden. Der Priester, der sich halb unter dem Tisch versteckt hatte und nun Entschuldigungen stammelnd wieder hervorkroch, kam endlich auch dazu und sprach leise ein Gebet.

Dr. Harm hockte neben der Person am Boden und versuchte, sie zu untersuchen. Mit der Unterstützung von Beanstock drehten sie die Person um. Es handelte sich um eine Dame in einem sehr langen weißen Nachthemd. Das bisschen Haar auf ihrem Kopf stand störrisch von der hellen Kopfhaut ab. Ihr Gesicht war bleich und unter den aufgerissenen Augen hatten sich rote Pusteln verbreitet.

Der Hausherr ging langsam auf die Dame zu, die sich immer noch nicht rührte.

„Das ist meine Gattin. Was ist passiert?", fragte er. Er sah auf seine Frau hinab, ohne eine Regung zu zeigen.

Dr. Harm untersuchte die Dame und hielt die Hand an die Halsschlagader. Dann schüttelte er den Kopf.

„Es tut mir sehr leid, Mr Hamilton. Ihre Gattin ist tot."

Lady Fedora, neben der nun auch Sir Percival stand, machte einen kleinen Schritt rückwärts und taumelte. Gonzales war mit zwei langen Schritten bei ihr und stützte sie zusammen mit Sir Percival. Sie setzten sie auf einen Stuhl und Beanstock reichte ihr ein Glas Wasser.

„Was ist geschehen?", fragte er den Baronet.

„Die Dame kam von der Treppe. Sie taumelte durch die Halle und schrie, jemand sei in ihrem Zimmer und wolle sie umbringen. Dann stürzte sie und regte sich nicht mehr. Vielleicht ein Schlaganfall, ausgelöst durch Panik", vermutete Sir Percival.

Hope, die neben Beanstock aufgetaucht war, sah mit einem eisigen Gesichtsausdruck auf die Hausherrin. Sie drehte sich um, lief in die erste Etage und in das Zimmer der Misses. Beanstock folgte ihr.

Im Schlafzimmer schien nichts Ungewöhnliches geschehen zu sein. Die Mitte des Zimmers wurde von einem riesigen Himmelbett beherrscht. Es roch nach Desinfektion und Medizin. Der Boden war mit dicken Teppichen bedeckt, die verblichen wirkten. Auf dem Nachttisch türmten sich Tablettendosen und Fläschchen mit bunten Flüssigkeiten. *Der Herr Doktor wird traurig sein, seine beste Geldquelle zu verlieren*, dachte Beanstock.

Hope sah sich aufmerksam um. Das Fenster stand weit offen und die zarte Gardine flatterte im aufkommenden Abendwind. Von ferne hörte man Trommeln.

Hope nahm mittels eines Tuches etwas von der Bettdecke, hielt es Beanstock hin und sah ihn erschüttert an. „Haben Sie das schon einmal gesehen?"

Beanstock wollte danach greifen, aber Hope entzog

es ihm. Sie schüttelte wissend den Kopf.

„Sie dürfen es nicht berühren. Ich muss es erst reinigen."

„Genau so eine Figur, schwarz mit Symbolen darauf, wurde bei den beiden ermordeten Frauen in London entdeckt. Sie steckten in ihren Mündern. Was hat das zu bedeuten, Hope? So etwas Ähnliches hing gestern Nacht an der Tür zum Bungalow meiner Herrschaft. Dazu auch noch ein abgetrennter Hühnerkopf."

„Man darf so etwas nicht berühren. Dieses Ding ist verflucht. Man wollte mit Absicht Mrs Hamilton erschrecken. Ob ihr Tod gewollt war oder der Zufall und ihr geistiger Zustand ihren Tod herbeigeführt haben, darüber wage ich nicht nachzudenken. Aber welchem wirklichen Zweck dient das? Ich muss mich mit meinen Geistern treffen. Sie müssen helfen", sagte sie und verließ das Zimmer.

Beanstock sah sich um. Auf dem Nachttisch stand ein Glas mit einer rötlichen Flüssigkeit. Er zog einen seiner Handschuhe an, nahm das Glas und schnüffelte vorsichtig daran. Es erschien ihm nicht auffällig nach einem ihm bekannten Gift zu riechen. Kein Grund, es sicherzustellen.

Er ging zum Fenster und zog die flatternde Gardine etwas beiseite. Als er hinaussah, lief unten ein Mann vom Haus fort. Er hatte eine rundliche Gestalt und trug ein buntes Hemd. Beanstock wusste sofort, wen er vor sich hatte. Trotzdem glaubte er nicht, dass Miller mit diesem Todesfall zu tun gehabt hatte. Dafür war der Mann nicht gebaut. Er würde diese Tatsache vorerst verschweigen.

Danach ging er zurück in das Esszimmer. Inzwischen hatte der Doktor die Polizei benachrichtigt.

„Dr. Harm, was denken Sie?", fragte er an den Doktor gerichtet.

„Ich bin mir nicht sicher. Gestern schien es ihr besser zu gehen. Natürlich war ihr Zustand immer ein hoch und runter. Sie war depressiv. Ich vermute einen Herzanfall."

Beanstock nickte.

Er sah sich nach dem Rest der Familie um. Wie hatten die Kinder diesen Vorfall verkraftet? Der Hausherr jedenfalls recht gut. Er stand an der offenen Tür zum Garten und ließ sich einen guten Whisky und eine Zigarette schmecken.

Die Zwillinge saßen immer noch auf ihren Plätzen. Sie strahlten eine seltsame Unbefangenheit aus. Als würde diese Geschichte mit ihnen nichts zu tun haben.

Der junge Mann, Ruben, hatte bequem seine Beine auf einen der Stühle gelegt und rauchte. Seine Schwester besah sich vollkommen unbeteiligt ihre manikürten Finger.

„Noch heute Morgen meinte Mami, wir wären schuld an ihrem Zustand. Wir hätten aus ihr diese unförmige Frau gemacht. Wir hätten niemals geboren werden sollen, ja, das hat die liebe Mami gesagt", erklärte Mary, ein hübsches Mädchen mit tiefschwarzem Haar und einer Haut wie Alabaster. Ihre Stimme klang unbeteiligt, monoton und gelangweilt. Als ob diese Beschreibung ihrer Mutter das Normalste der Welt gewesen wäre.

„Das tut mir ja so leid", sagte Lady Fedora und Tränen standen in ihren Augen.

„Das muss Ihnen nicht leidtun. Sie war eine alte,

hässliche Brotspinne", erwiderte Ruben anstelle seiner Schwester genauso emotionslos. Mary musste herzhaft lachen.

„Ihr geht sofort auf eure Zimmer!", rief Mr Hamilton verärgert vom Fenster aus. Die Zwillinge erhoben sich und gingen. Ruben griff im Vorbeigehen nach einer Rotweinkaraffe.

Warwick sah ihm erschüttert nach.

Vor dem Haus fuhren mehrere Wagen vor.

Die Polizei war vor Ort.

Allen voran Sergeant Walker, der nun seit kurzem Inspector Walker war. Er hatte es also geschafft. Als Zeichen seiner neuen Würde trug er einen maßgeschneiderten Anzug und auf Glanz polierte Schuhe. Jedem, der ihm in den Weg kam, zeigte er seine brandneue Marke.

Er spazierte in die Eingangshalle, als ob er hier zu Hause wäre, verteilte lautstark Aufgaben, schnauzte einfache Polizisten an, wenn sie ihm im Weg standen, und stolzierte wie ein aufgeblähter Hahn durch die Räume.

Neben ihm lief ein dürrer Mann in Uniform mit gezücktem Stift und Notizblock in der Hand. Er schien sich ständig zu verbeugen, hatte Beanstock den Eindruck. Der Mann beugte den Rücken und redete dem Inspector augenscheinlich nach dem Mund.

Das ist dann wohl der nächste Anwärter auf den Polizeithron, dachte sich Beanstock. Ihm wurde übel.

Nachdem die Spurensicherung ihre Arbeit aufgenommen hatte, begannen die ersten Verhöre.

Mr Hamilton sollte seine Eindrücke beschreiben, bat der Inspector in unterwürfigem Tonfall. Der

Besitzer der Plantage war sicherlich eine Respektsperson auf der Insel. Aber so wie die Befragung ablief, konnte diese nichts zur Klärung der Sachlage beitragen.

Im Anschluss wurden die Aussagen von Lady Fedora und Sir Percival aufgenommen. Danach schien der arme Inspector zu müde, um auch die anderen Anwesenden zu befragen, übergab diese Aufgabe einem der Sergeants und verließ mit seinem dürren Kollegen den Tatort.

Er hatte sich nicht in den Räumen des Opfers umgesehen, nicht mit den Angestellten gesprochen oder auf die Analyse des Rechtsmediziners gewartet. Das war wohl unter seiner Würde als frischgebackener Inspector.

Beanstock war froh, nichts mit diesem Herrn zu tun zu haben. Zum Glück half ihnen Bookman.

Was würde als Nächstes passieren?

Beanstock sorgte sich um die Sicherheit von Lady Fedora und Sir Percival.

Hope

Ihre Großmutter hatte sie damals gewarnt. Du wirst die Geister erzürnen. Sie wollen Blut, das Wasser des Lebens, auf ihren Altären sehen, hatte sie gemeint.

Doch Hope hatte im Gegenzug gefragt, wie es sein konnte, dass gute Götter so viel Blut und den Tieren so viel Leid antun wollten. Die Tiere besaßen Seelen, das spürte sie. Sie fühlte es, wenn sie ihre Hände einem Tier auf den Kopf legte. Sie konnte und wollte das nicht akzeptieren.

Bis jetzt waren ihre Anstrengungen immer von Erfolg gekrönt gewesen. Die Mitglieder ihrer Gemeinschaft hatten zu ihr gehalten und sich damit abgefunden, dass anstatt eines Huhns Kräuterbüschel verbrannt wurden und anstatt einer Ziege das Leben zu nehmen, rituelle Bündel, die Hope in einer komplizierten Zeremonie vorher geweiht hatte, geopfert wurden.

Ihre Vorgänger hatten die Rituale sorgsam mit einer Menge von Opfertieren vorbereitet.

Blut hatte fließen müssen, wenn man die uralten Geister beruhigen wollte. Nur mit dem Blut geopferter Tiere konnte ein Reinigungsritual oder das erfolgreiche

Abwenden eines Schadenszaubers durchgeführt werden. Es hatte keine Alternative gegeben.

Hope hatte sich widersetzt. War das ihr großer Fehler gewesen?

Seitdem sie begonnen hatte, den gefährlichen Schadenszauber zu bekämpfen, den sie hinter den Vorkommnissen im Herrenhaus vermutete, gelang es ihr nicht mehr, mit ihren guten Geistern zu kommunizieren.

Einmal hatte sich Heviesso, der Gott des Blitzes und des Donners, zu ihnen gesellt und ihre Anhänger geängstigt. Er konnte Diebe und Lügner nicht leiden und schlug zu, wenn Verbrecher unterwegs waren. Das war ein schlechtes Omen gewesen.

Sie wusste genug über die schädlichen Einflüsse böswilliger Hexen und Zauberer, um auf der Hut zu sein.

Sie wollte die Zwillinge Ruben und Mary befreien. Es waren mehr ihre Kinder als die der Hamiltons. Sie hatte alles für sie getan.

Wann war der Zeitpunkt gekommen, als die beiden ihr entglitten waren?

Sie erinnerte sich an die Blicke der Kinder. Böse, gefährliche Blicke. Die Kinder hatten Freude daran, Tiere zu quälen.

Und als ihnen das nicht mehr genügt hatte, hatten sie begonnen, das Personal zu quälen. Auch das war einer der Gründe, warum im Haus nicht viel Personal arbeitete. Es wollte einfach niemand in diesem Haus angestellt sein. Es hatte sich herumgesprochen, dass die Zwillinge unter einem bösen Stern geboren waren und besessen zu sein schienen.

Gab es das Böse?

Konnte ein ganzes Haus böse sein?

Konnte man das Böse vererben?

Wer hatte diesen mächtigen Zauber auf das Haus der Hamiltons beschworen?

Das hatte sie sich oft gefragt, als sie wieder einmal hatte die Wogen glätten müssen, wenn Ruben von seinem Vater viel zu hart bestraft werden sollte.

Der Vater war für die Kinder kein gutes Vorbild. Hart, unnachgiebig und gefährlich, das Böse in Person. So beschrieb ihn Warwick immer.

Nun lebte die Misses nicht mehr.

Als die Polizei nach stundenlangen Verhören endlich das Haus verlassen hatte, hatte Hope aufgeatmet.

Die Kinder waren sicher in ihren Zimmern gewesen und der Herr war zu Bett gegangen, als wäre nichts geschehen. Er hatte seine Frau wohl nie geliebt. Das Geld, das sie mit in die Ehe gebracht hatte, war ihm dagegen sehr recht gekommen.

Dieser neugierige Butler aus England war noch lange geblieben.

Er hatte mit Hope gesprochen und alles über ihren Glauben erfahren wollen. Wieso meinte er, dass ihr Glaube an den Vorkommnissen schuld wäre? Hope war sicher, dass in der Kürze der Zeit niemand einen wahrheitsgemäßen Eindruck ihrer Religion bekommen könnte. Aber sie versuchte, ihn zu verstehen.

In einem seltsamen Moment der Vertrautheit hatte sie den Mann zu dem heutigen Ritual eingeladen. Sie glaubte ihm den guten Willen. Er sollte sehen, wie natürlich alles war. Vor allem, nachdem er ihr von dem Vorfall vor dem Bungalow der Baronets erzählt hatte.

War es ein Fehler gewesen? Sie war so unsicher in der letzten Zeit. Früher hatte sie keine ihrer Entscheidungen in Frage gestellt.

Es war spät, als sie sich mit Warwick auf den Weg gemacht hatten. Der gute Warwick. Immer an ihrer Seite.

Der Boden hallte dumpf unter den stampfenden nackten Füßen.

Die heilige Trommel hatte gerufen. Lange nicht alle Mitglieder aus Hopes Gemeinde waren heute Nacht dem Ruf gefolgt. Hope hatte das seit Langem vorausgesehen.

Sie hatte ihr rituelles Gewand und in der Tasche das Holzkästchen getragen.

Als der hinzugezogene Rechtsmediziner bestätigt hatte, dass die Herrin wahrscheinlich durch Gift gestorben war, hatte sie sofort nachgesehen. Die Hälfte ihrer Vorräte fehlte.

Sie hatte das Gift von einem alten Mann bekommen, als Dank für ihre Hilfe. Er war sehr krank gewesen und hatte in ihren Armen das Leben ausgehaucht. Vorher hatte er ihr eine wirre Geschichte erzählt von Verrat, Mord und Vertrauensbruch. Der alte Mann war aus Südamerika gekommen. Bereits schwerkrank.

Am Ende hatte er ihr das Kästchen mit dem Pfeilgift der Ureinwohner gegeben. Sie solle gut darauf aufpassen, hatte er gemeint, genug Unheil sei damit schon angerichtet worden.

Dass etwas fehlte, hatte sie vor einigen Wochen bemerkt. Warum hatte sie den Kasten nicht vergraben, so wie es ihr erster Impuls gewesen war?

Der Butler hatte am Hintereingang auf sie gewartet. Seine Herrschaften waren von dem Chauffeur allein zum Hotel zurückgebracht worden. Nun folgte er ihr mit einigen Schritten Abstand, so wie sie es verlangt hatte.

Der Weg durch den dichten Dschungel lief entlang eines ausgetretenen Pfades.

Die Tiere der Nacht waren verstummt. Als verstünden sie genau, was hier passierte.

Immer wieder einmal stießen Menschen zu Hope. Sie trugen aufwendige Masken und prächtig verzierte Gewänder und liefen in tanzenden Bewegungen vor der Mambo her auf dem Pfad.

Warwick, der mit Beanstock zusammen dem Menschenzug in einiger Entfernung folgte, erklärte Beanstock leise, dass es sich hierbei um die Darstellung der Geister ihrer Ahnen handelte, die aus dem Totenreich zurückkamen, um den Menschen zu helfen.

Voran ging ein Mann mit einer Trommel und schlug sie im Takt der Tänzer.

Gut, dass er Gonzales nicht dabeihatte, dachte sich Beanstock. Der Chauffeur hatte zwar geschimpft, aber letztendlich war es besser, wenn Gonzales bei einer Geisterbeschwörung abwesend wäre. Beanstock hatte keine Angst. Er fühlte sich sicher.

Langsam erreichte die Gruppe eine Lichtung. Das Mondlicht beleuchtete die Szenerie. Links stand eine einfache Bretterhütte. Darin befanden sich die notwendigen Dinge, die eine Mambo benötigte. In einer anderen Hütte war der Altar für die Geister.

In der Mitte der Lichtung war ein kreisförmiges Podest errichtet, auf dem eigenartige Keramikgefäße standen. Daneben war ein Feuerplatz. Überall lagen Scherben herum. Neben dem Feuerplatz stand eine große Holzkiste.

Beanstock fragte sich gerade, ob das so gedacht war, als die Trommel abrupt verstummte. Hope drängte sich durch die Tänzer, die einer nach dem anderen ihre Masken abnahmen, und lief zu dem Holzsarg. Sie stoppte gut einen Meter entfernt, bedeutete den Wartenden, am Waldrand stehen zu bleiben und sah sich den Boden genau an.

Worte murmelnd umkreiste sie den Sarg, griff sich eine der Keramikvasen, setzte sie an ihren Mund, nahm einen Schluck und spie sofort eine Fontäne in Richtung der Holzkiste. Mit einer Asson, die auf dem Podest gelegen hatte, strich sie über das Holz und murmelte dabei ständig unverständliche Worte. Am Ende warf sie eine Handvoll grauer Asche von der Feuerstelle auf den Sarg und winkte zwei Männer zu sich. Beanstock hatte den Eindruck gehabt, Hope würde tanzen, so rhythmisch hatte sich die Frau bewegt.

„Nehmt den Deckel ab. Ich spüre keine bösen Flüche und Geister mehr. Es ist ungefährlich. Die Friedhofserde tut euch nichts mehr an. Sie ist nun harmlos."

Als der Deckel neben dem Sarg lag, konnte man auf der Innenseite des Deckels Kratzspuren sehen. Im Sarg lag eine verhüllte Gestalt.

Auf der Gestalt lag eine kleine schwarze Figur aus Papier mit Symbolen darauf gemalt.

„Was ist das wieder für eine neue Teufelei?", raunte Beanstock Warwick zu, der zitternd neben ihm stand.

Hope riss den Stoff weg, der die Person verhüllte,

und prallte zurück. Sie griff sich an ihr Herz und begann stockend zu atmen. Das war der Moment, an dem die Mitglieder ihrer Gemeinde plötzlich wie Geister im Dschungel verschwanden. Die Trommel lag unbeachtet am Rand des Waldes.

Beanstock schloss für einen kurzen Moment die Augen. Lag dort etwa Filomena im Sarg?

Diese Nacht würde Beanstock wohl in seinem gesamten Leben nicht mehr vergessen.

Nachdem die Gemeindemitglieder verschwunden waren, war er langsam zu dem Sarg gegangen, ängstlich, was ihn erwarten würde.

Aber Filomena lag nicht darin.

„Das ist Patricia, unser vermisstes Dienstmädchen. Man hat sie entführt, unter Drogen gesetzt und in den Sarg eingeschlossen, bis ihr die Luft ausging. Vielleicht hat man versucht, eine Untote aus ihr zu machen. Sie würde dann noch leben, aber müsste lebenslang ihrem bösen Herrn dienen. Das ging wohl schief und das Mädchen ist jämmerlich gestorben", erklärte Hope.

„Meinen Sie damit einen Zombie?", fragte Beanstock ungläubig.

„Aber nein, so etwas wie Zombies, im Sinne Hollywoods, gibt es nicht. Es ist einfach der Versuch, einen Menschen zur Abhängigkeit zu zwingen. Ein böser Zauber. Es muss ein sehr listiger Magier am Werke sein", erklärte Hope.

„Was tun wir nun? Wir können doch hierher nicht die Polizei rufen? Ich könnte unseren Bookman den dritten anrufen", schlug Beanstock vor.

Hope schüttelte den Kopf.

„Warwick, hol die Karre aus dem Schuppen hinten. Mr Beanstock, helfen Sie mir, das Kind aus dem Sarg zu holen."

„Was haben Sie vor? Das ist nicht im Sinne einer guten Ermittlung. Wir werden Spuren verwischen."

„Was für Spuren? Es ist der gleiche Mörder, der die zwei Mädchen in London umgebracht hat. Sehen Sie sich dieses schwarze Ding auf ihrer Brust an. Das sind die Symbole eines Schwarzmagiers, eines bösen Zauberers, einer verlorenen Seele. Dem kommen wir nur gemeinsam bei. Die Polizei wird ihn nicht finden. Glauben Sie mir."

Warwick kam mit einem einfachen Holzkarren zurück. Sie hoben die Leiche der jungen Frau vorsichtig auf den Karren.

Hope nahm die schwarze Figur mit einem Tuch vorsichtig von der Brust des Mädchens herunter, sprach Beschwörungen, tauchte die Figur in eine der Keramikvasen auf dem Podest und warf sie auf den Feuerplatz. Sie entfachte das Feuer neu und legte dann den zertrümmerten Holzsarg ebenfalls ins Feuer. Dieses Ritual wurde immer wieder einmal unterbrochen durch Hopes beschwörende Worte.

Dann, als alles verbrannt gewesen war, nahm sie die Asche mit einem Becher aus der Glut, murmelte erneut Worte und schüttete den Inhalt zurück in eine der Keramikvasen.

„Darin ist Alkohol, wenn Sie fragen wollten. Die Figur ist jetzt gereinigt und kann keinen Schaden mehr anrichten. Gehen wir", sagte Hope.

Am Ende breiteten die drei vorsichtig das weiße

Tuch über Patricia.

Es stellte sich als nicht so einfach heraus, mit dem unförmigen zweirädrigen Karren durch den schmalen Trampelpfad zu navigieren.

„Was tun wir nun mit Patricia, Hope?", fragte Warwick leise.

„Wir bringen sie zu ihren Eltern. Sie wohnen auf der ehemaligen Plantage und werden sich um alles Nötige kümmern. Machen wir ihnen nicht noch mehr Kummer als nötig."

Die Mambo ging voraus. Sie erreichten ein einfaches kleines Haus. Hope klopfte an der Tür und sofort regte sich jemand dahinter. Eine dunkelhäutige Dame öffnete und sah Hope fragend an. Ohne, dass Hope etwas sagte, begann die Frau zu weinen. Das brachte ihren Mann zur Tür, der sie umarmte. Worte waren unnötig geworden.

Sie nahmen ihr Kind und würden es, wie es der Brauch verlangte, waschen und in ihren besten Kleidern aufbahren. Verwandte würden kommen und den Verlust betrauern. Sie würden gemeinsam essen und über die vergangenen Zeiten erzählen, als Patricia ein gutes Kind und unter ihnen war. Dann würde man einen schönen Platz auf dem Friedhof in George Town finden und der Pfarrer der Gemeinde würde seine letzten Worte am Grab sagen. Damit war Patricia geholfen, nicht im Leben, aber im Tod.

Genauso erzählte es Hope Beanstock.

„Wenn du dein ganzes Leben mit Voodoo verbracht hast, dann verstehst und weißt du trotzdem immer nur so viel, wie das Auge zwischen zwei Lidschlägen sieht." Hope sagte diese weisen Worte, als die drei wieder zurück im Herrenhaus bei einer Tasse Tee saßen.

Der Morgen graute.

Warwick gähnte.

„Das habe nicht ich gesagt. Das war ein sehr angesehener Priester aus Afrika. Meine Mutter zitierte ihn gern. Ein sehr weiser Mann."

„Was haben Sie dort am Sarg getan?", fragte Beanstock.

„Es lagen Erdhaufen darum verteilt und auch im Sarg war Erde verstreut. Man benutzt Friedhofserde, um sie auf einem Weg, der von einem Opfer benutzt wird, auszustreuen. Betritt der betreffende Mensch diese Erde, ist er verloren und sein Körper füllt sich mit Krankheit und Tod. In unserem Fall versuchte der Magier anscheinend sein Opfer gefügig zu machen. Und er wollte uns schaden."

Als Beanstock müde und zerschlagen mit einem Taxi zum Hotel zurückkam, stand die Sonne am Himmel, die Vögel zwitscherten, die verschwenderisch duftenden Blumen öffneten für den Tag ihre Blüten und das türkisfarbene Meer traf auf den weißen Sandstrand, als hätte es in der Nacht kein Drama gegeben.

Er ging zum Bungalow der Baronets, um sich um ihr Frühstück zu kümmern, aber das hatte Gonzales bereits in die Hand genommen. Er war ihm dankbar.

Beanstock berichtete kurz und knapp über die Ereignisse und die Baronets verstanden sein Handeln, wie immer.

Lady Fedora sah ihn prüfend an.

„Das nimmt Sie sehr mit, Beanstock. Ich verordne

159

Ihnen Schlaf. Sie müssen sich ausruhen. Wir haben doch unseren guten Gonzales."

Beanstock bedankte sich. Er war wirklich sehr erschöpft.

„Wenn Bookman kommt, wecken Sie mich bitte, Gonzales. Es gibt viel zu tun. Wir müssen noch einmal zum Haus der Familie Hamilton fahren. Alle Indizien führen dorthin. Ich möchte mich noch einmal mit Hope unterhalten. Achten Sie auf Mr Miller."

Gonzales nickte zustimmend.

Beanstock machte sich kurz frisch und ließ sich dann in dem Bungalow, den er mit Gonzales bewohnte, auf das bequeme Sofa in dem kleinen Vorraum sinken. Es dauerte keine Minute und er war eingeschlafen. Wirre Träume erwarteten ihn.

Als Gonzales ihn weckte, musste er sich erneut frisch machen. Das lag nicht an der flirrenden Hitze des Tages oder seinem Anzug.

Er hatte furchtbare Träume gehabt. Träume von Trommeln, die im Dschungel klangen, tanzenden Menschen, in einer tiefen Trance gefangen. Er hatte einen riesigen Mann gesehen, der mit einer Schlange auf ihn zukam und ihm unverständliche Worte ins Gesicht spuckte.

Gespräche im Herrenhaus

Im hellen Licht der karibischen Sonne sah die Plantage und das Herrenhaus der Familie Hamilton fast heiter aus. Allerdings müsste man sich die elenden Hütten, die leer waren, aber immer noch am Rand der ehemaligen Baumwollfelder standen, wegdenken. Einige waren bereits abgerissen, aber es waren genug zurückgeblieben, um sich eine Vorstellung vom Elend der Sklaven im vorigen Jahrhundert zu machen.

„Ihre Majestät Queen Victoria und das britische Parlament hat mit der Aufhebung des Sklavenhandels zwar alles richtig gemacht, aber sie hat damit zu lange gewartet und deswegen war die Sklaverei im britischen Empire selbst noch nicht aufgehoben. Das wurde erst 1833 beschlossen. Und wieder wurden einige Gebiete des Empire nicht mit eingeschlossen.

Es war eine Schande, von der sich das Königshaus wohl niemals reinwaschen kann", sagte Beanstock auf dem Weg zum Haus.

„Man muss natürlich auch bedenken, dass alle damaligen sogenannten zivilisierten Länder mitgemacht haben. Und man muss leider auch zugeben, dass

161

selbst ernannte afrikanische Stammesfürsten nicht nur am Sklavenhandel mitverdienten, sondern dadurch auch unliebsame Nebenbuhler schnell loswerden konnten", erklärte Bookman der Dritte, der es sich auf dem Rücksitz des Rolls-Royce bequem gemacht hatte.

In der Küche war Hope mit der Vorbereitung des Lunchs beschäftigt. Viel Arbeit war das nicht. Es würden nur der Hausherr und seine Kinder daran teilnehmen. Also hatte sie wieder einmal ihr allseits beliebtes Jerk Chicken mit Reis aufgesetzt. Es duftete und Gonzales lief das Wasser im Mund zusammen. Das sagte er dann auch verbunden mit einem schmatzenden Geräusch seiner Lippen.

Beanstock war sofort die fehlende Holzkiste aufgefallen. Was war ihr Inhalt? Warum hatte Hope sie versteckt?

„Tee, meine Herren?", fragte Hope und setzte bereits, ohne auf eine Antwort zu warten, den Wasserkessel auf den Herd.

„Mrs Hope, haben Sie irgendeinen Verdacht in Bezug auf die gestrigen Vorkommnisse und das Verschwinden unserer Freundin Filomena?", begann Beanstock.

„Nur Hope, Mr Beanstock. Ich weiß von unserem Polizisten Bluebell Bookman, dass wahrscheinlich ein Schwarzmagier hier sein Unwesen treibt. Er nennt sich selbst Master Gédé, eine Unverschämtheit an sich. Ich habe ihn nur ein einziges Mal gesehen. Er tauchte bei einem unserer Treffen im Dschungel auf und wollte uns erklären, dass wir alles falsch machen und ihm folgen sollten. Frechheit. Habe ihn verscheucht. So jemanden brauchen wir hier nicht."

„Sind Sie der Meinung, dass dieser Mann unsere Freundin in seiner Gewalt hat? Sie wissen ja sicher, dass sie aus der Pension von Mrs Petrel verschwunden ist. Aber dieser Mann kann wohl auf keinen Fall die beiden jungen Damen in London auf dem Gewissen haben."

„Mother Petrel, Mr Beanstock, so will die gute alte Petrel genannt werden. Aber ja, ich weiß davon. Und um die andere Frage zu beantworten, Sie würden sich wundern, was ein Schwarzmagier alles zuwege bringt. Über Ozeane hinweg."

Hope nahm einen Löffel, schöpfte etwas Brühe aus dem Topf mit dem Huhn und probierte. Sie schloss kurz die Augen, wiegte den Kopf leicht hin und her und gab noch eine ordentliche Portion Chili dazu.

„Wir müssen das Versteck dieses komischen Master Dingsda finden", erklärte Gonzales.

Constable Bookman stand auf und ging in der Küche sinnierend auf und ab.

„Das wird sehr schwierig. Das zu durchsuchende Gebiet ist riesig. Er kann sich auch durchaus auf einer anderen Insel aufhalten oder direkt in George Town verstecken", sagte er.

„Auf keinen Fall ist er in George Town. Ich denke, er ist hier ganz in der Nähe. So viel haben die Geister meiner Vorfahren mir verraten", erklärte Hope den staunenden Herren.

Beanstock räusperte sich. Er war nicht überzeugt, dass geisterhafte Wesen etwas Passendes dazu sagen könnten.

Hope lächelte. Sie hatte die Zweifel des Butlers durchaus bemerkt.

„Was also tun wir nun? Wir können hier nicht rumsitzen und warten bis Filomena auch in einem Sarg auftaucht, oder?", meinte Gonzales lauter, als er eigentlich wollte. Er war einfach furchtbar frustriert, weil die Sache nicht voranging.

Auf der Fahrt zur Plantage hatte Beanstock Gonzales und Bookman über die nächtliche Aktion informiert. Der Polizist war zuerst ungehalten gewesen. Aber nachdem Beanstock ihm die Beweggründe der Mambo Hope erklärt hatte, hatte er sich gefügt und war einverstanden gewesen, es nicht an Inspector Walker weiterzugeben.

„Ist schon bekannt, welches Gift bei dem Mord an Mrs Hamilton verwendet wurde?", fragte Beanstock Bookman.

„Ein auf unseren Inseln eher seltenes Gift. Man hat ihr wahrscheinlich Kurare, Pfeilgift der südamerikanischen Indianervölker, verabreicht. Ist mir noch niemals untergekommen. Der Rechtsmediziner meinte, in ihrem Magen war es nicht, man muss es ihr direkt in die Halsschlagader gespritzt haben. Er fand eine winzige Einstichstelle am Hals. Wir haben hier einen sehr guten Rechtsmediziner, müssen Sie wissen, Mr Beanstock." Der Polizist war sehr stolz auf seine Polizeidienststelle, das war herauszuhören.

„Das gleiche Gift wie in London", flüsterte Beanstock. Aber Hope hatte es trotzdem gehört und warf einen traurigen Blick nach oben. Dort hatte die kleine Holzkiste gestanden. Sie hatte sie an einem heiligen Platz vergraben. Es sollte niemandem mehr ein Leid damit geschehen. Sie fühlte sich schuldig und überlegte, ob sie es Beanstock sagen sollte. Aber sie unterließ es.

„Also, was tun wir, *Maldíta!*", rief Gonzales.

Bookman hatte sich inzwischen wieder gesetzt und sprang nun erneut von seinem Stuhl auf.

„Ich habe eine fabelhafte Idee. Warum bin ich nicht schon früher darauf gekommen?" Dann verstummte er und sah mit staunenden Augen in die Ferne.

Alle sahen ihn erwartungsfreudig an.

„Was? Du solltest uns daran teilhaben lassen, mein Bester", erklärte Hope und verschränkte die Arme.

„Hope, du kennst doch sicher noch Sir Arthur."

Hopes Miene hellte sich auf.

„Wer ist Sir Arthur?", fragte Beanstock, dem sein Vorname natürlich einfiel.

„Das ist die allerbeste Schnüffelnase der Royal Cayman Police!", rief Bookman stolz aus.

Beanstock war verwirrt.

„Was meinen Sie mit einer Schnüffelnase?"

„Er meint natürlich einen Hund, einen Spürhund, einen, der verlorene Leute findet oder Drogen aufspürt", erklärte Gonzales freudig erregt.

„Nun, so weit würde ich bei Sir Arthur nicht unbedingt gehen. Aber er ist ein Hund mit Gespür", sagte Hope.

„Und dieser Hund heißt Arthur?", fragte Beanstock. Er konnte es nicht glauben.

Gonzales drehte sich lieber vom Tisch weg. Das war zu lustig und würde wieder eine nette Urlaubsgeschichte für die Angestellten auf Parsley Manor abgeben.

„Es ist ein wunderbares Tier. Ein Jack Russel Terrier. Wir haben ihn von der Queen zu ihrer Krönung

165

geschenkt bekommen. Daher der Name, Sir Arthur. Er ist offizielles Mitglied unserer Polizeitruppe", meinte voller Stolz Bookman der Dritte.

„Ein Jack Russel. Sie meinen, so einen winzigen quirligen Hund. Diesen Jack meinen Sie? Gut, ich habe keine bessere Idee im Moment. Hope, ich würde gern einmal mit den Zwillingen reden. Ist das möglich?", fragte Beanstock.

Hope sah ihn an, als wollte der Butler ihren Kindern etwas antun.

„Warum? Sie haben den Verlust ihrer Mutter zu verkraften. Ich würde die beiden nur ungern in ihrer Trauer stören. Außerdem muss erst der Master gefragt werden. Er ist in Dingen, die die Kinder betreffen, sehr eigen. Wir dürfen nie etwas ohne Genehmigung im Haus tun."

Schwang da in diesen Worten Angst mit? Oder war es Trauer? Beanstock hatte den seltsamen Eindruck, dass Hope ihm etwas verheimlichte, was vielleicht für die Klärung der Morde wichtig sein könnte. Warum stellte sie sich schützend vor die Zwillinge? Sie verteidigte die beiden wie eine Glucke ihre Küken.

„Sie sollten mir wirklich alle Fakten offenlegen, Mrs Hope."

„Es ist die Tatsache, dass sie Zwillinge sind. Nicht nur, dass ich sie liebe wie meine eigenen Kinder. Zwillingskinder haben im Voodooglauben eine wichtige Bedeutung. Lebende Zwillinge werden als gottgleich angesehen. Gerade für Schwarzmagier sind sie wertvoll. Ich habe von einem Fall in Haiti gehört, wo ein Zwillingspaar, noch kleine Kinder, geopfert wurden. Furchtbar."

Warwick kam mit einem Tablett herein und begrüßte die Anwesenden. Dann stellte er schmutziges Frühstücksgeschirr in die Spüle, band sich eine Schürze um und begann das Geschirr zu spülen.

Beanstock war mehr als überrascht.

„Sie haben nicht genug Personal für die Erfordernisse eines großen Haushaltes. Warum stellt der Hausherr nicht mehr Leute ein? Sie als Butler sind berechtigt, ihn darauf aufmerksam zu machen. Es ist sogar Ihre Pflicht, das zu tun."

„Wir hatten früher, als der alte Master Hamilton noch lebte, eine riesige Schar von Dienern", sagte Warwick, während er mit einem Tuch ein vorher gespültes Glas polierte. Er sah sich zur Tür um, als hätte er Angst, jemand könnte ihn hören.

„Martin Hamilton hält sein Geld zusammen. Er hortet es. Es müssen inzwischen Millionen sein. Er ist der Meinung, es braucht nur drei Angestellte, um das Haus zu unterhalten. Darum hat er gestern Abend noch der einen Hilfskraft sofort gekündigt. Nun haben wir wieder nur ein Dienstmädchen und kein besonders fähiges dazu", erklärte er leise seinem Kollegen Beanstock.

„Er hat ihr gestern gekündigt? Nach dem Vorfall mit seiner Frau? Sehr eigenartig. Ich sollte mit ihm reden, bevor ich die Zwillinge aufsuche. Könnten Sie bitte bei Ihrem Herrn um ein Gespräch bitten?"

Warwick sah panisch zu Hope. Sie ging zu ihm und legte beruhigend den Arm auf seine Schulter.

„Ich werde mit ihm reden. Mir macht es nichts aus, wieder einmal gescholten zu werden. Ich kann Ihnen nichts versprechen, Mr Beanstock." Mit diesen Worten

167

ging sie zur Spüle, wusch sich sorgfältig die Hände und band ihre Schürze ab. Dann verließ sie die Küche. Vorher drückte sie Gonzales den großen Kochlöffel in die Hand und befahl ihm, den Eintopf ab und zu umzurühren.

„Wehe ist er nachher angebrannt. Ich kann sehr ungemütlich werden, wenn jemand mein Essen verdirbt." Gonzales begann sofort zu rühren.

Hope war keine fünf Minuten aus der Küche verschwunden, als mit einem Knall die Küchentür aufflog und der Hausherr vor Beanstock stand.

„Was ist hier los? Sie haben hier nichts zu suchen, wenn Ihre Herrschaften nicht eingeladen sind. Die Polizei war gestern lange genug hier! Sie verlassen sofort mein Haus. Und nein, ich bin nicht bereit, mit einem Dienstboten ein Gespräch zu führen, und auch meine Kinder nicht. Sie lassen sie zufrieden. Ich habe mich hoffentlich verständlich ausgedrückt. Wenn Sie kein Brite wären, würde ich die Hunde auf sie hetzen! Es gibt immer noch genug Bluthunde auf der Plantage!"

Mr Hamilton war während seiner Rede immer lauter geworden. Beanstock dagegen immer blasser, obwohl er sich in den letzten Tagen hier auf der Insel eine gewisse unroyale Bräune zugelegt hatte. Ohne sein Zutun natürlich.

Er beugte kurz den Kopf und setzte zu keinerlei Erwiderung an. Er nickte Gonzales und Bookman kurz zu und die Männer verließen schnellstens das Haus. Das laute Geschrei des Hausherrn war, auch als sie schon am Wagen angekommen waren, noch zu hören. Die drei stiegen ein und sahen sich erschreckt an.

„So etwas vermutet man nicht hinter der Fassade eines Gentlemans, nicht wahr, Gonzales? Ich hoffe nur Hope und Warwick bekommen nicht so viel Ärger. Ich wäre dafür verantwortlich." Beanstock schien erschüttert über die Grobheit des Hausherrn.

„Sie hätten auf Hope hören sollen, Sir. Sie kennt den Mann schon etwas länger als Sie und weiß, wie hitzköpfig er sein kann", erklärte Bookman.

„Am besten, ich hole Sir Arthur und wir treffen uns heute Nachmittag wieder am Hotel. Dann können wir einen Versuch mit dem Hund starten. Dafür benötigen wir etwas von Filomena. Vielleicht fahren wir vorher zu Mother Petrel und suchen etwas aus den Sachen Ihrer Freundin heraus", erklärte der Polizist.

Beanstock nickte dazu.

Als Gonzales den Motor startete, war ein weiteres Motorengeräusch zu hören.

Mit wahnsinniger Geschwindigkeit flog ein feuerroter Sportwagen an ihnen vorbei und beschleunigte auf dem Zufahrtsweg. Das Auto verschwand fast vollständig hinter einer dicken Staubwolke.

„Versuchen Sie ihm, zu folgen, Gonzales!", rief Beanstock. Bookman krallte sich in seinem Sitz fest.

Gonzales beschleunigte. Der Rolls-Royce war lange nicht so wendig wie der Sportwagen vor ihnen, aber er versuchte sein Bestes. Beanstock wusste aus vielen vorherigen Fahrten, dass der Chauffeur ein überaus sicherer und vorausschauender Fahrer war.

Die wilde Fahrt ging an der ehemaligen Plantage entlang und dann auf der Hauptstraße in Richtung Bodden Town. Rechts flog das Meer am Fenster vorbei und links erstreckte sich, so weit das Auge sehen konnte, tiefer undurchdringlicher Dschungel. Immer noch waren von dem rasant fahrenden Sportwagen vor ihnen nur eine Staubwolke und schemenhaft eine Person im Wagen auszumachen.

„Was meinen Sie, Mr Bookman, wer fährt dort? Könnte es Mr Hamilton sein? Oder einer der Zwillinge?", fragte Beanstock.

„Das kann ich nicht sagen. Ich hatte schon oft mit den Mitgliedern der Hamiltonfamilie zu tun, mit allen dreien. Bei Verkehrskontrollen, verstehen Sie? Die werden irgendwann in den Tod rasen. Davon bin ich überzeugt."

Beanstock sah zurück auf die Straße. Da löste sich langsam die Staubwolke auf und der Wagen mit ihr. Er war verschwunden.

„Halten Sie, Gonzales, schnell!", rief Beanstock.

Als der Rolls-Royce zum Stehen gekommen war, sprangen die drei aus dem Auto und sahen sich um. Beanstock ging ein paar Schritte zurück und rief dann nach den anderen.

„Sehen Sie, hier führen Spuren in den Dschungel. Es ist eine sehr unscheinbare Straße, aber sie scheint ab und zu befahren zu werden. Hier sollten wir heute Nachmittag mit Ihrem Hund die Suche beginnen."

Bookman nickte.

„Einverstanden."

Dschungelfieber

Als Filomena erwachte, sah sie über sich nur grünen Himmel. Einen tiefgrünen dunklen Himmel. Seit wann war der Himmel nicht mehr blau?

Sie setzte sich auf. Eine Ameise lief über ihre Hand und kniff sie. Filomena stand schnell auf. Zu schnell. Sofort fiel sie wieder auf den Boden. Ihr war furchtbar schwindelig und sie hatte Durst. Das Gefühl schien sich von Minute zu Minute zu verstärken.

Woran erinnerte sie sich? Was war der letzte klare Gedanke gewesen?

Sie hatte gemütlich auf ihrem Bett in Mother Petrels Pension gelegen und von ihrem Märchenprinzen geträumt.

Sie war um die halbe Welt geflogen, nur um bei ihm zu sein. Seit Tagen hatte sie auf Antwort gewartet. Er hatte sich nicht gemeldet. Sie hatte geschrieben, wusste ja genau, wo er sich aufhielt. Aber keine Antwort war gekommen. Mother Petrel hatte ihr geraten, nach England zurückzukehren. Aber was wusste die alte Frau schon von der wahren Liebe?

Er hatte ihr so viele wunderschöne Worte geschrieben. Filomena wusste, dass sie nicht mehr taufrisch war und vielleicht auch nicht die Schönste auf der Welt. Aber sie wollte geliebt werden. Jeder wollte das doch.

Dieser verdammte Kopf hatte ihr in London wieder einmal einen Streich gespielt. Sie hatte den Treffpunkt verpasst, war am falschen Ort gewesen und dann war er plötzlich verschwunden. Nur eine kurze Notiz hatte bei ihrer Freundin im Postkasten gelegen. Wieder einmal eine von diesen Karten aus dem Hotel. *Wenn du mich wiedersehen willst, komm zu mir nach George Town.* Das war der Extrakt aus dem Text.

Was für eine Reise.

Natürlich hatte sie Geld gebraucht. Die Brosche von Lady Fedora durfte sie nicht verkaufen, das hatte er ihr verboten. Ihr schlechtes Gewissen hatte sie bis auf diese Insel verfolgt. Sie hatte das Ersparte ihrer besten Freundin genommen. Damit sollte eigentlich ein kleines Cottage angezahlt werden und irgendwann wollten die beiden zusammenziehen.

Aber das hier war wichtig für Filomena. Sie musste sich selbst einfach noch einmal beweisen, dass sie gebraucht und geliebt wurde. Was war daran so verwerflich?

Sie versuchte, erneut aufzustehen, und fiel fast über eine Wurzel. Noch immer trug sie das lange weiße Nachthemd. Sie hielt sich an einem nahen Baumstamm fest und sah erneut zum grünen Himmel. Das war nicht der Himmel, das war das Blätterdach der Bäume. Nun erkannte sie es. Was tat sie hier?

Sie machte einen Schritt und sah in die hohlen Augenlöscher eines Totenkopfes. Ein leiser Schrei entfuhr ihr. Der Schädel stach auf einem Pfahl und Knochen lagen herum.

Ihr Hals tat weh. Die Erinnerung kam langsam zurück, dunkel und verschwommen.

Ein Mann hatte plötzlich in dem Zimmer vor ihrem Bett gestanden. Er war sehr groß und furchteinflößend gewesen. Er hatte irgendetwas gemurmelt. Ihr Märchenprinz war es nicht und Filomena war starr vor Angst gewesen. Dann hatte er ihr etwas ins Gesicht gepustet und danach war es dunkel geworden.

Wie kam sie wieder zur Pension zurück?

An dem Schädel traute sie sich nicht vorbei.

In einiger Entfernung sah sie eine Hütte, von dichter Vegetation fast überwuchert, aber es gab eine kleine Tür und vor dem Haus eine Feuerstelle.

Hockte dort nicht jemand?

Sie strengte sich an, etwas zu erkennen. Ein Mann saß vor dem Feuer und schien zu schlafen. Er war in eine schmutzigbraune Decke gehüllt. Filomena wollte es riskieren, taumelte zu ihm und sprach ihn an.

Er würde ihr helfen, aus dieser grünen Hölle herauszufinden. Der Mann regte sich nicht. Sie ging näher heran und tippte ihn auf die Schulter.

Da kam Bewegung in den Mann.

Er baute sich in seiner ganzen Größe vor ihr auf und warf die schmutzige Decke fort. Er war riesengroß, furchteinflößend und dunkelhäutig. Sein breiter Mund grinste sie an und sein muskulöser Arm packte sie blitzschnell im Genick. Er hatte weiße Schlieren und viele Tätowierungen mit seltsamen Symbolen im Gesicht.

„Sir, bitte können Sie mir helfen? Ich habe mich

verlaufen!"", rief Filomena. Wo war ihr Prinz, wenn sie ihn brauchte? Warum kam er nicht auf seinem schimmernden weißen Ross und rettete sie?

Das Geräusch eines sich schnell nähernden Autos war zu hören. Nun würde ihr Prinz doch noch seine Liebste retten, ging es Filomena durch den verwirrten Kopf.

Der riesige schwarze Mann lachte laut und dröhnend, riss ihr die Brosche vom Nachthemd und griff zu einer Kalebasse, die am Boden vor dem Feuer stand. Er hielt sie fest und flößte ihr eine Flüssigkeit ein. Sie war furchtbar bitter und Filomena begann zu husten.

Dann umfing sie Dunkelheit. Sie ließ sich nur zu gern fallen. Wahrscheinlich war das ihre Bestimmung. Sie hatte sich einmal von einer Frau die Tarotkarten legen lassen. Ein Leben in Luxus hatte sie ihr versprochen, keine Sorgen und in späteren Jahren eine wunderbare, neue Liebe.

Aber die Wahrsagerin hatte auch gewarnt. Die schwarz geränderten Augen der Frau hatten geblitzt. Hüten Sie sich vor dem schwarzen Mann vor der grünen Wand. Damals hatte sie darüber gelacht.

Der schwarze Mann hielt sie fest im Griff und die grüne Wand um sie herum verschluckte ihre Schreie.

Sie sehnte sich zurück.

Zurück nach Parsley Manor, in ihre alte Heimat. Zu den Menschen, die sie wirklich mochten, zu Lady Fedora, die eigentlich mehr eine Freundin war. Sie hatte sie niemals wie eine Angestellte behandelt.

Sogar zu Beanstock sehnte sie sich zurück, obwohl er sie ständig kritisierte. Das war nun mal sein Job.

Filomena träumte.

Ein rotes Pferd kam auf sie zugelaufen und ihr Märchenprinz in schimmernder Rüstung stieg ab, kam zu ihr und küsste sie zärtlich auf die Stirn.

„Filomena, Filomez, du wirst uns von dem Fluch befreien. Dein Opfer ist das Wichtigste. Wir werden so reich sein und so viel Macht haben wie niemand sonst. Du wirst daran teilhaben, Liebste, ist das nicht wunderbar?", hauchte er in ihr Ohr.

Filomena fiel.

Immer tiefer in einen dunklen Abgrund.

Die Wände glänzten rot und schmierig und das Lachen eines Mannes dröhnte in ihren Ohren.

Beanstock is not amused

Bookman verspätete sich. Als er nach einer Stunde immer noch nicht da war, rief Beanstock unter seiner Telefonnummer an. Er meldete sich nach dem dritten Klingeln.

„Es tut mir leid, Mr Beanstock. Meine Frau hatte Probleme und ich musste kurzfristig mit ihr in das nächste Krankenhaus. Aber alles ist gut, falscher Alarm, dieses Kind macht uns das Leben schon vor seiner Geburt schwer. Das war das vierte Mal. Ich werde mit meinem eigenen Wagen kommen. Fahren Sie doch schon einmal voraus. In einer Stunde bin ich am vereinbarten Ort." Beanstock bemerkte die angespannte Stimmung des Polizisten. Es tat ihm leid, den werdenden Vater von seiner Frau wegzuholen.

Aber Bookman der Dritte beruhigte ihn.

„Sie können sich nicht vorstellen, wie es bei mir im Haus aussieht. Eine Tante gibt der anderen die Klinke in die Hand. Die halbe Nachbarschaft bringt Essen, meine Schwiegermutter und ihre Schwestern reden die ganze Zeit. Es ist wie in einem Bienenstock. Bitte lassen Sie mich Ihnen helfen. Ich muss dringend hier raus", flüsterte er zum Ende des Gesprächs in den

Hörer. Im Hintergrund hörte Beanstock vielstimmiges Gemurmel, Lauferei und Lachen.

„Gut, treffen wir uns in einer Stunde."

Beanstock dachte nach. Dann fasste er einen Entschluss. Er stellte sicher, dass die Baronets gut versorgt waren. Lady Fedora erkundigte sich nach den Fortschritten. Aber Beanstock konnte noch nicht Entwarnung geben.

„Wir werden auf der Terrasse ausruhen und dann einen langen Spaziergang am Strand unternehmen. Da kommst du auf andere Gedanken, Darling", sagte Sir Percival und streichelte seiner Gattin die Hand.

„Kann ich Ihnen noch eine Erfrischung bringen, Sir?", fragte der Butler. Es war höllisch heiß, obwohl es erst Frühjahr war. Aber die Zeit für diese Reise war gut gewählt. Etwas später im Jahr, im Sommer und Herbst, begann die Hurrikansaison. Da konnte es sehr ungemütlich werden.

Lady Fedora bat den Butler um eine Karaffe frisches Wasser. Als das erledigt war, meldete er sich und den Chauffeur ab und die beiden fuhren in Richtung der Plantage davon.

„Schon wieder zu diesem unfreundlichen Herrn, Señor Beanstock? Hat Ihnen die Schimpfkanonade heute Morgen nicht gereicht? Was haben Sie vor?"

Beanstock schlug sein Notizbuch auf.

„Ich hatte vorhin, als ich das Teegeschirr zurück in die Küche brachte, ein langes Gespräch mit einer der Küchenangestellten."

Gonzales sah ihn belustigt an.

„Haben Sie plötzlich Ihren Hang zum Küchenpersonal entdeckt? War sie wenigstens hübsch?"

Beanstock räusperte sich lautstark mit ärgerlichem Blick in die Richtung des Chauffeurs.

„*Lo siento mucho*, Señor, ist ja schon gut."

„Die junge Dame hatte mitbekommen, dass wir gestern auf der Hamilton-Plantage waren, als diese unangenehme Sache passierte. Selbstredend war sie neugierig, zumal sie einst dort in der Küche angestellt gewesen war."

„Haben Sie denn Neuigkeiten gehört oder nur Gerede? Man muss da sehr vorsichtig mit den Aussagen des Personals sein. Ich kenne mich da aus."

„Ich vergaß, Señor Gonzales, dass Sie ja Experte auf dem Gebiet der weiblichen Angestellten sind. Davon durfte ich mich bereits einige Male überzeugen."

Gonzales schien verschnupft.

„Aber ich habe schon des Öfteren sehr hilfreiche Informationen bekommen, oder Sir?"

Beanstock nickte.

„Die Dame erzählte mir von der Hausherrin. Sie war nicht immer so gebrechlich. Sie stammt aus einer sehr alten Familie. Ihr Vater war ein angesehener Großgrundbesitzer in New Orleans, Louisiana. Das ist eine sehr alte und sehr traditionsbewusste Stadt im Süden der USA. Leider auch wiederum bekannt durch den Sklavenhandel. Die Familie war reich und Martin Hamilton hatte jahrelange Handelsbeziehungen zu dieser Familie unterhalten.

Er hatte ein Auge auf die reiche Erbin geworfen und um ihre Hand angehalten. Vielleicht war es der jungen Frau gleichgültig oder er hatte sich damals zusammengerissen und der Dame ordentlich geschmeichelt. Jedenfalls nahm sie den Antrag an. Der Vater der Braut war auch zufrieden und die beiden zogen gen Cayman Islands.

Von diesem Tage an änderte sich das Verhalten ihres frischgebackenen Ehegatten grundlegend. Er wurde so, wie wir ihn kennengelernt haben, stur, gebieterisch und arrogant. Seine Frau konnte nicht zurück in den Schoß der Familie, das wäre ein Skandal. Der Süden und vor allem New Orleans hätten ihr das niemals verziehen.

Also richtete sie sich ein.

Sie muss eine sehr schöne Frau gewesen sein. Ich habe in der Halle des Hauses ein Porträt von ihr gesehen. Sie kleidete sich stets nach der neuesten Mode, traf sich mit Künstlern und Politikern, war belesen und interessierte sich für alles und jeden.

Dann kamen die Zwillinge.

Von da an ging es abwärts mit dem geistigen Zustand der Dame. Vorher eine Vorzeigehausherrin, die Empfänge und Soiréen gab, dann, urplötzlich schloss sie sich tagelang in ihrem Zimmer ein und scheuchte die Angestellten.

Sie hackte ständig auf den Ammen der Kinder herum, bis Hope diese Aufgabe übernahm. Den Hausherrn schien das nicht zu kümmern, er verreiste immer öfter und blieb wochenlang fort.

Als sie dann verlangte, dass absolute Stille im Haus zu herrschen hätte, die Diener mit Socken über den Schuhen gehen mussten und sogar die Marmorböden mit dicken Decken belegt werden mussten, wurde es auch dem Hausherrn zu bunt. Alles, was Lärm machen könnte, musste fortgeräumt werden. Natürlich quartierte man auch die beiden kleinen Kinder so weit wie möglich von ihrer Mutter entfernt ein. Sie verkraftete sogar das leise Gebrabbel der Babys nicht. In der Nacht lief sie durch die leeren Flure des riesigen Hauses und schrie herum.

Mr Hamilton holte einen Arzt nach dem anderen, bis er mit Dr. Filias Harm den richtigen Doktor gefunden hatte. Der verschrieb ihr ohne jeden Skrupel Mittel, die sie in einem ständigen Dämmerzustand beließen. Damit ließ er einen dankbaren Hausherrn zurück und bekam genug Geld, um seine schlecht gehende Praxis zu sanieren."

„Woher wissen Sie, dass die Praxis schlecht lief? Auch von dem Mädchen?"

„Das habe ich vom Manager des Hotels erfahren, der ebenfalls sehr zugänglich war, Auskünfte zu geben. Er hatte einen bösen Zusammenstoß mit Mr Hamilton gehabt und war glücklich, schlecht über ihn reden zu können. Manche Menschen sind so seltsam, Gonzales, sie lieben es, andere Leute in möglichst schlechtem Licht dastehen zu lassen. Obwohl es, wie ich bemerken möchte, bei diesem Herrn angebracht zu sein scheint."

„Wie ging es weiter mit der Dame im Haus?"

Beanstock blätterte eine Seite seines Notizbuches um und berichtete weiter.

„Das Küchenmädchen berichtete mir von einem Trank, den Hope der Dame an jedem neuen Tag verabreichte. Dadurch benötigte sie nicht mehr so viele Tabletten und blieb meistens ruhig. Hope muss als Mambo der Gemeinde eine Menge Wissen über Kräuter angehäuft haben. Vielleicht auch über Gifte?"

Gonzales schüttelte den Kopf.

„Das glaube ich nicht. Hope ist keine Mörderin."

„Sie haben auch nicht glauben wollen, dass drei alte Damen böse Dinge anstellen können."

„Das waren aber auch reizende alte Damen", sinnierte Gonzales. „Aber Hope? Nein, da irren Sie sich. Wollen Sie deshalb zur Plantage zurück?"

Beanstock nickte leicht und steckte sein Notizbuch zurück in seine Tasche.

„Sie haben sicher beobachtet, wie engagiert Hope ist, wenn es um die Zwillinge geht. Sie verteidigt sie wie eine Löwin. Wenn man so besessen von jemandem ist, kann das schnell ins Böse umschlagen. Sie hat die Kinder aufgezogen, Gonzales, sie liebt sie abgöttisch und sie hatte nie eigene Kinder. Vielleicht hat sie die ganze Geschichte mit diesem bösen Voodoopriester nur erfunden."

„Aber sie kann niemals die beiden Frauen in London umgebracht haben. Sie war die gesamte Zeit hier in George Town. Das müssen Sie zugeben. Sie haben doch diesen Priester selbst gesehen. Nett sah der Typ wirklich nicht aus, Sir", meinte Gonzales.

„Darum geht es auch nicht. Es geht mir in diesem Fall nur um den Tod von Mrs Hamilton. Aber aufgrund unserer heutigen Beobachtung des Sportwagens könnte Mr Hamilton doch in die anderen Morde und das Verschwinden Filomenas involviert sein. Vielleicht wollte er seine Frau einfach loswerden. Aber was will er von unserer Zofe? Ich denke nicht, dass es um ein amouröses Abenteuer geht. Vielleicht hat er sich mit diesem seltsamen Magier, oder was immer der darstellen will, verbündet."

Die beiden fuhren schweigend weiter. Jeder mit

seinen eigenen Gedanken beschäftigt.

Eine Schrecksekunde ereilte sie, als mit rasendem Tempo ein altes, knatterndes Motorrad an dem Wagen vorbeischoss. Auf dem Sitz saß der bunte Mr Miller mit einem uralten verrosteten Sturzhelm auf dem runden Kopf. Quietschfidel winkte er den beiden im Auto zu. Fast wäre das Motorrad, das seine besten Tage lange hinter sich hatte, ins Schlingern geraten. Aber Mr Miller, der kleine runde Mr Miller, legte eine gewisse Geschicklichkeit an den Tag, raste an ihnen vorbei und verschwand in einer dicken Staubwolke.

Beanstock und Gonzales sahen sich an.

„Ich glaube, diesen *Moscardón* werden wir nicht mehr los, Sir. Wo hat der Kerl dieses Motorrad aufgetrieben?"

Beanstock nickte dazu. Aus früheren Kommentaren des Chauffeurs kannte er diesen spanischen Ausdruck. Gonzales meinte die Gattung der Schmeißfliegen.

Sehr passend.

„Wir dürfen den Mann nicht unterschätzen. Bleiben wir sehr aufmerksam. Ich möchte nicht erleben, dass er mehr verdirbt, als hilft. Dieser Mann würde mich wahnsinnig machen, wenn ich nicht auf der Butlerschule Kontenance gelernt hätte. Ich bin wirklich nicht amüsiert."

Gonzales zog die Augenbrauen nach oben. Das war etwas Neues von Seiten des Butlers.

Mr Bart Miller bekommt einen Schreck

Die Fahrt mit dem Bus am Vortag hatte nicht das gewünschte Ergebnis gebracht. Als der halb verrostete Bus endlich gekommen war, hatte sich herausgestellt, dass er zuerst zum East End, dann zur Gun Bay, netter Name, über den Queens Way weiter zur Old Man Bay fahren würde. Das war noch nicht das Ende der Fahnenstange gewesen, nein, dann war es am Nordufer weiter zum Rum Point gegangen, was Mr Miller im Normalfall gut gefallen hätte. Aber es hatte hier gar keinen Rum gegeben.

Zum Glück war die Dame vom Anfang bereits ausgestiegen gewesen. Dafür hatte ihn nun der Busfahrer genervt. Es waren nur noch zwei Fahrgäste und ein Käfig Hühner an Bord gewesen, aber die Route wurde nicht verändert. Alle wollten nach George Town, das war ohne Interesse für den Fahrer gewesen. Mr Miller hatte nur noch ins Hotel zurück und sich hinlegen wollen. Aber auch ein Geldschein hatte den Busfahrer Ihrer Majestät Busunternehmen nicht zu größerer Eile verleitet.

Also war es weiter genau nach Programm und Busfahrplan abgelaufen.

183

Als der Bus endlich Grand Harbour in George Town erreicht hatte, war es Nacht gewesen. Es hatten ja auch zwischendurch ganz wichtige Haltepunkte eingehalten werden müssen. Es könnte noch jemand mit Federvieh zusteigen wollen, hatte der Fahrer Mr Miller auf Anfrage berichtet.

Mr Miller war sauer gewesen.

Trotzdem hatte er sich die Zeit genommen, wieder einmal Linda zu umgarnen. Sie war seltsamerweise ziemlich zugänglich gewesen und hatte ihm erklärt, dass einer ihrer Onkel ein Fahrzeug besaß, das er gern für eine gute Summe Geldes vermietete. Es würde am Morgen für ihn bereitstehen.

Was dann da am Morgen vor dem Hotel stand und vor sich hin rostete, ließ sogar den Hotelbesitzer die Nase rümpfen. Er bat Mr Miller, dieses Vehikel etwas abseits vom Hotel zu parken. Dieser Anblick würde kein gutes Licht auf sein Hotel werfen.

Bart Miller sah die lächelnde Linda im Hotel verschwinden und fragte sich, wie so etwas so viel Geld kosten konnte.

Zumindest fuhr es und gar nicht mal so langsam. Als er die beiden Herren, Beanstock und Gonzales, im Auto verschwinden sah, machte er sich an die Verfolgung und konnte sie sogar überholen. Das barg eine gewisse Genugtuung in sich.

Sein Ziel war die Plantage dieses Hamilton. Dort hatte es eine Tote gegeben und es würde sich sicher lohnen, einmal genauer bei Tage hinzusehen. Seine nächtliche Flucht war ihm noch gut im Gedächtnis und vor allem auch das teure Taxi, das ihn gefahren hatte.

Als er die Plantage erreichte, war er froh, eine

Brille aufgehabt zu haben. Er hustete. Eine oder mehrere Fliegen, die allgegenwärtigen Moskitos oder sonst ein Käfer, hatten sich in seinen Mund verflogen. Es war sehr unangenehm.

Er hatte das Motorrad, lange bevor das Herrenhaus in sein Blickfeld gekommen war, angehalten und schob es nun auf einem versteckten Nebenweg an einer Reihe hoher Bäume entlang. So hoffte er, nicht bemerkt zu werden. Er hatte das Vehikel gerade hinter das Haus geschoben und in einem Busch versteckt, als die beiden Herren Beanstock und Gonzales erschienen.

Sie traten durch den Hintereingang des Hauses. Scheinbar kannten sie sich gut aus.

Mit etwas Glück könnte er die Tür ebenfalls öffnen und sich dort einen Horchposten suchen. Er wartete einen Moment, bis er sicher sein konnte, dass die beiden drin waren. Dann drückte er vorsichtig die Klinke zum hinteren Eingang hinab.

Er konnte sein Glück nicht fassen. Dahinter befand sich ein winziger Flur. An einer Garderobe hingen mehrere Schürzen und Jacken, abgetragene Dinger.

Er horchte an der nächsten Tür. Dahinter waren Stimmen zu vernehmen. Eindeutig erkannte er die Stimme Beanstocks. Dann redete auch noch eine Frau.

Man schien sich zu streiten. Die Frau erhob ihre Stimme und fauchte den Butler an. Er hatte nach einem Holzkasten gefragt und ob sie ihn verschwinden lassen hätte. Sehr eigenartig, was hier vorging.

Jetzt war es einen Moment still.

Miller drückte sein Ohr ganz nah an das Holz der Tür. Er wollte auf keinen Fall etwas verpassen.

Die Frau erzählte von einem Gift. Das war interessant. Sie sagte, sie hätte es weggebracht, damit es keinen Schaden mehr anrichten könne, und erklärte dem Butler, dass sie mit den Morden hier und in London nichts zu tun hätte. Der Butler solle sich aus ihren Angelegenheiten heraushalten.

Es gab mehrere Morde? Es wurde immer mysteriöser. Miller zückte seinen Stift und machte sich Notizen. Er sollte wirklich Meredith in Chicago anrufen. Sie könnte sich mit London in Verbindung setzen. Das musste rauszufinden sein. Er machte sich eine Notiz.

Leider hatte er über seinen Notizen nicht bemerkt, dass das Gespräch in der Küche beendet war. Als die Tür aufging, hinter der er stand, flog der kleine Mr Miller regelrecht bis zur nächsten Tür quer durch den Raum. Seinen Notizblock hielt er fest in der Hand.

Eine dicke Beule bildete sich an seinem Hinterkopf. Er steckte schnell den Notizblock ein und sah zu den beiden Herren hinauf, die mit verschränkten Armen über ihm standen. Mr Miller hatte einen furchtbaren Schreck bekommen.

Schweiß tropfte von seiner Stirn. Sein Herz schlug, als wolle es bersten.

Diese Art von investigativem Journalismus hatte ihm eigentlich noch niemals gelegen.

In seiner Abteilung der *Chicago-Tribune* war er berühmt für seine Kolumne: *Tante Moira berichtet.* Da gab es nicht viel zu tun. Ein paar Klatsch- und Tratschgeschichten, mehr Recherche war nicht nötig. Das meiste trugen ihm Kollegen zu. Er konnte sehr gut zuhören und stahl Informationen, wo er konnte. *Tante Moira* war der Kummerkasten der Tribune. Frustrierte Vorstadthausfrauen und pubertierende Teenager waren seine Hauptklientel. Natürlich machten sich die Kollegen ständig lustig über ihn. Man hatte ihm eines Tages zum Geburtstag sogar ein Kleid geschenkt. Dabei war der Name der Kolumne nicht auf seinem Mist gewachsen. Der Chefredakteur hatte es angeordnet.

Seine Eltern hatten ihm damals vom Journalismusstudium abgeraten. Sie kannten ihren Bart genau und wussten, dass das nichts für einen Menschen war, der lieber die Beine auf der Couch behielt, ein kühles Bier in der Hand und sogar zum Aufstehen zu faul war.

Nach ein paar Jahren war es sogar Bart Miller zu viel geworden, über das richtige Waschmittel zu debattieren oder sich darüber aufzuregen, ob Elizabeth Taylor zum zweiten oder zum dritten Male heiraten würde. Wen interessierte das schon?

Er wollte raus aus diesem Kreislauf. Darum hatte er begonnen Bücher zu schreiben. Leider mit wenig bis gar keinem Erfolg. Sein Verleger, der ihn lieber heute als morgen loswerden wollte, hatte den Misserfolg auch mit seinem nicht sehr profitablen Namen erklärt. Ein Schriftsteller könne nicht Bart Miller heißen. Truman Capote, das war ein Name für einen Schriftsteller. Auch der Hinweis Millers, dass dieser Name ja wohl schon vergeben sei, hatte der Verleger mit rollenden Augen beantwortet. Es sei ja nur ein Beispiel gewesen, hatte er gemeint.

Seltsamerweise gingen diese Gedanken im Moment dieser Schrecksekunden, liegend auf dem Boden eines Flurs in einem Herrenhaus auf den Cayman Islands, durch seinen schmerzenden Kopf.

Gonzales richtete ihn auf.

„Was haben Sie hier zu suchen, Sir?", fragte Beanstock. Hinter ihm erschien Hope mit einem großen Holzlöffel, bereit zuzuschlagen.

Zu allem Überfluss kam nun auch noch Warwick völlig außer Atem gelaufen.

„Ihr müsst sofort raus! Er kommt! Er hat etwas gehört. Los, raus hier!"

Gonzales nahm den kleinen Mr Miller am Schlafittchen und bugsierte ihn zusammen mit Beanstock aus der Hintertür. Hope schloss schnell die Tür hinter ihnen. Das war nochmal gut gegangen.

Der Rolls-Royce stand außer Sichtweite zwischen den alten Bäumen versteckt und das Motorrad lag hinter einem Busch.

„Was soll das, Mr Miller? Hier gibt es nichts für einen neugierigen Journalisten zu holen. Wir suchen nach einer Freundin und Sie bringen alle in Gefahr mit Ihrer Schnüffelei. Lassen Sie das", flüsterte Beanstock.

„Woher wissen Sie, dass ich Journalist bin?", flüsterte Miller.

„Erstens kann nur ein Reporter so penetrant sein und zweitens war Miss Linda sehr gesprächig heute Morgen beim Frühstück in der Hotelhalle", erklärte Beanstock noch leiser.

„Verdammt, dieses kleine Luder."

„Reden Sie in unserer Gegenwart bitte nicht so abfällig über eine Dame", flüsterte Gonzales und gab Bart einen Knuff in die Seite.

„Sie werden sich jetzt zurück zum Hotel begeben und uns zufriedenlassen. Sonst sehe ich mich gezwungen, dem Polizei Constable Bookman zu berichten, dass ich Sie am Abend des Mordes an Mrs Hamilton hier gesehen habe, wie Sie sich schnellstens vom Haus entfernten. Das war sehr verdächtig. Ich kann mir vorstellen, dass das Gefängnis von George Town nicht das neueste ist und eher dem Tower of London gleicht. Haben wir uns verstanden?"

Bart Miller holte pfeifend Luft.

„Schweres Geschütz, mein Bester. Vorerst gebe ich mich geschlagen."

Er stieg auf das Motorrad und fuhr mit aufheulendem Motor davon. Beanstock und Gonzales liefen schnell zum Wagen. Sicher hatte Mr Hamilton das Aufheulen des Motorrads bemerkt und würde nachsehen kommen. Die Bluthunde im nahen Zwinger bellten sich die Seele aus dem Hals.

Sie schafften es.

Zurück auf der Hauptstraße war von dem kleinen Mann nichts zu sehen.

Gonzales beschleunigte und fuhr in Richtung Old Man Bay, um etwas aus Mother Petrels Pension zu besorgen, was dem Hund helfen sollte, Filomena zu finden.

Sir Arthur

Der kleine quirlige Jack Russel Terrier mit dem interessanten Namen Sir Arthur wartete bereits ungeduldig an der Leine ziehend. Am Straßenrand parkte ein etwas in die Jahre gekommener Kleinwagen. Damit war der Polizist gekommen.

Bookman konnte den aufgeregten Kerl mit den braunen Augen kaum bändigen und redete ununterbrochen auf ihn ein. Was das Tier nicht störte. Er zog weiter.

Beanstock und Gonzales hatten sich nach der Auseinandersetzung mit dem Reporter beeilt, um rechtzeitig am Treffpunkt anzukommen. Vorher hatten sie bei Mother Petrel eine Haarbürste und eine Bluse mitgenommen. Sie hofften, dem Hund würde das zum Schnüffeln genügen.

Mit freudigem Gewinsel lief der kleine Hund sofort zu Beanstock und versuchte, ein paar Streicheleinheiten zu ergattern. Den frustrierten Bookman hinter sich herziehend.

„Sehr seltsam, Señor Beanstock. Sie sagen doch eigentlich immer, dass Sie mit Haustieren nichts am Hut haben. Aber scheinbar lieben die Sie", sagte Gonzales und konnte sich ein Schmunzeln nicht verkneifen.

„Ich habe nichts gegen Haustiere, im Gegenteil. Unsere Tiere auf Parsley Manor liegen mir sehr am Herzen."

Dann machten sich die drei Männer mit Hund auf den Weg durch den dichten Dschungel. Sie folgten zuerst der Spur, die der Sportwagen hinterlassen hatte. Sie war noch zu sehen, auch wenn das Moos schon wieder dabei war, die verräterischen Spuren zu überwuchern. Im Dschungel ging das schnell.

Bald aber sah man kaum noch etwas. Das war auch der fortgeschrittenen Stunde und dem immer dichter werdenden Wald zu verdanken.

Beanstock hielt Sir Arthur die Bluse und die Bürste vor die feuchte Nase und der quirlige Terrier schnüffelte. Dann schnüffelte er auf dem Boden und begann an der Leine zu zerren. Es ging los.

„Vielleicht wäre es besser gewesen, den Hund zuerst bei der Pension suchen zu lassen. Was meinen Sie, Sir?", fragte Bookman den Butler.

„Ich bin der Meinung, dass wir an dieser Stelle nicht weit kommen würden. Der Dschungel ist dort so dicht und undurchdringlich. Wir wären kaum vorangekommen. Ich habe mich vorhin etwas umgesehen. Außerdem könnte ich mir vorstellen, dass der Mann Filomena getragen hat. Hoffen wir, dass er auch hier entlanggegangen ist. Meinen Sie, Arthur würde auch Spuren erschnüffeln, wenn die Person getragen wurde?"

„Hoffen wir es. Na los, kleiner Arthur, voran!", rief Bookman. Der Hund sah ihn einen Moment seltsam an, als wolle er sagen, mein Name ist Sir Arthur, so viel Zeit muss sein, und ich bin nicht klein.

„Entschuldigen Sie, Eure Hoheit!", rief Bookman.

Weiter ging die Hatz durch den tropischen Wald. Ab und zu stand Arthur, schnüffelte im Kreis, sah einen Moment einem Käfer nach, um dann sofort weiterzulaufen, in Richtung der nur noch sporadisch sichtbaren Spuren des Wagens. Also musste hier auch jemand zu Fuß, eventuell mit Filomena auf dem Arm, entlanggegangen sein. Aus einem fahrenden Auto würde Arthur sicher nichts erschnüffeln können. Ab und zu lief der Terrier neben dem Weg ins Buschwerk, kam aber immer wieder auf den Weg zurück. Das passte durchaus zu einem Mann, der mit einer Last nicht geradlinig laufen würde.

Schließlich, nach einer halben Stunde, hob Beanstock die Hand und bedeutete den anderen, still zu sein. Als würde er es verstehen, war auch Arthur ganz leise.

In einiger Entfernung konnte man durch dichtes Buschwerk eine einfache Bretterhütte sehen. Beanstock machte einen vorsichtigen Schritt und sah sich plötzlich einem Pfahl gegenüber, auf dem ein Tierschädel stach. Gonzales bekreuzigte sich, obwohl er nicht gläubig war. Es konnte nicht schaden.

Beim Näherkommen sahen die Männer neben der Hütte noch mehrere von diesen Pfählen. Alle bestückt mit Tierschädeln. In einiger Entfernung hatte derjenige sogar einen menschlichen Schädel aufgespießt. Gonzales schüttelte sich. Vor der Hütte sah man ein noch qualmendes Feuer und einen Topf, der umgekippt neben dem Feuer lag.

Beanstock wies Gonzales mit der Hand an, um die Hütte herumzugehen. Bookman ging nach links und er gerade auf die Hütte zu. So schlichen sich die Männer mit Hund an. Kein Laut kam aus der Hütte. Es schien noch nicht einmal ein Laut vom umgebenden Dschungel zu kommen. Sonst hörte man die Stimmen vielfältiger Waldbewohner, Vögel, Insekten und was sonst noch surrte und schlängelte. Nichts hier. Es war still wie in einem Grab. Als würde die lebendige Welt an diesem Platz die Luft anhalten.

Plötzlich riss sich Arthur los und lief auf die Hütte zu. Bookman mit der zerrissenen Leine im Schlepptau. Er stellte sich vor die Tür der Hütte und begann aufgeregt zu bellen.

Er musste etwas von Filomena gerochen haben. Es konnte nicht anders sein. Also kamen die drei Männer zusammen und Beanstock griff zu dem einfachen Knauf, der die Tür notdürftig verriegelte. Er drehte daran und die Tür flog mit lautem Knarren auf.

„Da fehlt Öl", fiel Beanstock dabei ein. Gonzales schüttelte den Kopf und Bookman schaute verwirrt.

Inzwischen war der Hund im Inneren verschwunden und bellte sich die Seele aus dem Hals. Immer wieder kam er zur Tür gelaufen, sah seine Begleiter fordernd an und lief bellend zurück in die Dunkelheit des Raumes.

Es roch unangenehm. Gonzales rümpfte angewidert die Nase.

„Was ist das für ein seltsamer Geruch?"

„Weihrauch vermischt mit dem Geruch des Todes, denke ich", versuchte Bookman zu erklären.

Würden sie dort die vermisste Filomena finden?

Lebte sie noch oder musste Beanstock Lady Fedora eine schreckliche Botschaft überbringen?

Das Mausoleum

Der alte Friedhof an der Prospect Road lag in der Abenddämmerung. Es war ein ungewöhnlich schwüler Tag gewesen und obwohl die Hurrikansaison noch nicht gekommen war, schoben sich dunkle bedrohliche Wolken am Himmel zusammen, immer wieder einmal unterbrochen von entfernten Blitzen. Die Wolken ballten sich zusammen und wurden zu einer großen, gewaltigen Masse.

So weit das Auge reichte, waren auf dem weitläufigen Gelände Gräber angelegt. Die einzelnen Gräber hatte man mit hellen, meist weißen, Marmorplatten verschlossen. Obenauf stand der Name in Stein gemeißelt.

Die etwas ärmeren Gräber hatten eine einfache Steinplatte bekommen, manche nur ein Holzkreuz.

Dadurch sah es vom Eingang des Friedhofs so aus, als hätte ein Riese mit weißen Steinen Domino spielen wollen.

Die meisten Menschen, die hier die letzte Ruhe gefunden hatten, lagen seit dem 19. Jahrhundert an dieser Stelle. Später Verstorbene bestattete man weiter weg auf einem neuen Friedhof. Hier war der Platz knapp geworden.

Kaum jemand legte Blumen auf die Gräber, da die Angehörigen längst selbst verstorben oder fortgegangen waren.

Das Meer war allgegenwärtig auf den Inseln und auch bis zum Friedhof hörte man es rauschen und mit Wucht an die Küste schlagen. Es war nur durch einen schmalen Streifen Vegetation und eine Straße von den Gräbern getrennt.

Sturm zog auf.

Das einzige größere Grab auf diesem alten Friedhof lag im hinteren Teil, versteckt hinter einem alten Kasuarinabaum. Flechten hingen wie mahnende Finger an seinen Ästen herab und verliehen dem Grabmal ein schauriges Aussehen.

Ganz entgegen der Kultur der Inseln war das Mausoleum aus breiten, fast schwarzen Quadern gebaut worden. Am Eingang standen zu beiden Seiten schwarze Säulen. In den tiefen Nischen neben den Säulen hatte man Urnen aufgestellt. Die Inschrift auf den beiden Urnen war kaum noch lesbar nach der langen Zeit.

Über der breiten Tür, die aus Metall und mit dicker grüner Patina überzogen war, stand der Name der Familie, die sich dieses aufwendige Mausoleum geleistet hatte.

Hamilton.

Die Tür stand weit offen, einer der Türflügel lag verbogen auf der Erde davor. Man hatte ihn scheinbar mit Gewalt aus den Angeln gebrochen.

Nebelschwaden kamen aus dem Inneren. Der aufmerksame Beobachter bemerkte allerdings bald, dass es eher Rauch war. Im Inneren des Mausoleums hatte man Feuer gemacht. Die Flammen warfen unregelmäßige Schatten auf den schwarzen Marmor, der sich im Inneren fortsetzte.

Eine Treppe führte in eine zweite Ebene hinab.

Überall lag das Holz zerstörter Särge herum. Knochen mit Kleiderfetzen daran schauten aus aufgerissenen Särgen. Hier oben gab es vier. Sogar ein Schädel, an dem noch Haar zu sehen war, lag auf dem Boden und sah traurig mit toten dunklen Höhlen, anstatt der Augen, auf die Entweihung seiner Familiengruft.

Aus dem Untergeschoss des Mausoleums klang das Rasseln einer Asson herauf.

Im nahen Dschungel betrat in diesem Moment Beanstock die Hütte, die die Männer entdeckt hatten, und versuchte, seine Augen an die Dunkelheit im Inneren zu gewöhnen. Langsam kamen schemenhafte Umrisse zum Vorschein. Ein Schemel, ein Regal mit Gefäßen und Töpfen, in der Ecke eine Trommel. Der Boden schimmerte an einigen Stellen feucht. Als Beanstock genauer hinsah, seine Augen das Dunkel langsam durchdrangen, sah er, dass es eine rötliche zähe Flüssigkeit war. Blut.

In der Ecke an der rechten Wand hing der Kadaver eines kopflosen Huhns, drapiert mit ausgebreiteten Flügeln. Gonzales würgte kurz.

An der hinteren Wand stand eine primitive Liege mit einem Berg schmutziger Decken obenauf. Beanstock lief schnell dorthin, nahm seine Handschuhe aus der Jacketttasche und zog sie sich über. Dann untersuchte er die Liege. Er hatte die Hoffnung, unter diesem Berg Lumpen nichts zu finden.

„Was ist, Sir?", fragte Bookman, während er Sir Arthur wieder an die Leine nahm. Der Hund hatte endlich aufgehört zu bellen, begann nun ängstlich zu winseln.

Beanstock bückte sich und hob etwas von dem Lehm gestampften Boden auf. Er drehte das kleine Ding in seinen Händen.

„Der gute Arthur spürt diese böse Präsenz im Raum", flüsterte Beanstock. Er zog seine Handschuhe aus und warf sie auf den Haufen Lumpen. Er wollte sie nicht mehr mit sich zurücknehmen.

„Gott sei Dank, Filomena ist nicht hier. Aber der Hund hat sie auf jeden Fall gespürt. Sie muss vor kurzem hier gewesen sein." Dabei hielt er eine Haarspange hoch. Gonzales nickte. Er erkannte sie ebenfalls.

„Was nun, Constable Bookman? Was denken Sie, wo man sie hingebracht hat?", fragte er.

„Das kann ich vielleicht beantworten", kam die Antwort von außerhalb der Hütte. Die drei Männer mit Hund erschraken. Bookman hatte die Stimme erkannt und verließ die Hütte.

Sir Arthur zog Bookman fröhlich bellend zu der Person, die dort stand. Schwanzwedelnd sprang er an ihr empor.

„Woher wusstest du, wo wir sein werden, Hope?", fragte der Polizist.

„Ich versuche seit einigen Tagen, das Versteck dieses bösen Magiers zu finden. Ich wusste zwar von dieser Hütte, hatte aber angenommen, dass sie unbewohnt sein würde. Ich hatte mich vor längerer Zeit hier umgesehen. Da schien hier niemand zu wohnen. Heute bin ich euch dann gefolgt. Warwick hat mich mit dem Motorrad bis vorn zur Straße gefahren. Ich habe ihn zum Haus zurückgeschickt, damit jemand bei den Zwillingen ist. Viele meiner Gemeindemitglieder sind verängstigt und wollen nicht mehr zu unseren Treffen kommen. Ich muss etwas unternehmen. Ist Ihre Freundin in der Hütte?", fragte sie am Ende den Butler.

Beanstock schüttelte den Kopf.

„Was ist Ihre Idee, wo sich der Mann aufhalten könnte? Meinen Sie, er hat Filomena mitgenommen?"

Hope sah sich in der Hütte um. Allerdings nur oberflächlich von der Tür aus. Sie setzte keinen Schritt hinein und sah sich vor allem den Fußboden genau an.

„Ihr habt Glück. Die Hütte scheint sauber zu sein. Keine Erde auf dem Boden. Wenn ihr in verstreute Erde getreten wärt, hätte es böse enden können. Sie sollten Ihre Handschuhe wieder an sich nehmen, Mr Beanstock. Es wäre unklug, ein persönliches Artefakt einem bösen Voodoopriester zu hinterlassen."

Beanstock war zwar nicht der Meinung, dass diese Hütte als sauber betrachtet werden könnte, aber er verstand langsam die Denkweise der Mambo Hope etwas besser. Auch wenn er ihren Glauben nicht teilte oder ansatzweise verstehen konnte. Er war für ihre Hilfe dankbar. Er steckte die Handschuhe ein.

„Wir müssen zum alten Friedhof an der Südküste fahren. Dort steht das Grab der Familie Hamilton seit dem 18. Jahrhundert.

Alle Mitglieder wurden und werden dort begraben,

auch unsere tote Missis wird dort hingebracht in ein paar Tagen. Mr Hamilton hatte heute einen Termin mit dem Bestatter und wollte sich am Mausoleum mit ihm treffen, um zu besprechen, wo seine Gattin bestattet werden sollte. Warwick berichtete mir davon und dass der Mann am Telefon seltsam geklungen hatte. Der Master wird dort sein und ich denke auch der Schwarzmagier. Wenn dieser Mann für all das verantwortlich ist, hat er Mrs Hamilton auf dem Gewissen. Ich vermute, er will sich den nächsten Hamilton holen. Er macht sich den Fluch zunutze, der auf dem Haus der Hamiltons liegt."

Sie liefen zurück zum Wagen. Sir Arthur sprang in den Rolls-Royce, setzte sich neben den Butler und sah ihn fröhlich hechelnd an. Beanstock war irritiert.

„Wir halten uns rechts, Sir", erklärte der Polizist. „Immer geradeaus an der Küste entlang, dann stoßen wir automatisch auf den alten Friedhof." Er lief zu seinem Auto, stieg zusammen mit Hope ein und fuhr los.

Gonzales startete den Wagen und beschleunigte. Er folgte dem Polizisten.

In der Ferne grollte es.

Hope sah besorgt aus dem Wagenfenster.

„Das hat uns heute gerade noch gefehlt." Sie sah mit hochgezogenen Augenbrauen zu Bookman, der ängstlich auf seine Uhr sah. Es war bereits 19 Uhr und trotzdem schon dunkler als zu erwarten um diese Zeit.

Martin Hamilton wartete am Eingang des Friedhofes auf den Bestattungsunternehmer, der sich verspätete.

Genervt und zornig lief der Plantagenbesitzer auf

und ab. Sein Wagen, ein roter Sportwagen der Marke Austin Healey, parkte am Straßenrand.

Sein besorgter Blick ging zum Himmel. Es braute sich etwas zusammen. Einen Hurrikan vermutete er nicht, die Wirbelsturmzeit würde erst im Sommer erwartet. Er sah zu seinem Wagen, sein Baby auf vier Rädern, das einzige Baby, das dieser Mann wirklich liebte. Ein kurzer Blick zum dunkel drohenden Himmel. Dann ging er zu seinem Wagen und schloss das Verdeck.

Dieser Kerl kam einfach nicht. Dann sollte er auch nicht den Zuschlag für die Beisetzung seiner Frau bekommen, überlegte sich Mr Hamilton. Der Kerl hatte sowieso sehr eigenartig am Telefon geklungen. Mr Hamilton hatte ihn nicht zuerst angerufen, sondern das Beerdigungsinstitut hatte sich bei ihm gemeldet. Das war ebenfalls ein seltsamer Umstand, aber Mr Hamilton hatte sich nichts dabei gedacht. Er wollte diese Beerdigung nur schnellstmöglich hinter sich bringen. Darum kam ihm das kostengünstige Angebot dieses Mannes am Telefon recht passend vor. Und nun stand er hier und der Kerl ließ auf sich warten.

Da er schon einmal hier war, konnte er aber wenigstens nach dem Mausoleum schauen. Seit zehn Jahren, seit sein Vater hier mit vollkommen überzogenem Pomp zu Grabe getragen worden war, hatte er diesen Friedhof nicht mehr betreten. Was das gekostet hatte? Aber im Testament war genau aufgelistet gewesen, wie sein Vater beerdigt werden wollte, und der Notar war unerbittlich gewesen. Der letzte Wille musste respektiert werden, hatte der Notar gesagt, sonst würde eine andere Klausel im Testament zum

Tragen kommen. In diesem Zusatz würde ihm sein Vater die Phosphatmine entziehen. Also hatte er sich gefügt.

Sein Vater, ein hartherziger Mann, hatte wohl gewusst, wie er seinen Sohn erpressen musste, und das über den Tod hinaus. Als Wiedergutmachung hatte Martin nach der Beerdigung alle Bilder, die seinen Vater dargestellt hatten, abnehmen und auf einem riesigen Haufen vor dem Haus verbrennen lassen. Die Kinder waren damals schreiend in die Arme von Hope geflüchtet. Zumindest die Zwillinge hatten ihren Großvater geliebt.

Vorbei. Vergessen.

Martin Hamilton schlenderte über den Friedhof zur hintersten Seite. Brandgeruch lag in der Luft. Rauchschwaden, von den stürmischen Windböen getrieben, zogen durch die Grabreihen wie aufkommender Nebel. *Wer machte an einem stürmischen Tag Feuer auf einem Friedhof?,* dachte er.

Als er den riesigen alten Baum umrundet und sich unter den Flechten hindurchgebückt hatte, sah er die Bescherung. Ein Türflügel lag verbogen an der Seite und aus dem Inneren des Mausoleums kam Rauch.

„Was zum Teufel ...", setzte er zum Schimpfen an. Dann wurde es dunkel um ihn herum. Ein dumpfer Schmerz ließ seinen Kopf regelrecht explodieren.

Gonzales raste an der Küstenstraße entlang und legte den Wagen rasant in die Kurven. Bookman sah es im Rückspiegel. Er hatte nichts gesehen, würde er seinem Vorgesetzten sagen, wenn sich jemand wegen abendlicher Raser auf der Küstenstraße beschweren würde.

Der Friedhof kam in Sicht.

Neben dem Eingang, der aus zwei einfachen weißen Rundsäulen und Kugeln obenauf bestand, parkte ein roter Sportwagen. Die beiden Wagen hielten neben dem Eingang.

„Sehen Sie, Sir. Das ist unser Freund von gestern, oder was meinen Sie?", fragte Bookman, nachdem alle ausgestiegen waren.

„Hope, eines muss ich noch erfahren, bevor wir auf den Friedhof gehen", sagte Beanstock.

Hope sah den Butler mit traurigen Augen an.

„Ist es richtig, dass einer aus der Familie Hamilton vor einiger Zeit in London war? Und ist es wahr, dass Sie seit Jahren versuchen, den boshaften Drang der Kinder zu vertuschen? Wer war wirklich in London und hat die Mädchen umgebracht? Es war Ruben, nicht wahr? Sie wussten, dass er nicht in New Orleans, sondern in London gewesen war. Und vermuteten Sie nicht zurecht, dass eines der Kinder Ihren Kurarevorrat geplündert hatte?", fragte Beanstock.

Bookman und Gonzales sahen sich staunend an.

„Wie haben Sie das herausbekommen?", wollte Hope wissen. Bookman und Gonzales wollten das auch sehr gern erfahren, da der Butler wieder einmal aus allem ein riesiges Geheimnis gemacht hatte.

„Es war eigentlich ganz einfach. Fast zu einfach. Ich habe die Karten, die Filomena bekommen hatte, mit der Handschrift des Hausherren verglichen. Ich kam darauf, als Warwick berichtete, dass er eine Karte bei seinem Master gesehen hatte. Eine Schriftprobe des Herrn Martin Hamilton habe ich bei den Baronets entdeckt. Die Einladung zum Dinner vor ein paar Tagen war von ihm eigenhändig handschriftlich verfasst worden. Das war nicht die Schrift auf Filomenas Karten. Also wenn man dann ein Ausschlussverfahren anwendet, kann es nur der andere Mann im Haus gewesen sein.

Ruben.

Ich hatte zuerst Martin Hamilton verdächtigt. Seine plötzliche Reise und die Karte des Hotels haben mich auf eine falsche Spur gebracht. Ich glaube, Ruben hatte diese Karte in die Jacketttasche seines Vaters gesteckt, um ihn zu belasten und alle auf eine falsche Spur zu locken. Er trug den grauen Anzug seines Vaters in London, eine graue Perücke und einen Panamahut. Der Gast im Hotel und der Mörder der beiden Frauen muss demnach Ruben gewesen sein.

Der Mann an der Rezeption des Hotels hatte den Gast als älteren Herrn mit grauem Haar beschrieben. Eine sehr aufwendige, aber effiziente Verkleidung. Damit hat Ruben auch Inspector Morris und mich selbst auf eine falsche Spur gebracht. Und dann ist da noch das Gift. Es tut mir leid, Hope."

„Ruben ist kein böser Mensch, das glaube ich nicht!", schrie Hope mit Tränen in den Augen.

„Was ist mit dem Holzkästchen passiert, Mrs Hope? Ich vermute, darin war ein Vorrat von diesem Gift. Ist es nicht so?"

Hope setzte sich auf den Rand der niedrigen Mauer, die den Friedhof umrandete, und hielt ihr Gesicht in beiden Händen versteckt.

„Es war Kurare, nicht wahr?"

Hope nickte leicht.

Beanstock fuhr fort in seiner Analyse.

„Warum London? Was hat den jungen Ruben bewogen, im fernen London zwei Dienstmädchen umzubringen? Ich glaube, wie Sie wissen, Hope, nicht an Flüche.

Die Neigungen der Zwillinge gefielen Master Gédé und er machte sie sich mit Versprechungen gefügig. Er erkannte die Möglichkeit, die sich ihm bot. Er wollte Macht und er wollte Geld, viel Geld.

Er schickte Ruben nach London, weil hier auf den Inseln Morde schnell auffallen würden. New Orleans war nicht geeignet, da kannte man Ruben Hamilton durch die weitverzweigte Familie. Aber weit genug weg, in London, im Mutterland der Cayman-Inseln, da würde man Ruben nicht so schnell auf die Schliche kommen. Die schwarze Papierfigur im Mund der Opfer war eine Ablenkung. Mir wurde eines klar, alles zielte daraufhin, zu verwirren. Wahrscheinlich hatten Ruben oder seine Schwester die kleine Kiste mit dem Gift eines Tages entdeckt und geplündert. Das gab ihnen das Mittel, um noch mehr zu verwirren. Kurare kommt eher nicht in London vor.

Aber der Mittelpunkt der Geschehnisse ist Master Gédé. Die Geschwister waren nur Mittel zum Zweck. Vielleicht hatten die beiden auch Spaß an dem Spiel."

Gonzales bekam den Mund nicht so ganz wieder zu und Bookman setzte sich neben Hope und streichelte ihren Arm.

„Nur was es mit diesem seltsamen Ritual der gestohlenen Broschen auf sich hat, das habe ich noch nicht ganz geklärt. Und warum beendete Ruben seine Mission in London so plötzlich? Vielleicht nur Verwirrung, aber ich bin nicht sicher."

„Na, zum Glück lassen Sie uns noch etwas zum Ermitteln übrig, Sir", sagte Bookman.

Hope schüttelte den Kopf.

„Ich bleibe dabei. Das Haus der Hamiltons ist verflucht. Dieser Schadenszauber wurde vor sehr langer Zeit ausgesprochen und er trifft alle Mitglieder dieser Familie. Ich vermute meine Großmutter dahinter. Sie war eine mächtige Mambo. Jedes Mitglied der Familie ist bis zu diesem Zeitpunkt unnatürlich ums Leben gekommen, auch der alte Hamilton, Rubens Großvater. Er hatte einen tödlichen Unfall in der Phosphatmine. Ich konnte den Zauber nicht auflösen, er ist zu mächtig. Die gestohlenen Schmuckstücke gehören zum Ritual. Die jungen Frauen sollten etwas ungesetzliches tun. Damit begaben sie sich unmittelbar in die Hand des Magiers und mit der Figur im Mund würde er ihre Seele bekommen", sagte sie.

Sie sprang auf.

„Wir sollten uns beeilen, wenn wir Ihre Freundin noch lebend finden wollen. Zum Mausoleum, schnell! Ich denke, der selbst ernannte Master Gédé will sie opfern, weil ihr Name Filomena ist, wie die gute Loa unseres Glaubens.

Er benutzt Ruben für seine Zwecke. Er muss ihn sich vollkommen hörig gemacht haben. Ich hoffe, die Kinder sind im Moment sicher daheim. Die gestohlenen Schmuckstücke waren nur ein weiterer Vorwand, ein Talisman des Bösen, wenn man so will. Er will hier auf unseren Inseln eine Herrschaft der schwarzen Voodoomagie aufbauen. Das hat mit dem wahren Glauben nichts mehr gemeinsam. Das ist einfach nur in einem kranken Geist entstanden", erklärte Hope, während sie schnellstens den Friedhof überquerten.

Sir Arthur blieb im Wagen. Das erschien dem Polizisten zu gefährlich für den kleinen Terrier.

Er hatte seine Dienstpistole gezogen und kontrollierte im Laufen, ob genug Munition in der Kammer war. Das Magazin seiner Browning war gefüllt und eine Kugel im Lauf.

Gonzales hatte sich aus dem Kofferraum wieder einmal einen großen Radmutternschlüssel gegriffen. Er fühlte sich dadurch sicherer.

Sie erreichten das Mausoleum.

Inzwischen hatte der Sturm eine neue, stärkere Dimension angenommen. Bookman sah besorgt zum Himmel. Blitze zuckten im Sekundentakt über den Wolken. Es regnete.

Ein spitzer Schrei aus dem Inneren des Grabmals ließ sie erschauern. Filomena?

Eine Trommel dröhnte, eine Asson rasselte. Dunkle Worte schwebten wie eine dunkle Bedrohung durch die Luft zu ihnen. Eine Stimme, tief und grausam verzerrt, sagte Beschwörungen auf.

„Er versucht, einen Baka zu rufen, und bietet für seine Hilfe Filomena als Opfer an. Das tut man, wenn man einen Baka dazu bringen will, eine bestimmte Person zu zerstören. Bakas sind üble Dämonen und werden gefürchtet. Der Preis ist hoch. Er nimmt nicht nur das Opfer, sondern auch die Seele des Auftraggebers. Der Dämon ist nach dem Ritual bereit, alle Aufträge anzunehmen.

Aber wenn es erledigt ist, wird alles noch schlimmer. Dann will er ein neuerliches Opfer haben, einen Menschen, am liebsten Zwillingskinder. Ich habe die beiden, so lange es mir möglich war, beschützt. Dämonen lassen sich nicht kontrollieren. Das sollte der selbst ernannte Master Gédé eigentlich wissen. Der Dämon ist unersättlich. Es ist grauenhaft, was er den Opfern antut. Der Auftraggeber kommt nicht mehr heraus, nur wenn er sich am Ende als Opfer anbietet, kann es ein Ende finden", flüsterte Hope Beanstock zu.

„Im Prinzip beschreiben Sie die Gedankenwelt eines narzisstischen Serienkillers, Mrs Hope. Wir müssen ihn sofort stoppen."

„Das ist nicht so einfach, Mr Beanstock", sagte die Mambo Hope leise.

Sie durchquerten den ersten Raum, stiegen über Knochen und Kleiderfetzen, erreichten die schmale Steintreppe in das untere Gemach und stiegen einer nach dem anderen möglichst leise hinab. Der beißende Rauch half ihnen in diesem Fall, indem er sie verbarg.

Am hinteren Ende der unteren und letzten Grabkammer bot sich ihnen ein furchtbares Bild.

Auch hier waren die Särge teilweise aufgebrochen und Knochen herausgezerrt worden. An der hinteren Mauer hatte man einen der Särge geleert und aufgerichtet. In diesem Sarg stand Filomena. Sie schien nicht bei sich zu sein und rollte mit ihren Augen. Das Haar stand strähnig nach allen Seiten ab. Ihr wohl einmal weißes langes Nachthemd sah grau aus und hing in Fetzen an ihrem zitternden Körper.

Beanstock schloss einen Moment die Augen vor diesem Grauen.

Master Gédé sprang wie ein teuflischer Tänzer mit einer kleinen Trommel in der einen und der Asson in der anderen Hand vor dem Sarg herum.

Rund um den Sarg glitzerte etwas. Beim genaueren Hinsehen erkannte Beanstock, dass es sich um Schmuckstücke handelte. Aber es waren nicht nur die drei Stücke, von denen er wusste. Es waren viel mehr; Broschen, Ringe, Ketten, Anhänger.

An der rechten Seite der Kammer lehnte Ruben an der Wand. Seine Augen waren geschlossen und er lächelte still vergnügt. Er trug eine grauhaarige Perücke und einen grauen Anzug. *Er sieht aus wie sein Vater,* dachte Beanstock. Es war damals also wirklich nicht Martin Hamilton im *Pink Elephant* abgestiegen, sondern Ruben. Neben ihm lag eine Person auf dem Boden. Beanstock konnte nicht erkennen, wer das war. Sie mussten unbedingt näher heran.

Als er gerade zu einem Schritt ansetzen wollte, hielt Hope ihn am Arm zurück. Er sah in ihr Gesicht, das einen verzweifelten Ausdruck angenommen hatte. Mit einer zitternden Hand wies sie nach links, wo es eine tiefe Nische gab. Der Sarg aus dieser Nische war herausgeworfen und lag zerborsten am Boden.

Eine tanzende Person kam aus dieser Nische. Ruben öffnete seine Augen weit und begann zu lachen. Seine Schwester, in einem weißen, langen Kleid, sah ihn mit irrem Blick an, tanzte zu Master Gédé und reichte ihm ein langes scharfes Stilett. Der Master legte die Trommel auf den Boden, streichelte leicht Marys Wange und schüttelte weiter die Asson.

Wie sollten sie diesen riesigen Mann überwältigen?

Aber Gonzales nahm Beanstock, wie schon so oft, diese Überlegung ab und warf sich mit einem lauten Schrei und geschwungenem Werkzeug auf den riesigen Kerl. Er traf ihn seitlich am Kopf.

Der Riese taumelte.

Er drehte sich zu dem Störer um und holte mit seiner Hand aus. Ein Knall ertönte in der Kammer, der mit einem vielstimmigen Echo von den Wänden zurückgeworfen wurde. Der dunkle Riese fiel vornüber und rührte sich nicht mehr. Bookman hatte ihn getroffen.

Mary hatte zu schreien begonnen und wollte die Kammer verlassen, kam aber an Hope nicht vorbei, die sie aufhielt und versuchte festzuhalten. Es gelang ihr nicht gut. Bookman kam ihr zu Hilfe und fesselte kurzerhand Marys Hände mit seinen Handschellen an einem Haken in der Wand.

Ruben war aus seiner Lethargie erwacht, griff nach dem Stilett am Boden und sprang mit einem unnatürlichen Schrei auf Filomena zu.

Beanstock warf sich vor die Zofe und wollte das Stilett von ihr ablenken.

Ruben stach zu.

Alles passierte in wenigen Sekunden.

Ein gleißender Blitz in der Kammer verursachte allen Anwesenden Augenschmerzen.

„Was zur Hölle ...!", schrie Gonzales und rieb sich die schmerzenden Augen.

Als alle endlich wieder einigermaßen sehen konnten, erkannte man den Grund.

Aus einer Nische trat Mr Bart Miller mit einer Blitzlichtkamera hervor, grinste breit und sah die wütenden Menschen um sich herum fröhlich an.

„Damen und Herren, ich bekomme den Pulitzerpreis! Das ist die Story!", rief er.

Gonzales war mit zwei langen Schritten bei ihm,

riss die Kamera aus seinen Händen und zog den Film heraus.

„Diesen Preis müssen Sie sich mit einer anderen Story verdienen, guter Mann. Ich hatte schon einmal das Vergnügen, einen aufdringlichen Reporter in seine Schranken zu weisen. Nicht auf unsere Kosten!", rief Gonzales und bekam ein zustimmendes Nicken von Beanstock.

Mr Bart Miller weinte.

Dem Butler war zum Glück nicht viel passiert. Eine leichte Fleischwunde am Oberarm. Hope verband sie und stoppte so die Blutung. Ruben lag gefesselt neben seiner Schwester und wimmerte leise. Sein Verstand hatte sich scheinbar vollkommen verabschiedet.

Die Person am Boden war Martin Hamilton. Der Schlag auf den Kopf war zu stark gewesen. Er lebte nicht mehr.

Filomena wurde befreit und Hope legte ihr Schultertuch um die zitternde Zofe. Sie redete behutsam und ruhig auf sie ein, bis sich Filomena beruhigt hatte.

Bookman verschwand kurz, um seine Kollegen zu benachrichtigen. Er kam unverrichteter Dinge wieder zurück und setzte sich auf einen Stein.

„Das ist ein Desaster. Die werden mich so fertigmachen. Ich werde nie wieder froh werden", sagte er traurig.

„Was ist denn los?", fragte Beanstock.

„Wir müssen hierbleiben. Der Sturm hat seine volle Stärke vielleicht noch gar nicht erreicht, aber wir müssen ihn hier unten abwarten. Hier sind wir sicher. Meine Schwiegermutter wird mich töten. Ich habe versprochen, bald zurück zu sein."

„Wir sollten nicht hier unten bleiben und die Spuren verwischen. Ich kann mir denken, dass die obere Kammer ebenfalls geeignet ist", erklärte Beanstock. Also traten sie das Feuer aus und ließen die Zwillinge unten. Zwei blakende Fackeln an den Wänden warfen unruhige Schatten auf das Szenarium. Master Gédé wurde ordentlich mit Stricken, die Gonzales in der Kammer gefunden hatte, verschnürt. Er rührte sich nicht. Der Schuss aus Bookmans Pistole hatte ihn seitlich am Kopf getroffen. Er lebte.

Sie gingen nach oben. Mr Bart Miller heulte immer noch seiner verpassten Gelegenheit hinterher.

„Wir müssen sehr aufmerksam sein. Ich werde mich auf der Treppe nach unten aufhalten und aufpassen, dass dieser Mann sich nicht befreit", erklärte Beanstock und ging zurück zur Treppe.

Plötzlich sprang Bookman auf.

„Oh Gott, Sir Arthur!", rief er und verschwand aus dem Mausoleum. Gonzales sah ihm von der Tür aus nach. Der Polizist bekam es mit einer Windbö nach der anderen zu tun und schwankte wie ein Baum im Wind. Einmal fiel er sogar über eines der Gräber.

Aber er rappelte sich immer wieder auf und schaffte es bis zum Wagen. Griff sich Sir Arthur und kämpfte sich zurück.

„Das war sehr gefährlich, Bluebell Bookman, leicht hätte dich ein abgebrochener Ast oder Ähnliches treffen können. Willst du dein Kind schon, bevor es geboren ist, zur Halbwaise machen?", schimpfte Hope.

Der Sturm traf nun mit Gewalt auf Land. Sie konnten sich kaum noch verständigen, so laut heulte es rundherum. Bookman hielt Arthur im Arm und beruhigte das nervöse Tier.

Hope stand in der Nähe der Tür bei Gonzales und sah zu dem tosenden Schauspiel draußen. Beanstock hatte einen Moment zu den beiden gesehen. Als er sich wieder umdrehte, waren die Beine des Mannes verschwunden, die er bis jetzt noch im Blick gehabt hatte. Er lief nach unten.

Die Zwillinge saßen immer noch aneinandergekettet. Der Magier war fort. Ruben grinste und Mary lachte laut.

„Sie sind ein Dummkopf, Sie sind ein Dummkopf!", schrie die junge Frau wieder mit diesem seltsamen monotonen Singsang in Richtung des Butlers.

Beanstock lief durch die Kammer. Es gab doch keinen Ausgang. Wo war dieser Mann geblieben? Er durchsuchte die Kammer gründlich und nahm am Ende den Sarg von der Wand, in dem Filomena gestanden hatte. Dahinter sah Beanstock einen engen Gang und Stufen, die nach oben führten.

Ruben lachte wie ein Wahnsinniger.

„Ihr werdet ihn nicht kriegen. Er ist schlauer als ihr", spuckte Mary die Worte heraus.

Nun war auch Gonzales heruntergekommen.

„Ich werde ihm folgen", rief er und machte sich daran, in den Gang zu klettern. Beanstock hielt ihn zurück.

„Nein. Das ist Sache der hiesigen Polizei. Sie werden sich nicht in Gefahr begeben. Es ist genug passiert. Gehen Sie nach oben und berichten Sie Mr Bookman." Der Chauffeur nickte traurig.

Bevor Beanstock den unteren Raum verließ, bückte er sich schnell und steckte etwas in seine Tasche. Die

213

Zwillinge hatten es nicht bemerkt. Sie waren viel zu sehr mit ihrem Wahnsinn beschäftigt.

Mary trat ab und zu an die Füße ihres toten Vaters und sprach weiter in diesem seltsamen Singsang.

„Das hättest du nicht gedacht, dummer alter Mann, dummer alter Mann!"

Beanstock ging nach oben. Hope sah in seinen Augen, wie erschüttert er war.

„Es ist mein Fehler. Ich habe sie beschützt, obwohl ich gefühlt habe, dass mit ihnen etwas falsch lief. Ich hätte früher etwas tun müssen. Es lag ein mächtiger Schadenszauber auf den Hamiltons und das über eine sehr lange Zeit. Es ist zu spät", sagte sie.

„Was werden Sie nun tun, Mrs Hope?", fragte Beanstock.

„Warwick und ich werden fortgehen. Er hat ein Häuschen auf der Insel. Ich will so schnell wie möglich aus dem Haus weg. Ich werde meinen Posten als Mambo weitergeben, das wird meine letzte Aufgabe sein. Eine Mambo kann nicht einfach eine Berufung ablegen wie einen Mantel. Einmal Mambo, immer Mambo. Aber es muss sein."

Beanstock nickte dazu.

Draußen tobte sich der Hurrikan aus.

Filomena zitterte immer noch unkontrolliert. Sie hatte den Butler mit großen Augen angesehen. Als müsse sie in ihrem Kopf suchen, ob sie diesen Mann kennen würde.

Voller Überraschung sah Gonzales, dass Beanstock sich neben die Zofe setzte, ihre Schulter umfasste und in ihr Ohr flüsterte: „Alles wird gut. Sie kommen nach Hause, Filomena Arbuckle."

Nach Hause, Beanstock

Lady Fedora hatte sofort nach einem Arzt schicken lassen, als Beanstock und Gonzales mit der Zofe im Hotel erschienen waren.

Der Arzt, ein netter Herr in den Sechzigern, untersuchte Filomena gründlich, gab ihr im Anschluss eine Beruhigungsspritze und kam dann zurück auf die Terrasse des Bungalows.

Lady Fedora sprang sofort nervös auf.

Dr. Federejew, der zwar einen russischen Nachnamen besaß, aber britischer Staatsbürger von Geburt an war, hob beruhigend die Hände.

Sir Percival gab Beanstock einen Wink, dem Doktor ein Getränk anzubieten.

„Was kann ich Ihnen bringen, Sir?", fragte der Butler.

„Wenn Sie mich so fragen, einen Wodka auf Eis", sagte der Doktor und erntete damit eine hochgezogene Augenbraue von Lady Fedora.

Er setzte sich in einen der bequemen Sessel und schien sich sehr wohlzufühlen.

„Ich habe der Patientin eine Spritze gegeben. Sie

wird nun eine ganze Weile schlafen wie ein Baby in den Armen seiner Mutter. Habe mit dem Stoff gute Erfahrungen gemacht, unser Familienhund hat auch schon einmal eine bekommen und hat drei Tage kein wuff mehr gesagt. Es war nicht zu vermeiden, er ist ein sehr nervöser Hund und hatte sich in einer Schlinge verfangen. Armes Ding. Dadurch konnte ich seine Wunden gut verbinden und habe den kleinen Kerl ruhiggestellt. Sie können sich nicht vorstellen, wie der nach den drei Tagen rumgetollt ist. Hätte ihm fast wieder eine Spritze gegeben. Meine Frau war dagegen."

Lady Fedora sah ihren Gatten mit aufgerissenen Augen panisch an. Sir Percivals Auge zuckte.

Gonzales, der neben der Terrasse stand und auf das Ergebnis des Doktors gewartet hatte, verzog keine Miene.

Beanstock erschien mit dem gewünschten Drink und stellte sich dann neben Gonzales.

„Aber was sagen Sie zu Filomenas Zustand, Doktor? Wie geht es ihr gesundheitlich?", wollte Sir Percival wissen. Man musste diesem Mann alles aus der Nase ziehen.

Dr. Federejew nippte an seinem Drink.

„Auch guter Stoff. Danke. Also die Patientin ist in höchstem Maße verstört, habe ich den Eindruck. Sie hat eine traumatische Erfahrung gemacht und braucht nun viel Ruhe in der nächsten Zeit. Ich möchte Ihnen raten, noch mindestens zwei Tage auf der Insel zu bleiben, bevor Sie abreisen. Bis dahin sollte sich die kleine Lady erholt haben und kann in den Flieger hüpfen wie ein Frosch auf Brautschau. Ich lasse Ihnen Tabletten hier. Geben Sie ihr drei pro Tag, morgens, mittags, abends. Das wird sie ruhigstellen, damit sie schlafen kann. Ich sehe morgen noch einmal nach ihr."

Lady Fedora atmete auf. Sie hatte sich nach dem Schock über den Anblick, den ihre Zofe geboten hatte, etwas beruhigt.

„Aber was ist mit den körperlichen Schäden? Sie sah aus, als wäre sie an etlichen Stellen verletzt worden", fragte sie den Doktor.

Der Doktor nippte erneut an seinem Drink und schnalzte danach mit der Zunge.

„Wirklich guter Stoff. Nun also, der erste Eindruck hat getrogen. Es gibt ein paar blaue Flecken, Abschürfungen im Gesicht und an den Armen. Sie lassen daheim von Ihrem Hausarzt ein Blutbild machen, dann sieht man genauer, ob etwas nicht in Ordnung ist. Ich konnte keine schlimmeren Verletzungen erkennen. Die Dame ist einfach nur durch den Wind. Wie ist das passiert? Hat sie sich mit einem Wrestler angelegt?"

Beanstock räusperte sich und sah Lady Fedora an. Sie verstand.

„Sie hatte wohl einen Badeunfall. Wir fanden sie am Strand bewusstlos auf. Sie sind also sicher, dass Filomena wieder gesund wird, Doktor?"

„Aber ja, machen Sie sich keine Sorgen. Sie ist im Moment verwirrt, aber das gibt sich und dann springt die Dame wieder wie ein neugeborenes Kalb über die Wiesen ihrer britannischen Heimat."

„Sie sind aber kein Tierarzt, oder, Doktor?", fragte Sir Percival.

Dr. Federejew schüttelte belustigt den Kopf.

Die tierischen Vergleiche des guten Herrn waren

sehr eigenartig, aber jeder verstand sofort, wie er es meinte. Dr. Federejew sah auf sein leeres Glas, sah zu Beanstock, warf einen tragischen Blick zu Sir Percival und schien nicht gehen zu wollen.

„Darf ich Ihnen einen neuen Drink holen, Sir?", fragte Beanstock.

„Das kann ich doch gar nicht annehmen, na gut", meinte der Doktor und lehnte sich bequem zurück.

„Für mich und Percival bitte einen Whisky, Beanstock, und gießen Sie sich und Gonzales auch ein Glas ein. Sie haben es sich wirklich verdient. Und dann setzen Sie sich zu uns, Sie auch, Gonzales, und keine Widerrede", erklärte Lady Fedora resolut.

Der Butler neigte kurz den Kopf und holte die bestellten Getränke aus dem Bungalow, in dem sich eine kleine Bar befand.

Er warf kurz einen Blick in das Schlafzimmer neben dem großen Zimmer der Baronets.

Filomena schlief ruhig.

Er hatte am Abend, als sie mit Filomena zurückgekommen waren, das Bett neu beziehen lassen. Bis zu diesem Zeitpunkt hatte er dort übernachtet, immer mit einem aufmerksamen Ohr, um Schaden von den Baronets fernzuhalten. Der fehlende Schlaf machte sich bei ihm langsam bemerkbar.

Lady Fedora hatte Filomena gewaschen und ihr eines ihrer Nachthemden übergezogen, das Haar gebürstet und sie dann ins Bett gebracht.

Die Zofe hatte ihre Herrin mit großen staunenden Augen angesehen. Am Ende hatte sie sich unter Tränen getraut, My Lady zu umarmen.

Lady Fedora hatte ihrer Zofe beruhigend über den

Kopf gestreichelt, eine warme Decke über sie gedeckt und ihr beruhigende Worte ins Ohr geflüstert.

Vorwürfe waren zu diesem Zeitpunkt nicht angebracht. My Lady wusste, dass man abwarten und Filomena Zeit geben sollte. Sie war einfach froh, dass sie ihre Freundin wohlbehalten, wenn auch verletzt und gedemütigt, zurückbekommen hatte.

Filomenas Atem hatte sich beruhigt.

Beanstock nickte zufrieden und schloss leise die Tür.

Als er mit dem Chauffeur vor ein paar Stunden im Hotel angekommen war, hatte sich der Sturm beruhigt und war zu einem milden Lüftchen geworden. Bookman hatte gemeint, sie wären noch einmal davongekommen. Ein richtiger Hurrikan wäre es nicht gewesen, sonst hätten sie die ganze Nacht im Mausoleum ausharren müssen. Sie hatten Hope zur Plantage der Hamiltons zurückgebracht.

Der Polizist hatte seine Kollegen alarmiert und bald hatte es auf dem alten Friedhof von Beamten gewimmelt. Allen voran Inspector Walker, frisch befördert. Er machte sich überaus wichtig, war zwischen den Reihen der Gräber herumgelaufen, hatte die Spurensicherung von einer Seite zur anderen gescheucht, die Unwissenheit der anderen Polizisten beklagt und war, zur Freude seiner Kollegen, nach einer Stunde verschwunden.

Bookman hatte die Aussagen von Beanstock und Gonzales im Vorfeld aufgenommen. Bevor die Polizei in geballter Masse erschienen war, hatte er die beiden mit Filomena zum Hotel beordert. Dafür hatte er von

Inspector Walker einen Verweis bekommen. Zeugen wegzuschicken, ohne ihn gefragt zu haben, war nicht tolerierbar. Bookman hatte es gelassen genommen. Dieser weiße Mann war ganz und gar unfähig, hatte Bookman dem Butler gleich zu Beginn ihrer Recherchen einmal gesagt.

Die drei Herren hatten sich geeinigt, Hope aus der Sache herauszulassen. Es würde eine riesige Menge an Verhören bedeuten und am Ende könnte Inspector Walker die Mambo Hope noch zur Hauptverdächtigen erheben. Bookman kannte seinen Vorgesetzten zu gut. Er wusste, dass der Mann schnelle Erfolge liebte, auch wenn dann ein Unschuldiger im Gefängnis verrottete.

Für den selbst ernannten Master Gédé wurde eine Fahndung veranlasst. Viel versprach sich Bookman nicht davon. Es gab unendliche Möglichkeiten für den Mann, sich zu verstecken und genügend kleine Inseln, auf denen sich niemand für ihn interessieren würde.

Die Zwillinge wurden abgeführt. Sie würden die geballte Kraft der Justiz zu spüren bekommen und wahrscheinlich ihre Heimat nie wiedersehen. Wenn die beiden Glück hätten und nicht in London der Strang auf sie wartete.

Zumindest Ruben könnte die Todesstrafe erwarten. Er war verantwortlich für den Mord an nachweisbar zwei Frauen. Ob er selbst den Mord an seiner Mutter und dem Hausmädchen Patricia begangen hatte, bezweifelte Beanstock. Sicher wird er es gewollt haben, aber die Ausführung hatte er in diesem Fall dem Master Gédé überlassen.

Aber Beanstock und Bookman waren sicher, dass Ruben viel mehr Morde begangen haben könnte. Wenn man sich die Menge der Schmuckteile ansah, die um Filomena drapiert gelegen hatten, dann könnten es viel mehr Opfer gewesen sein.

Am nächsten Tag erschien Bookman der Dritte nach dem Frühstück bei den Baronets. Er sah zwar übernächtigt aus, konnte sich aber ein breites Grinsen nicht aus dem Gesicht wischen.

„Ich bin Vater geworden. Stellen Sie sich vor, mitten in diesem furchtbaren Wirbelsturm, als sich alle Menschen unter Bett und Tisch versteckt hatten, gedachte dieses Kind zu kommen. Dieses seltsame Zeitmanagement muss es von meiner Frau haben. Ich bin viel ruhiger und besonnener."

Lady Fedora und Sir Percival, die gerade ihr Frühstück auf der Terrasse vor ihrem Bungalow einnahmen, sprangen auf und gratulierten dem frischgebackenen Vater.

„Und, was ist es? Mädchen oder Junge? Lassen Sie uns nicht zappeln, Bookman der Vierte?", fragte Gonzales, der gerade vom Frühstück in der Hotelhalle zurückgekommen war.

Bluebell Bookman der Dritte lachte lauthals.

„Es ist ein Mädchen, Fedora die Erste, wenn ich darf?"

„Es ist mir eine Ehre", sagte My Lady und bekam rosa Wangen vor Stolz. „Beanstock, holen Sie bitte die Holzschatulle aus unserem Schlafzimmer."

Beanstock drückte dem Polizisten die Hand und verschwand dann, um das Gewünschte zu holen.

Er gab My Lady die Schatulle.

„Wie geht es denn Ihrer Freundin? Schließlich war

das ja der Aufhänger Ihres Kommens. Was dann daraus geworden ist, hätte sich kein Mensch ausdenken können", erklärte Bookman.

„Sie erholt sich, schläft ruhig wie ein Baby, genau wie der Arzt es vorausgesagt hatte", sagte Sir Percival.

Lady Fedora hatte gefunden, was sie gesucht hatte, und stand auf.

„Das möchte ich dem Kind für einen guten Start ins Leben geben. Ich habe es als Kind von einer meiner Tanten bekommen. Ich finde, es sollte wieder einen Kinderhals schmücken."

Sie legte dem überraschten Polizisten ein Schmuckstück in die Hand. Es war ein goldenes Kettchen mit einem Herz aus Gold als Anhänger. In der Mitte war ein kleiner Diamant gefasst worden.

„Ich würde mich freuen, wenn Sie es annehmen. Vielleicht hilft es dem Kind."

„My Lady, das ist viel zu wertvoll. Das kann ich nicht annehmen." Bookman lief eine zarte Träne über das dunkle Gesicht. „Sie sind wohl ein sehr tolerantes Paar Baronets, oder?"

Das befreiende Lachen der Umstehenden machte vieles wieder gut, was in den letzten Tagen an schlimmen Dingen passiert war.

Am Nachmittag machten sich Beanstock und Gonzales noch einmal auf den Weg zu Mother Petrel.

Sie berichteten, nachdem die beiden wiederum einen bitteren Trank zu sich nehmen mussten, über das Auffinden Filomenas und ihr Befinden.

„Ich bin so froh, dass Sie das Kind gefunden haben. Passen Sie in der Zukunft besser auf sie auf, damit sie nicht wieder verloren geht."

Dann drückte sie dem Butler ein Leinensäckchen in die Hand.

„Gute wirksame Kräuter für das Wohlbefinden. Sie sollte jeden Tag einen großen Becher trinken. Achten Sie darauf. Es wird ihr bald wieder gut gehen."

Beanstock bedankte sich. Die Kräuter dufteten auf jeden Fall besser als der seltsame Drink, den sie ihnen immer vorsetzte.

Nachdem die paar Sachen von Filomena gepackt waren, bezahlte Beanstock noch die ausstehende Miete für das Zimmer.

Sie verabschiedeten sich.

Wieder im Wagen, bat der Butler Gonzales, noch einmal zur Plantage der Hamiltons zu fahren. Er wollte nicht ohne Verabschiedung die Insel verlassen.

Im Haus herrschte reges Treiben.

Ein mit den Armen fuchtelnder Herr stand in der großen Eingangshalle des Hauses und dirigierte Männer, die mit Bildern, Möbeln und Geschirr herumliefen. Er hatte eine Kladde in der Hand und machte mit einem Stift Haken hinter Einträge.

„Was wollen Sie? Ich habe genug Hilfskräfte hier. Bitte gehen Sie", sagte der Mann hochnäsig. Er hatte volles dunkles Haar, trug einen weißen Leinenanzug und im Gesicht einen gezwirbelten Schnurrbart, der glänzte wie ein poliertes Stück Ebenholz.

„Wir wollen zu der Köchin Hope. Wer sind Sie, wenn ich fragen darf?", fragte Beanstock irritiert. Was war hier los? Der Hausherr war noch nicht unter der Erde und die Geier kreisten bereits.

„Dürfen Sie nicht. Das alles gehört nun mir. Diese

Köchin ist in der Küche. Sie packt ihre Sachen. Ach Robert", redete der Mann einen vorbeilaufenden Packer an. „Überprüfen Sie das Gepäck des Personals. Wir müssen sicher sein, dass am Ende nichts fehlt. Und das Motorrad bleibt hier, das habe ich bereits diesem Butler erklärt." Der Mann drehte sich um und schritt wie ein König kurz vor der Krönung langsam die Treppe hinauf.

„Das ist mal ein toller Mann. Soll ich ihm eine reinhauen, Sir?", fragte Gonzales.

„Keine Kraftausdrücke, Gonzales, Kontenance!"

„Konte... was?"

„Halten Sie sich zurück. Gehen wir in die Küche und sehen wir nach den beiden. Vielleicht können wir behilflich sein."

Gonzales brummte etwas auf Spanisch in Richtung des Herrn auf der Treppe. Als wäre es ein Fluch gewesen, stolperte der Herr genau in diesem Moment und fiel auf die Stufen. Seine Kladde flog in hohem Bogen zurück in die Halle und der Stift steckte wie ein Dartpfeil in einem Gemälde in der Wand. Hatte da etwa der Hamiltonfluch wieder zugeschlagen?

Beanstock und Gonzales beeilten sich, in die Küche zu kommen. Dort angekommen prustete Gonzales los und erntete verständnislose Blicke von Hope.

„Wer ist dieser unappetitliche Herr dort draußen in der Halle?", fragte Beanstock.

Warwick kam aus der angrenzenden Speisekammer.

Auf dem Tisch in der Mitte der Küche stapelten sich Keramikbecher, ein verbeulter Wasserkessel und einige zugebundene Keramiktöpfchen. Beanstock vermutete Gewürze darin.

„Das ist ein Hamilton. Das sieht man doch, oder? Die gleiche arrogante Machart wie sein Onkel. Hat mir das Motorrad weggenommen. Das alte, verrostete Ding hätte er mir doch lassen können", murmelte Warwick.

„Du musst nicht mehr leise reden, mein Bester. Wir sind entlassen, haben noch nicht einmal den letzten Lohn erhalten und müssen in dieser Stunde aus dem Haus", berichtete Hope. Besonders traurig schien sie über diesen Umstand nicht zu sein. Was wollte sie auch noch hier?

„Tee, Mr Beanstock?", fragte sie.

„Wie kannst du jetzt noch Tee machen. Wir müssen raus hier!", rief Warwick. Er war auf keinen Fall gelassen.

„Wo werden Sie wohnen? Wir möchten Ihnen Hilfe anbieten. Vielleicht können wir Ihre Sachen befördern", sagte Beanstock.

„Wunderbar! Befördern Sie!" Hope musste über die Ausdrucksweise des Butlers lachen.

Gonzales war plötzlich verschwunden. Beanstock hörte einen spitzen Schrei und einen dumpfen Fall. Dann erschien der Chauffeur erneut in der Küche. In der Hand hielt er einige Geldscheine, die er im Gehen zählte.

„Was haben Sie getan?", fragte Beanstock erblassend.

„Ich habe den neuen Hausherrn überredet, den beiden Angestellten ihren zustehenden Lohn zu zahlen, und was soll ich sagen, er hat noch einen Bonus für gute Arbeit obenauf gelegt." Gonzales war sehr mit sich zufrieden. Beanstock räusperte sich.

„Wir sollten dieses Haus schnellstens verlassen. Gonzales, die Kisten dort im Flur in den Rolls-Royce. Ich nehme die Koffer. Hope, Sie sollten sich sputen. Warwick kommen Sie, wir packen alles ein!", rief Beanstock und war wieder ganz in seinem Organisationselement.

Das Ganze dauerte keine zehn Minuten und am Ende verließen die langjährigen Angestellten das Herrenhaus der Familie Hamilton mit wehenden Fahnen.

„Wohin, Hope?", fragte Gonzales.

Hope sah aus dem hinteren Fenster zum Haus zurück.

„Schauen Sie nicht zurück. Es tut sich immer etwas Neues auf, wenn eine Tür zuschlägt. Sie sind nicht allein. Warwick ist an Ihrer Seite, das wissen Sie doch", sagte der Butler leise.

„Ja, ich weiß. Es war nur so eine verdammt lange Zeit. Und es war nicht immer schlecht. Es gab auch gute Zeiten. Denen sollte man Raum geben und die Schlechten vergraben", antwortete sie und drehte sich um.

„Fahren Sie uns nach Bodden Town an die Südküste. Ich habe dort ein kleines Haus, es ist nichts Besonderes, aber für den Anfang reicht es aus", sagte Warwick.

Gonzales beschleunigte und fuhr in Richtung Südküste.

Als Warwick Gonzales bat, anzuhalten, sah man erst einmal nur dichtes Buschwerk links und rechts und hörte das Rauschen des Meeres. Von einem Haus keine Spur.

Warwick stieg aus, griff sich einen Karton und drängte sich rechts an den dichten Büschen vorbei. Hope schnappte sich zwei Koffer und war ebenfalls sofort in dem undurchdringlichen Grün verschwunden.

Gonzales leerte den Kofferraum weiter und bald stand ein buntes Sammelsurium auf dem Rasen neben dem Wagen.

Beanstock nahm sich einen großen Karton, in dem es verdächtig klapperte. Wahrscheinlich war dort drin Geschirr eingepackt. Er ging zu den Büschen, holte Luft und drängelte sich hindurch. Dahinter tat sich ein schmaler Pfad auf, der sich durch eng gewachsene Baumriesen bis zum Meer erstreckte. Beanstock sah die türkisfarbene Fläche des Wassers leuchten.

Als er den Strand erreichte, sah er sich einem Haus gegenüber. Es war weiß gestrichen, aus Holz und hatte eine hübsche umlaufende Veranda. Das Dach war mit Platten aus Wellmetall belegt, was er hier schon sehr oft an den einfachen Hütten bemerkt hatte. Vor dem Haus lag ein umgedrehtes Ruderboot im heißen Sand.

Das Haus hatte nur eine Etage, war aber groß genug für zwei. Beanstock ging zu der offenen Tür und betrat den Raum dahinter, ein großzügiges Wohnzimmer mit einer Kochnische, in der Hope einen alten schmiedeeisernen Herd befeuerte und den Wasserkessel für Tee aufsetzte.

„Sehr effektive Raumaufteilung, Mr Warwick", stellte Beanstock fest.

„Hinten sind noch ein Schlafzimmer und ein Bad, das ich im letzten Jahr eingebaut habe. Darauf bin ich besonders stolz. Das hat hier noch kaum jemand auf der Insel, abgesehen von den besser situierten Herrschaften, die es sich leisten können."

Gonzales kam mit den letzten Gepäckstücken herein und pfiff anerkennend.

„Sehr schön haben Sie es hier. Direkt am Strand. Ist das nicht sehr gefährlich, wenn ein Hurrikan tobt?"

„Wir sind daran gewöhnt", antwortete Warwick.

„Setzt euch nach draußen. Ich komme mit dem Tee", erklärte Hope.

Dann saßen die vier auf den bequemen Korbsesseln, hörten den auflaufenden Wellen zu, beobachteten still die kreischenden Seevögel und sahen die Sonne rötlich am Horizont verschwinden.

„Geht es Ihnen gut, Hope?", fragte Beanstock in die Stille hinein.

„Es geht mir jetzt gut. Irgendwie ist eine Last von mir gefallen. Als hätte ich jahrelang einen dicken Packen Baumwolle auf meinem Rücken getragen. Es ist nun gut. Wir werden zurechtkommen. Ich bin eine sehr gute Köchin und werde wieder arbeiten können. Vielleicht aber eher in einem Restaurant oder etwas Ähnlichem. Ich brauche keinen Master mehr, vor dem ich katzbuckeln muss", sinnierte Hope. Das klang so, als wäre sie in einem neuen Leben angekommen, und Beanstocks Sorgen verflogen langsam.

„Was waren wirklich Rubens Beweggründe? Warum hat er all diese schrecklichen Taten begangen?"

„Ich habe in den vielen Jahren mein Bestes getan, um von dieser Familie Schaden fernzuhalten. Die Hamiltons waren in meinen Augen verflucht. Das hängt mit ihrer langen Geschichte zusammen. Die Sklaverei hat diese Familie zugrunde gerichtet, so wie sie die Sklaven zugrunde gerichtet haben. Master

Gédé, der selbsternannte schwarze Magier, hat sich das zunutze gemacht. Er wollte diese Familie nicht einfach nur bestrafen. Er wollte auf den Inseln herrschen. In seinem Wahn wollte er sich mithilfe des Voodoo zum Beherrscher der Menschen machen. Dabei hat er vergessen, dass die Geister sich nicht manipulieren lassen. Sie sind die Herrscher über Leben und Tod. Und so wird auch dieser schwarze Magier sein Ende finden. Denn er hat etwas Unverzeihliches getan, einen Baka heraufbeschworen, einen überaus bösen Geist. Das wird ihm das Leben kosten."

„Aber die Zwillinge, vor allem Ruben, wie konnte er sich so manipulieren lassen? Was war seine Intention?", fragte Beanstock erneut.

Hope sah traurig zum blauen Himmel.

„Ruben wollte seinen Vater strafen. Das ist alles. Und genau das hat er auch geschafft. Ich sagte es bereits. Diese Familie war seit langer Zeit verflucht. Ich könnte mir vorstellen, dass vor langer Zeit ein Schadenszauber über den Hamiltons ausgesprochen wurde. Vielleicht wirklich von meiner Großmutter, die zwar eine gute Mambo war, aber viel gelitten hat unter den Hamiltons. Einen Schadenszauber wird man nur durch aufwendige Rituale wieder los. Das ist der Punkt."

„Ich möchte mich noch einmal für Ihre Hilfe bedanken. Es war mir eine Ehre" sagte Beanstock.

Nach einer Stunde verabschiedeten sich die beiden, kämpften sich durch das üppige Buschwerk und machten sich auf den Weg zum Hotel.

Es war bald Dinnerzeit und Beanstock wollte sich um die Baronets kümmern.

Am Abend saßen die Baronets auf der Veranda ihres Bungalows und ließen sich einen guten Wein schmecken.

Vor einer halben Stunde war Dr. Federejew noch einmal gekommen und hatte Filomena untersucht. Es ging ihr besser, aber der Doktor verschrieb weiterhin Bettruhe bis zum Abflug. Er hatte Lady Fedora erklärt, dass dies eine sehr verwirrte Dame war. Es würde viel Zeit brauchen.

Bis jetzt hatte Filomena außer unkontrollierten Weinanfällen noch nicht viel von sich gegeben.

Beanstock saß in diesem Moment an ihrem Bett und versuchte, ihr eine einfache Suppe einzuflößen. Die Zofe schluckte, aber verzog immer wieder das Gesicht.

„Haben Sie Schmerzen?", fragte Beanstock.

„Mein Hals tut weh. Aber es geht mir, glaube ich jedenfalls, besser. Als ich Sie erkannt hatte in diesem ekligen Mausoleum, dachte ich zu träumen. Wieso sind Sie hier? Wie haben Sie mich gefunden?"

„Filomena, wir lassen ein Mitglied unserer Familie nicht zurück. Lady Fedora war sofort bereit, zu reisen, als ich ihr berichtet hatte, dass Sie hier in der Karibik sind. Sie liegen ihr sehr am Herzen."

„Ich weiß. Und ich schäme mich furchtbar. Ich habe sie bestohlen. Wie soll ich das jemals wieder gutmachen."

„Sie haben auch Ihre beste Freundin in London bestohlen. Da gibt es noch sehr viel für Sie gutzumachen. Die Dame macht sich Sorgen, ist Ihnen aber nicht böse."

„Wie haben Sie das alles herausbekommen?"

Beanstock lächelte.

Er kramte in seiner Jacketttasche und zog etwas heraus, das sorgfältig in ein Taschentuch gewickelt war. Er zeigte es der Zofe.

Filomena schlug sich die Hand vor den Mund, sonst hätte sie geschrien.

„Wie? Wo?", stammelte sie.

Es war die kostbare Brosche, die Filomena entwendet hatte. Beanstock hatte es niemandem gesagt. Er hatte sie im Mausoleum an sich genommen. Wem sollte es nützen, wenn sie in der Asservatenkammer der Polizei verschimmelte? Lady Fedora hätte sie niemals wiedergesehen. Das hatte seine Butlerseele nicht akzeptieren können.

Ein kleiner freudiger Schimmer lag auf Filomenas Gesicht. Beanstock hielt ihr eine der Tabletten hin und reichte ihr ein Glas Wasser.

„Schlafen Sie jetzt. Wir haben noch viel Zeit. Morgen geht es zurück nach Hause. Dann überlegen wir die nächsten Schritte. Machen Sie sich keine Sorgen."

Die Zofe schluckte brav die Tablette und ließ sich auf das Kissen sinken. Sie schloss die Augen und Beanstock verließ leise das Zimmer.

„Wie macht sie sich, Beanstock?", fragte Sir Percival, als Beanstock die Terrasse betrat.

„Es wird sich in den nächsten Tagen zeigen. Im Moment kommt sie zu Kräften. Was soll geschehen, wenn wir zurück sind, Sir? Ich kann nicht empfehlen, Filomena weiterhin als Zofe einzusetzen. Wir müssen die Personalfrage erörtern, wenn wir daheim sind. Ich bin sicher, wir finden für alle Seiten eine passende Lösung. Ich empfehle zuallererst einen Kuraufenthalt für Miss Arbuckle."

Er legte die verloren geglaubte Brosche auf den Tisch.

„Sie sind ein Teufelskerl, Beanstock", sagte Sir Percival und Lady Fedora lief eine Träne über die Wange.

Sie sah ihren Butler dankbar an. Dann schaute sie mit wehmütigem Blick zu der untergehenden Sonne.

Beanstock sinnierte über den Sinn des Lebens.

Das Meer rauschte, so wie seit Jahrhunderten schon. Die Blumen würden blühen und vergehen, neue würden heranwachsen, Bäume austreiben.

So war es immer schon hier in der Karibik und an anderen Orten der Welt.

Nur die Menschen machten alle Dinge so kompliziert, verstanden sich nicht und hatten sich schon in der Vorzeit die Köpfe mit Keulen eingeschlagen, nur um einen kostbaren Stein oder einen goldenen Ring zu ergattern. Die Menschen wurden nicht schlauer, nur weil sie Menschen sind und sich für die Krone der Schöpfung hielten.

Beanstock war fast ein wenig traurig, diesen Ort zu verlassen. Letztendlich freute er sich doch auf das kühle, regnerische England. Die Schwüle der letzten Tage hatte seine Bestrebungen, den Baronets stets ein gut gebügeltes Hemd oder Kleid bereitzulegen, an den Rand des Versagens gebracht. Ganz zu schweigen von dem Sandproblem. Der feine Sand verteilte sich überall. Beanstock hatte das Gefühl, auf Sand herumzukauen.

Er freute sich auf seine Musik am Morgen, auf sein

Pflegekind Lucinda und die gute Teatime in der Küche des Hauses Parsley Manor.

Plötzlich fiel ihm etwas siedend heiß ein.

Er hatte kein Geschenk für das Kind.

Er hatte es einfach vergessen. Morgen ging es zurück. Er glaubte nicht, dass am Flughafen von George Town etwas Passendes zu finden sein würde.

Gonzales trat neben den Butler, sah auf das Meer und flüsterte ganz leise: „Ich kann mir genau vorstellen, woran Sie im Moment denken. Sie haben kein Geschenk für Luci. Das sehe ich in Ihren Augen. Aber der gute, aufmerksame Gonzales ist der Retter in der Not."

Der Chauffeur holte seine Hand hinter dem Rücken hervor, die dort bis jetzt gelegen hatte, und hielt dem überraschten Beanstock ein Tuch hin. Es war wunderschön, bunt mit Batikmustern.

Gonzales wippte stolz auf seinen Füßen auf und ab.

„Sie werden noch zu einem wirklich guten Detektiv, Gonzales. Nun haben Sie selbst aber kein Geschenk mehr für Luci."

„Señor Beanstock, ich denke immer im Voraus an alle Möglichkeiten. Das habe ich von Ihnen gelernt. Ich habe noch eine hübsche Muschel erstanden, die wird unserer Prinzessin gefallen."

„Regel 11, immer auf jede Situation vorbereitet sein. Sehr gut, Gonzales. Ich bin stolz auf Sie und vielen Dank."

Bart Miller, der große Reporter, verließ noch am selben Abend unverrichteter Dinge das Hotel.

Seine Geldmittel waren erschöpft und eine Story

hatte er auch nicht. Da blieb ihm nur die Rückkehr zu *Tante Moira* und ihren Klatschgeschichten.

Er würde seinen Chefredakteur ordentlich um den Bart gehen müssen, damit der über seine Eskapaden hinwegsah. Aber er hieß nicht Bart Miller, wenn er das nicht hinbekommen würde. Bereits im Flugzeug zurück nach Chicago war sein Missmut verflogen und er plante seinen nächsten Coup, um als heller Stern in den USA aufzusteigen.

Vielleicht wäre Hollywood sein Schicksal.

Er hatte eine blendende Idee, als die Stewardess ihm den dritten Martini serviert hatte. Er würde ein Manuskript für einen Zombiefilm einreichen. Untote, die aus ihren Gräbern steigen, das würde ihm einen Oscar bescheren. Glückselig lächelnd, ließ sich Bart Miller in das Polster seines Sitzes sinken und bestellte den nächsten Martini.

Parsley Manor

Das Flugzeug der British Airways landete pünktlich auf dem London-Heathrow-Airport.

Das Wetter war wie erwartet regnerisch. Beanstock sog tief die wunderbar kühle Luft ein und hätte gejubelt, wenn das nicht unangebracht für einen Butler gewesen wäre.

Der Bentley stand bereit und Gonzales umrundete ihn glückselig. Er strich mit der Hand leicht über den glänzenden Kotflügel.

Als alles verstaut war, half Gonzales Filomena beim Einsteigen. Sie war immer noch recht wackelig auf den Beinen.

Der Wagen verließ London und schon bald zogen die grün schimmernden Felder der Grafschaft Kent an den Autofenstern vorbei. Der Schnee, der hier noch gelegen hatte, als sie ihre Reise in die Karibik angetreten hatten, war geschmolzen.

Filomena schlief.

„Sie braucht noch sehr viel Ruhe, Beanstock. Achten Sie darauf, bis wir wissen, was wir tun können, um ihr zu helfen", sagte Lady Fedora leise an den Butler gewandt. Beanstock nickte. Er hatte verstanden.

Die Brücke über den River Shorty brachte Sir Percival zum Singen. Lady Fedora hielt ihren Finger an den Mund, aber Filomena war bereits aufgewacht und sah sich nervös ihrem Zuhause gegenüber.

Lady Fedora tätschelte beruhigend ihre Hand.

„Keine Angst, das wird schon."

Als der Bentley vor dem Eingang hielt und alle ausgestiegen waren, kam zuerst Lucinda aus dem Haus gelaufen und umarmte Beanstock stürmisch.

Dann erschien das übrige Personal und Junior sprang an seinem Herrchen hoch. Sein kleiner Schwanz tänzelte ununterbrochen.

„Ja, ich freue mich auch, dich zu sehen, mein Junge", sagte lächelnd Sir Percival.

Es war Teatime und Mrs Argyle hatte alles zur Zufriedenheit des Butlers vorbereiten lassen. Er hatte sie vom Flughafen aus angerufen und avisiert, wann man voraussichtlich ankommen würde. Alle freuten sich auf die traditionelle britische Teatime, Scones, Tee und Sahne, Clotted Cream und die kleinen süßen Kuchen von Mrs Porkpie.

„Ich wollte zur Erinnerung den exotischen Tortuga Rum Cake backen ...", sagte Mrs Porkpie freudestrahlend.

Die Zurückgekehrten sahen sich an und riefen dann im Chor, außer natürlich Beanstock, das tat ein Butler nicht, ein langes und lautes „Nein!". Mrs Porkpie bekam einen Schreck.

„Ich habe ihn ja nicht gebacken. Keine Sorge. Es gibt die schottische Karamelltorte mit Baiserhaube, die

Mr Bears aus dem Cluaran-Hotel mitgegeben hatte. Sir Percival hatte diese Torte so geschmeckt in Schottland." Die Köchin drehte sich kopfschüttelnd zu Tür um und verschwand in der Küche. Sie hatte es nur gut gemeint, als Erinnerung an die Karibik, dieses Paradies unter Palmen. Aber das war dann wohl nicht so paradiesisch gewesen, wenn alle so reagiert hatten.

Das Gepäck wurde hineingetragen, Filomena begann zu weinen, wurde von Mrs Argyle umarmt und in ihr Zimmer gebracht, Lucinda bekam von dem Butler ein schönes Tuch und von Gonzales eine riesige Muschel, der Hund wuselte immer noch um Sir Percival herum und Lady Fedora ließ sich erschöpft von der Reise in einen Sessel sinken.

Sie sah ihren Gatten glücklich an.

„Endlich wieder daheim."

Nach einer Woche ging es Filomena wieder gut. Das war jedenfalls ihre Aussage. Nun hieß es, eine Lösung zu finden.

Lizzy, das Hausmädchen wurde zur Zofe befördert. Das war schon vor der Abreise zu den Caymans beschlossene Sache gewesen. Sie war überglücklich, musste natürlich noch so einiges lernen. Mrs Argyle war guter Dinge, dass sie dem Mädchen alles Notwendige beibringen konnte.

Lizzy musste sich über einige Dinge klar werden. Abgesehen von den freien Tagen stand eine Zofe ihrer Ladyschaft rund um die Uhr zur Verfügung. Sie musste Lady Fedora beim Ankleiden behilflich sein, die Kleidungsstücke pflegen und eventuell ausbessern können, vom ordnungsgemäßen Bügeln ganz abgesehen.

Sie verwahrte auf Reisen den Schmuck ihrer Lady-schaft, wenn nicht der Butler für die kostbaren Stücke zuständig sein würde.

Die Zofe erledigte Einkäufe und bereitete das Gepäck vor, wenn eine Reise anstand. Dabei musste die Zofe genau voraussehen können, welche gesell-schaftlichen Verpflichtungen auf Ihre Ladyschaft warteten und dementsprechend die Kleidung aus-wählen.

Um die Frisur My Ladys musste sie sich nicht bemühen, das tat Lady Fedora seit langer Zeit lieber selbst. Eigentlich seit dem Vorfall mit der vergessenen Papillote im Haar und der blauen Strähne, die von dem ausgelaufenen Füllfederhalter hinter ihrem Ohr her-rührte.

Mehrmals im Lauf des Jahres ließ sich Ihre Lady-schaft nach London zu ihrem Friseur fahren. Lizzy hatte aufgeatmet.

Und die wohl wichtigste Regel, die Mrs Argyle der neuen Zofe gegenüber ansprach, war absolute Diskre-tion und Integrität. Aber da war Mrs Argyle sicher, dass Lizzy das bereits verinnerlicht hatte. Sie hatte sich in der Dienstbotengemeinschaft als Mensch gezeigt, der absolut nichts hinausposaunte oder Tratsch verbrei-tete. Das lag ihr nicht.

Lizzy versprach, sich bei allen Dingen, die ihr Mrs Argyle erklären würde, unbedingt zu bemühen.

„Gut, das ist geklärt. Sie können gehen", sagte Beanstock. Die Hausdame und Beanstock hatten in seinem Büro ein Gespräch mit der neuen Zofe geführt und der Butler war sehr zufrieden mit dem Ergebnis.

„Kümmern Sie sich bitte um ausreichend angemessene Kleidung für Lizzy. Wir benötigen ebenfalls neue Schürzen für die Küche. Mit der Bekleidung für ein neues Hausmädchen müssen wir leider noch warten."

Alle Angestellten des Hauses erhielten die Dienstkleidung zu Beginn ihrer Anstellung kostenlos. Die Zofe Ihrer Ladyschaft trug dunkelblaue wadenlange Kleider mit einem weißen Spitzenkragen.

In der Küche wurden weiße Schürzen getragen, das Hausmädchen bekam ein wadenlanges grünes Kleid mit weißer Schürze, Harrison, der Knecht, und Herringbone, der Gärtner, wurden stets mit ausreichend grünen Schürzen versorgt, sowie groben Handschuhen.

Gonzales hatte zwei vollständige Dienstuniformen, schwarze Jacketts mit silbrig glänzenden Knöpfen, auf denen das Wappen der Baronets von Parsley Manor abgebildet war, und schwarze Hosen.

Beanstocks Schrank enthielt fast ausschließlich seine Dienstkleidung; weiße Oberhemden mit Stehkragen, Krawatten, Hosen mit Bundfalte, Jacketts, Westen, alles in einem feinen schwarzen Stoff. Dazu kamen ein Frack für festliche Anlässe, ein dunkler Mantel und zwei schwarze Hüte. Er besaß kaum legere Kleidung. Ihm schien es auch außerhalb seines Dienstes nicht angemessen, leger zu wirken.

Aber seit Weihnachten hing in seinem Schrank ganz links eine leichte Strickjacke. Das war ein Geschenk von Lucinda gewesen. Sie hatte das ganze Jahr ihr Taschengeld gespart und am Ende bei Mrs Bloom eine Jacke bestellt. Natürlich hatte Mrs Argyle das Mädchen unterstützt und der Witwe Bloom heimlich, ohne dass Luci es bemerkt hatte, den fehlenden

Betrag dazugegeben.

Die Jacke hatte eine ausgezeichnete Qualität, war aus feiner Wolle von den Falkland Inseln gestrickt und, nach langen Diskussionen zwischen dem Mädchen und der Hausdame, hatte man sich auf die Farben grau und grün geeinigt. Luci hatte hart verhandelt. Sie wollte es am liebsten bunt, aber die Hausdame kannte den Butler. Eine bunte Jacke würde im Schrank hängen und niemals getragen werden.

Doch die wirklichen Probleme auf Parsley Manor kamen erst noch.

„My Lady will Filomena nicht entlassen. Aufgrund ihres psychisch labilen Zustands muss ich ihr beipflichten. Das würde sie zurückwerfen und ihre Schuldgefühle würden sie umbringen.

Sie wird in der nächsten Woche zu einem ausgedehnten Kuraufenthalt in die Schweiz abreisen. Lady Fedora war sehr gütig und hat einen alten Freund kontaktiert, der in der Nähe von Bern in einem Kurheim als Psychiater arbeitet. Das Beste wird sein, wenn wir abwarten, wie sich das auf Miss Arbuckle auswirkt und wie sie zurückkommt. Dann ist noch genug Zeit für eine Entscheidung. Bleibt das Problem des fehlenden Hausmädchens.“

Mrs Argyle lächelte.

„Ich denke, ich habe da eine Lösung gefunden, die nicht so schlecht ist.“

„Das klingt sehr gut“, sagte der Butler, neugierig geworden.

„Die Witwe Bloom hat seit einiger Zeit Besuch ihrer Nichte. Das Mädchen, Cory Higgins, ist dreiundzwanzig Jahre alt, hat eine Haushaltsschule besucht und wohnt nun bei Mrs Bloom. Warum sie von ihren Eltern aus Schottland fortgezogen ist, kann ich nicht beantworten, das spielt aber sicher keine Rolle für uns. Sie sucht Arbeit, könnte bei Mrs Bloom im Geschäft aushelfen, aber nur für Kost und Logis. Sie wäre bereit, die Stelle zu übernehmen."

Beanstock überlegte einen Moment.

„Das klingt ausgezeichnet. Wir sollten das Mädchen zu einem Gespräch bitten, was meinen Sie, Mrs Argyle?"

Die Hausdame nickte.

„Werden Sie mir irgendwann erzählen, was mit Filomena passiert ist, Mr Beanstock?"

Der Butler sah die Hausdame traurig an.

„Ich kann nur so viel sagen. Es war schwierig, sehr schwierig. Sie zu finden, aus den Fängen eines Serientäters zu befreien und diese Inseln in der Karibik haben mich an den Rand der Verzweiflung getrieben. Ich war froh, Gonzales an meiner Seite zu wissen, und mir stehen noch heute die Haare zu Berge, wenn ich bedenke, wie gefährlich es auch für die Baronets hätte werden können. Belassen wir es vorerst dabei. Ich wäre Ihnen sehr verbunden, wenn Sie Gonzales nichts von meinen Gedanken verraten. Er denkt so schon, dass ich ohne ihn nicht zurechtkomme."

Mrs Argyle nickte lächelnd.

In zwei Tagen würde Gonzales Filomena zur Fähre nach Dover fahren. In Calais würde ein Wagen warten, der sie zum Bahnhof bringen sollte. Der Fahrer würde die Dame in den Zug nach Genf setzen. In Genf wiederum wartete zur gegebenen Zeit ein Wagen, der sie in das Kurheim außerhalb von Genf bringen sollte. Beanstock hatte mithilfe der Dienstbotenverbindung *Daisy Chain* alles genau organisiert. Mr Black war gern bereit gewesen, zu helfen.

So war Filomena auf der gesamten Reise in die Schweiz unter Kontrolle. Nicht auszudenken, wenn die Dame in ihrer Schussligkeit wieder verloren gehen und vielleicht plötzlich in Spanien auftauchen würde.

Vor ihrer Abreise hatte die ehemalige Zofe ein langes Gespräch mit Lady Fedora unter vier Augen. Es gab viele Dinge zu klären. Am Ende war Filomena froh, alles herausgelassen zu haben. Sie versprach, sich zu bemühen, und bedankte sich für die Hilfe My Ladys. Schließlich bezahlte Sir Percival ihren Kuraufenthalt. Aber My Lady beruhigte sie.

„Wir tun das gern für dich, Filomena. Wir kennen uns ein halbes Leben lang. Lass uns helfen, damit es dir wieder bessergeht. Und wenn du zurückkommst, reden wir weiter. Mach dir keine Sorgen. Hier wartet ein Zuhause auf dich."

„Nun, was das betrifft, My Lady, da muss ich noch etwas anmerken. Sie wissen ja, ich habe meiner besten Freundin in London auch böse mitgespielt und sie um ihre Ersparnisse gebracht. Zum Glück ist von dem Geld noch eine Menge übrig. Der Flug war teuer, aber ich konnte Bridget, Miss Jones, das meiste zurückschicken. Wir haben uns am Telefon unterhalten und ich glaube, sie ist mir nicht mehr böse."

Filomena machte eine kurze Pause und sah auf ihre angeknabberten Fingernägel. Schnell versteckte sie ihre Hände unter ihrer Jacke.

„Was ist es denn, was dich beunruhigt? Mir kannst

du es sagen", sagte Lady Fedora und streichelte Filomenas Arm.

„Sie bezahlen so viel für mich und kümmern sich um mich, als würde ich zur Familie gehören", sagte Filomena weinerlich und Tränen kullerten über ihre faltigen Wangen.

„Aber wir sind doch eine große Familie. Das sollte dir doch klar sein nach der langen Zeit hier in unserem Haus. Hat dir Sir Percival irgendwann den Eindruck vermittelt, dass du nicht dazugehörst?"

Filomena schüttelte den Kopf.

„Also, dann raus mit der Sprache", sagte Lady Fedora.

„Bridget will die Anzahlung auf das Cottage in den Cotswolds machen und hat mich gefragt, ob ich nicht doch mit ihr nach Bibury ziehen möchte. Was denken Sie, My Lady? Ich fühle mich, als würde ich Sie verraten, wenn ich das Angebot annehme."

Lady Fedora begann zu lächeln.

„Aber meine gute Filomena. Das ist doch ein wunderbares Angebot. Ich weiß, es ist ein großer Schritt. Bibury in der Grafschaft Gloucestershire ist eine wunderschöne Gegend. Es ist einer der schönsten Orte in den Cotswolds. Du solltest das Angebot annehmen und ich verspreche dir, dass wir dir mit dem Umzug helfen, und du sollst einen Abschiedsbonus erhalten, meine Liebe, für deine langjährige, treue Arbeit und weil du meine Freundin bist. Was hältst du davon?"

Das brachte einen neuen Tränenschwall auf Filomenas Gesicht. Luci, die an der Tür gehorcht hatte, drehte sich um und rannte wie der Blitz in die Küche zurück.

Mrs Porkpie und Phillis warteten schon auf Informationen. Sie sahen dem Mädchen interessiert entgegen.

„Und, hat My Lady sie gefeuert?", fragte Phillis mit einem Ausdruck auf dem Gesicht, der schwer als mitfühlend zu deuten war. Dafür bekam sie einen dicken, schmerzhaften Knuff auf den Oberarm von der Köchin.

„Also, was ist geschehen? Lass dir nicht alles aus der Nase ziehen, Kind", sagte Mrs Porkpie.

„Sie bekommt einen Bonus, ich weiß nicht genau, was das ist. Ist das was Schlimmes? Ich glaube, ich hatte so etwas als kleines Kind. Das hat höllisch gejuckt", sagte Luci.

Phillis und die Köchin staunten nicht schlecht.

„Was? Sie bekommt auch noch Geld, weil sie die Brosche genommen hat?", platzte es aus Phillis heraus. Dafür bekam sie gleich wieder einen Knuff.

„Aua, nun reicht es aber", beschwerte sie sich.

„Sei nicht so missgünstig, Mädchen. Lady Fedora ist eben eine mildtätige und liebenswerte Person und wir sollten dafür sehr dankbar sein. Was hast du noch gehört?", fragte die Köchin weiter.

„Nicht so viel. Filomena hat dauernd geheult. Ich konnte kaum etwas verstehen. Aber sie will wohl, wenn sie von der Kur zurückkommt, mit ihrer Freundin in irgendeinen Ort namens Bumblebee in Kotzwald ziehen."

Die beiden Küchenfrauen sahen das Mädchen entsetzt an.

„Was ist das denn für ein Name? Da hast du dich verhört. So eine Gegend gibt es nicht in England. Igitt, das hört sich furchtbar an", stellte Mrs Porkpie fest und ging an ihre Arbeit, die Gemüsesuppe für das Dinner am Abend, zurück. Sie griff nach einem großen Holzlöffel und rührte in dem großen Topf auf dem Herd.

„Igitt," sagte sie nochmals und schüttelte sich.

Phillis winkte ab. Heimlich, ohne dass die Köchin es sah, gab Phillis dem Mädchen aus einem Krug in der Speisekammer einen von den runden Schokokeksen.

Sie hielt ihren Finger an den Mund.

„Pst."

Dann zwinkerte sie Luci zu und machte sich an das Putzen des Gemüses.

Luci verschwand, zufrieden mit ihrem Lohn, durch die hintere Küchentür in den Garten.

Kater Mortecai hockte auf der Mauer und sah das Mädchen hüpfend aus dem Haus kommen.

Na prima, dachte er, *die darf etwas aus der Küche essen und mich werfen sie hinaus.*

Dann streckte er sich, gähnte ausgiebig und lief dem Mädchen nach. Für ein paar zusätzliche Streicheleinheiten war das Kind immer zu haben, das wusste der kleine graue Kater.

Seht euch vor, ihr Raupen, Mäuse und Käfer! Kater Mortecai, der König des Gartens, ist auf der Pirsch.

Die Geister vergeben nicht

Der alte Pfad, den vor vielen Jahren die ersten Sklaven auf Cayman Island gehen mussten, schlängelte sich wie eine giftige Schlange durch den dichten Dschungel. Im Blätterwerk der Bäume raschelte es. Ein vielstimmiger Chor von tierischen Stimmen durchdrang die nächtliche Stille.

In diesem Teil der Insel trauten sich nur mutige Menschen. Es solle hier spuken, erzählte man sich. Des Nachts würden Schatten, auf der Suche nach den Seelen der Menschen, das Unterholz durchstreifen.

Lichter tanzten auf und ab und verwirrten denjenigen, der sich getraut hatte, diesen Wald zu betreten.

Man würde sich nicht wieder hinausfinden, sagten die Legenden und auf ewig verflucht sein, hier zu verweilen.

Geister der toten Sklaven würden hier umgehen und ihrem Schicksal nachjammern. Mit diesen Erzählungen machten seit vielen Jahrzehnten Eltern ihren Kindern Angst.

Inmitten dieses engen grünen Dickichts öffnete

sich, beschienen vom Mondlicht, eine runde Lichtung. Fast wirkte es romantisch, wenn nicht in der Mitte des Platzes ein blutiger Pfahl aufragen würde.

Eine in sich zusammengesunkene Gestalt war an dem Pfahl mit dicken Ketten festgebunden.

Seine muskelbepackten Arme, seine Kraft und seine Stärke hatten dem selbst ernannten Master Gédé nicht helfen können. Auch das Wimmern und die Flüche aus seinem Mund halfen ihm nicht.

Die Geister vergaben nicht.

Er hatte sich mit dem falschen Dämon angelegt. Ein Baka ist immer nur für eine Sache gut, für sich selbst.

Die Seele dieses Mannes schmeckte ihm. Er würde noch eine sehr lange Zeit, seinen Schabernack mit ihm treiben können.

So lange, bis die Tiere des Dschungels sich an ihm satt gegessen hatten und nichts mehr da war von dem Bösen unter der Sonne der Karibik.

Anmerkung des Autors

Die Geschichte um die Familie Hamilton ist rein fiktiv. Sämtliche Figuren sind eine Erfindung des Autors und haben keinen Bezug zu lebenden Personen.

Ebenso fiktiv ist die Erzählung über die Voodoorituale in diesem Buch. Der Autor bittet im Voraus um Entschuldigung, falls eine oder mehrere Fakten nicht wahrheitsgemäß wiedergegeben werden.

Ich empfehle allen Lesern, die sich für Vodun, die in Afrika beheimatete Urform des Voodoo, oder für die Religion des Voodoo interessieren, dokumentarische Quellen zu konsultieren. Hollywood ist da nicht immer eine Alternative.

Ich konnte im Verlauf meiner Recherchen sehr hilfreiche Informationen aus der überarbeiteten Ausgabe des Buches „Voodoo-Götter-Zauber-Rituale", erschienen in der Edition Marbuelis, 2020, von dem Autor Andreas Gössling, entnehmen. Dafür bin ich dankbar.

Eine andere Quelle war der Dokumentarfilm von Henning Christoph, erschienen auf DVD, „Voodoo-Die Kraft des Heilens" aus dem Jahre 2010.

Ein unbekannter Autor schrieb: „Wer von den hochgelegenen sicheren Plätzen unserer Zivilisation herabblickt, hat es leicht, die Unvollkommenheit und Bedeutungslosigkeit der Magie zu belächeln."

Quelle* Aphorismen.de

Mrs Porkpie empfiehlt:

Schottische Karamelltorte mit Baiserhaube

Mr Bears, Koch im Hotel Cluaran, war so nett und hat Mr Beanstock dieses Rezept mitgegeben.

Man nehme:
310 g Mehl
125 g Butter, in Stücken
2 EL Zucker
1 Eigelb
etwas Wasser (Eiswasser)

Den Backofen auf 160 Grad vorheizen. Eine Tarteform einfetten.

Mehl in eine Schüssel sieben, Butter dazu und vermengen, bis es krümelig ist. Zucker, Eigelb und Eiswasser zugeben und schnell zu einem weichen Teig verkneten.

Zu einer Kugel formen und ausrollen. Ich nehme gern zwei Lagen Butterbrotpapier, das ich morgens auch für die Schulbrote unserer Luci benötige, und rolle die Teigkugel dazwischen aus. So klebt es weniger.

Boden und Rand der Tarteform mit dem Teig auslegen. Den Teig mit einer Gabel einstechen und

kühl stellen, für ungefähr 20 Minuten.
Den Boden danach mit einem Stück Backpapier bedecken, trockene Bohnen oder Erbsen einfüllen und blind backen.
Ca 35 Minuten.

Für die Füllung:
    140 g braunen feinen Zucker
    50 g Mehl
    250 ml Milch
    45 g Butter
    Das Mark einer Vanilleschote
    1 Eigelb

Zucker und Mehl in einen Topf geben. Mit einem Mixer die Milch unterrühren und die Butter dazugeben. Die Masse erhitzen und ca 8 Minuten bei niedriger Hitze köcheln lassen, bis sie andickt. (Phillis wird von mir mit der Aufgabe, die Füllung zu beaufsichtigen, nicht mehr betraut. Es gab angebrannte Füllung und die Küche roch unangenehm. Oh, dieses Mädchen!)

Den Topf vom Herd nehmen, Vanillemark und Eigelb zufügen und unterrühren. Die Masse auf den vorgebackenen Boden geben, schön glatt streichen (auch diesen Hinweis muss ich Phillis ständig geben, ansonsten würden die Torten aussehen, als wäre Mortecai darüber gelaufen).

2 Eiweiße, die ja noch vorhanden sind, steif schlagen, nach und nach 2 EL Zucker einrieseln lassen. Die Baisermasse so lange schlagen, bis der Zucker gelöst ist. Auf der Karamellfüllung verteilen und kleine Spitzen ziehen. Ungefähr 20 Minuten backen, bis die Baisermasse goldbraun ist.

Die Torte kann kalt und warm genossen werden. Da Sir Percival es nie abwarten kann, genießt er die Torte warm.

Guten Appetit

Ihre Hester Porkpie, Köchin auf Parsley Manor

**Bisher erschienen in der Cosy Krimireihe
Beanstock – ein Butler ermittelt:**

Beanstock – Mord auf Parsley Manor (1)

Beanstock – Das Gänseblümchenkomplott (2)

Beanstock – Die Barke des Teremun (3)

Beanstock – Mörder an Bord (4)

Beanstock – Ein Whisky zu viel (5)

Beanstock – Das Haus der Lady Sherry (6)

Beanstock – Das Geheimnis von Waterhill (7)

Beanstock – Eine mörderische Teatime (8)

Alle Taschenbücher und vieles mehr gibt es in meinem Online Shop unter <u>awbenedict.de/shop</u>